*Que de grâces qui s'engloutissent
dans la bouche d'ogre du zéro.*

Jean COCTEAU

*Vers le commencement de cet hiver,
Frédéric et Deslauriers causaient au coin du feu,
réconciliés encore une fois, par la fatalité
de leur nature qui les faisait toujours
se rejoindre et s'aimer.*

Gustave FLAUBERT

1

Nu devant le miroir, il enfila les gants de chirurgien et fixa sur son torse la sacoche contenant le matériel. Menottes, magnétophone, cassettes, préservatif, corde de violoncelle. Prêt à montrer son âme noire à la femme qui l'attendait dans le salon, Vox se sentait l'esprit au plus clair. Un circuit neuronique fluide à l'image du corps de guerrier qu'il s'était fabriqué. Il ferma les yeux un instant pour sentir son énergie qui palpitait, ramassée, à son service.

Il tapota l'extrémité du micro de danseur afin de vérifier son fonctionnement, sortit de la salle de bains, apparut dans l'embrasure de la porte et détruisit le sourire de Castro. Elle recula dans le canapé, se redressa, dos et paumes poussant le mur. Absurde. Comme si un mur pouvait se gommer.

Une pensée simple et magnifique s'imposa à Vox : nos deux systèmes nerveux sympathiques produisent de la noradrénaline au même instant. Mais pour des raisons différentes. Beauté de l'instant. Tension.

Un verre de scotch posé sur l'accoudoir en bois, à côté d'une bouteille de soda. Elle saisit le verre. Il se demanda si elle allait lui jeter l'alcool au visage ou tenter de parler.

— Qu'est-ce que tu fabriques ?

Sa voix partait dans tous les sens. Lui se maîtrisait. Une inspiration profonde venue du ventre et il dit doucement :

— Devine.

— J'aime pas les devinettes !

— Déshabille-toi.

— Mais qu'est-ce qui te prend ?

— Je suis Vox.

— Quoi ?

— Tu as entendu.

— Si c'est une blague, c'est nul. Tu ramasses tes affaires et tu te casses !

Elle haletait, resserrait les cuisses alors qu'elle était prête à les ouvrir cinq minutes avant, tout ça parce qu'elle le trouvait beau. Isabelle Castro, star de radio. Vox sentit qu'il bandait. La pression sanguine qui augmente, le sang qui afflue, gonfle la verge. Toute cette force, lame de fond surgie des profondeurs de l'être.

— Arrête tes conneries. Si tu aimes les sensations fortes, on peut trouver mieux.

— Pas moi.

— Eh ! Attends ! Il faut que je te dise quelque chose.

Il croisa les bras sur son torse musclé. C'est ainsi qu'elle le voyait : biceps durs, ceinture abdominale en acier, énergie contenue, prête à jaillir en salves dosées au millimètre. Glabre : visage, poitrine, aisselles, pubis rasés. Attendre, c'était bon. Vas-y, parle puisqu'on t'a appris qu'il fallait parler avec les dingues. Dire n'importe quoi mais dire, pour gagner du temps.

Il ne regrettait qu'une chose. Qu'il soit trop tard pour le métro aérien. Une mise à mort derrière des tentures rouges et des centaines de voyageurs n'ayant pas la moindre idée de ce qui est en train de se passer. Une métaphore, dans le fond. Personne ne sait grand-chose.

— Écoute, écoute ! Je peux comprendre. Je n'ai pas de barrières !

La peur troublait sa belle voix mais ne l'abîmait pas. Celle qui avait gagné un physique depuis l'émission de télé. Épaisse chevelure blonde, visage plein de morgue, corps encore ferme d'une excitante garce de quarante ans.

— Avec mon métier, on apprend beaucoup mais on ne sait pas tout. L'esprit reste ouvert. Pour des expériences. Avec toi, je suis d'accord.

Comme les autres. Rien compris. Il lui suffirait d'ameuter les voisins. À pleins poumons. Femelles solides. Elles veulent tenir pour réfléchir à une issue, se préparer à se battre ou à fuir. Mauvaise analyse. Ceux qui n'ont pas la bonne information doivent mourir parce qu'ils ne sont pas adaptés à leur environnement. Darwinien.

— Je te comprends vraiment, en fait. Plus que tu le penses.

Elle avait une mimique engageante qui voulait dire : « On est pareils toi et moi, non ? » Pauvre stratégie alors qu'elle quittait le canapé, le verre toujours en main.

Elle l'étonna. Eut une petite idée. Plutôt que de balancer le scotch, elle le but, d'un trait. Nerfs effrités, alcool qui dégouline, sale fille qui s'essuie le menton avec son pull. Elle se força à sourire. Elle avait des tripes. On ne devenait pas ce qu'elle était devenue sans ça. Mais ça n'avait aucune importance. Ils étaient dans le cercle. Ici et maintenant.

— Fais ce que je te dis.

— Attends ! En fait, ça me plaît. J'ai toujours rêvé d'un homme qui me dominerait.

Parfait. Elle avait repris la maîtrise de son souffle, trouvait ses meilleures intonations. Vox inspira profondément. Il fallait qu'il garde le contrôle. Cette voix le tordait de désir. Cette voix fouettait sa haine. Il devait résister à ses intonations, elles venaient de loin, comme un tourment qu'il fallait anéantir jusqu'à ce qu'il se reforme. Cycle. Il connaissait la procédure.

Castro se déshabillait d'une main en gardant le verre dans l'autre. Il paria qu'elle allait le briser sur l'accoudoir ou la table basse. Ou utiliser la bouteille de soda. Meilleure prise, gros tesson. Elle se tortilla pour enlever sa jupe fendue sur le côté, son pull moulant. Son soutien-gorge qui s'ouvrait sur le devant. Matériel de salope. Mais bien pratique. Elle se débarrassa de son string en collant un nouveau sourire tout de travers sur son visage moite.

La bouteille de soda éclata dans un bruit que Vox fut content de capturer. Il porta machinalement la main à sa sacoche, tâta le magnétophone, sentit son petit moteur qui vibrait. Castro recula vers la porte, visage rétréci, le tesson qui zigzaguait.

Immobile, il calculait sa trajectoire. Il inspira, le corps de Castro devint ligne d'horizon.

Projection à l'horizontale. Gueulement bref. Elle et lui. Synchro. Pied droit pile dans le plexus, à un dixième de seconde du pied gauche.

Elle tomba en grognant. Il jouit du souvenir musculaire de l'attaque, anticipa le plaisir de ce qui allait suivre quand il redeviendrait pure action.

Dans un très court instant. Maintenant !

Clouée au sol. Il sortit les menottes de la sacoche. Poignets emprisonnés, serrés, il n'y aurait pas de résidus sous les ongles. Préservatif, corde.

Elle hurla enfin. Trop court pour les voisins, suffisant pour l'enregistrement. Il plaqua sa main sur sa bouche, joua avec l'ouverture de ses doigts pour que les cris deviennent des modulations. La corde de violoncelle emprisonna le cou. Il la pénétra tout en commençant à serrer, enivré de l'odeur de sa terreur. Il serrait et desserrait en cadence, récoltant gémissements, gargouillis, et encore des mots, de pauvres mots dans cette gorge perdue, cette voix au bord de l'extinction. Voix de pythie à l'arrachée. Cycle à finir. Prière à prononcer. Prière à PRONONCER !

Il relâcha sa pression un très court instant, lui murmurant dans l'oreille ce qu'il voulait qu'elle dise. Elle le dit.

— L'univers... est... une machine !

— Répète !

— L'univers est... une machine !

— RÉPÈTE !

— L'univers est une machine !

Action, pure action, action, pure action. Temps allongé et le cou qui rétrécit.

Qui éclate !

Puis délivrance, si longue, si pleine, si blanche. Mourir, se détendre, soupirer, revenir à la vie biologique. Avant de trouver mieux. Pour l'éternité. Vox posa sa tête sur la poitrine immobile et s'endormit une vingtaine de secondes.

Cette fille qui jadis s'appelait Castro avait changé. Il avait enlevé les menottes, mis les bras en croix, patiemment dégagé la corde de violoncelle des chairs du cou, arrangé les cheveux pour qu'ils forment des serpents. Les orbites jaillissaient des paupières. La gorge renfermait une autre voix. Bonsoir Medusa, moi c'est Vox, ravi de te rencontrer. Effet saisissant. Il se demanda qui verrait ça avant Bruce le flic. Un habitant de l'immeuble, un coursier, un amant, un gardien de la paix ?

Il prit son verre resté sur la table basse, alla le laver à la cuisine, l'essuya avec un torchon et le rangea dans le placard. Puis il chercha une bouteille d'huile et revint au salon déverser son contenu sur le corps. Avant d'aller à la salle de bains se préparer et enfiler ses gants, il avait touché son visage et son avant-bras, passé sa main sous son pull pour effleurer son ventre. Le jet d'huile obéissait à un impératif technique mais faisait aussi beaucoup de bien. Il eut la sensation que les derniers restes de tension disparaissaient avec le flux.

Il retrouva le CD sur le lavabo. Dimanche dernier, protégé par l'anonymat citadin, il l'avait acheté chez Virgin. Voix rocailleuse qui se donnait en pâture, cassait la barrière de la pudeur pour un public de voyeurs. Dope et confusion. Il s'était renseigné sur elle avant de la faire entrer dans sa mise en scène. Janis Joplin disait des trucs du genre : « Je me sentais seule et je n'arrivais pas à me débarrasser de ce sentiment malgré tous les gens que je rencontrais. » Gentille Janis. Brave fille qui avait préféré se foutre en l'air plutôt que de vouloir contrôler le système. On la disait rebelle. Encore une mauvaise analyse. Janis était une paumée.

Peu étaient capables de travailler en profondeur pour nourrir les sources du contrôle de soi et de l'acceptation de sa vraie nature. En maîtrisant ces sources, on appréhendait son passé, on préparait son futur, on choisissait sa fin. Et avec un peu de chance question timing, la fin serait le début. L'être humain pourrait bientôt faire basculer les données de son cerveau dans une entité cybernétique et devenir immortel. Plus de souffrance, plus de sexe, plus de morale, plus de mort. Et plus jamais de mère porteuse. Vox était prêt autant qu'on peut l'être. Prêt à basculer dans ce nouvel âge de l'humanité pour faire le grand bond vers la conquête spatiale, les espaces infinis, la liberté absolue, le désir immaculé de la connaissance.

Il avait laissé ses vêtements sur le couvercle des toilettes – une surface lisse qui ne risquait pas d'emprisonner des fibres. Il enfila son survêtement dissimulant le micro et la sacoche, laça solidement ses baskets, se redressa pour faire face une dernière fois au miroir. Vox aima la paix qui l'emplissait, cette paix qu'il fallait payer au prix de toute cette violence. Pour pouvoir attendre. Attendre le jour de la révolution et de la renaissance. Il s'approcha pour distinguer les variations infinies de l'iris, les quelques veinules dans les globes parfaitement blancs, pensa à une planète en formation et hocha la tête d'un air satisfait.

Il revint au salon, glissa le CD dans le lecteur, tourna le bouton du son au maximum et prit la télécommande. Il alla jusqu'à la porte, y colla l'oreille, l'ouvrit doucement pour scruter le palier et le bout de cage d'escalier. On entendait le ronronnement des télévisions. Vox se retourna, dirigea la télécommande vers le lecteur et appuya sur « play ». Premières mesures lourdingues, ambiance pleurnicharde des années soixante-dix. Il glissa la télécommande et les gants chirurgicaux dans sa poche avant de s'engouffrer dans l'escalier. Le bruit de ses pas avalés par le tapis rouge. Sa respiration contrôlée. Son corps rapide. Troisième étage, deuxième…

Summertime
an' the livin' is easy

Janis Joplin pleurait sur le monde. Mais le monde n'en avait plus rien à foutre. Vox releva la capuche de son survêtement sur sa tête, actionna la commande du porche d'un coup de coude, vérifia que le boulevard était dégagé. Quelques voitures qui passaient vite. Au loin, un riverain promenait son chien. Drôle d'heure. Pas grave. Trop loin pour Joplin, trop loin pour Vox, se dit-il en se mettant à courir pour devenir un joggeur de nuit. Autrement dit, un crétin invisible.

2

Les dents présentaient une légère teinte rosée, signe d'un afflux sanguin tel qu'il avait laissé sa trace dans l'ivoire. Des ecchymoses montraient que les poignets avaient été menottés. Le commandant Alex Bruce connaissait quelques ficelles pour tenir la mort à distance. L'une d'elles consistait à se mettre d'emblée en situation d'observation fine plutôt que d'empathie. Pour l'instant, il se tenait à plus d'un mètre du corps afin de ne pas propager d'ADN étranger.

Autour de lui, en combinaisons et masques blancs, les techniciens de l'Identité judiciaire s'affairaient. Après les prélèvements vaginaux, Marceau s'occupait des résidus sous les ongles. Cressange photographiait le corps en prenant soin d'éviter une flaque de vomi. Solis scrutait le tapis au laser Crimscope à l'affût de sperme, d'urine, de sang, de poils ou de cheveux. Bello effectuait les relevés pour bâtir un plan des lieux. Il y avait de quoi faire – l'appartement de l'animatrice radio était meublé chargé dans le goût ethnochic des gens qui ont vu du pays et aiment le faire savoir. En dernier lieu, les techniciens calfeutreraient les issues pour utiliser le cyanoacrylate, de la Superglu chauffée révélant toutes les traces papillaires en blanc, des murs au plus petit objet.

Pour autant, le commandant Bruce n'espérait pas grand-chose de ces interventions. Il était prêt à parier que le tueur se rasait le corps, portait des gants au moment de l'agression et avait pris avant de les enfiler toutes les précautions nécessaires. Il avait déversé de l'huile sur la victime – probablement alimentaire. La dernière fois, c'était une bouteille de savon liquide. Le salopard était suffisamment au fait des dernières avancées de la police scientifique pour savoir que des solutions iodées ne laissaient apparaître des empreintes sur le corps de la victime d'un viol que si elles étaient utilisées dans les toutes premières heures suivant le crime, si ses sécrétions naturelles n'étaient pas trop fortes et si un produit étranger dominant n'empêchait pas l'analyse.

Techniciens et officiers du groupe Bruce parlaient à voix basse. Marc Sanchez, le procédurier, avait mis le *Requiem* de Mozart. Une méthode de conjuration. Les hommes avaient du mal avec les meurtres de femmes ou d'enfants.

Tout à l'heure, c'était un autre genre de musique. Arrivé quelques minutes avant Alex Bruce, son adjoint, le capitaine Victor Cheffert, avait dit en désignant trois gardiens de la paix en uniforme :

— C'est eux qui l'ont découverte. La voisine du dessus a appelé à 1 h 40 pour se plaindre de tapage nocturne.

— Quel genre ?

— Un tube de Janis Joplin, à fond. En fait, c'est *Summertime*, le générique de l'émission de Castro, les Nuits Taboues. On n'a pas retrouvé la télécommande.

— Tu penses à la même chose que moi ?

— Bien sûr. Il l'a emportée après avoir balancé la musique.

— C'est une façon de nous dire qu'il a fini sa besogne et qu'on peut venir faire le ménage.

— Alex ?

— Oui.

— J'ai jamais eu affaire à un enfant de putain comme celui-là.

— Moi non plus, si ça peut te rassurer.

Maintenant, Victor Cheffert discutait avec Marc Sanchez dans la cuisine où ce dernier récupérait les verres. Il y avait un lave-vaisselle. Si l'on retrouvait des fibres, il y avait de fortes chances qu'elles proviennent d'un verre lavé, essuyé avec un torchon ou un morceau de papier ménager et rangé par le meurtrier. Ce même scénario s'était présenté lors de cinq des meurtres. À défaut de pouvoir isoler une empreinte, on en avait déduit que le tueur abordait ses futures proies sous le registre de la séduction et qu'il pénétrait chez elles avec leur autorisation. Thèse renforcée par le fait qu'on n'avait relevé aucune trace d'effraction au domicile des dix victimes pour la plupart suffisamment attirantes pour se permettre d'être sélectives quant à leurs partenaires. Isabelle Castro surtout, femme connue et sollicitée, quadragénaire épanouie, ne devait pas avoir de difficultés à trouver des amants selon ses critères.

Dès la fin de son émission – les Nuits Taboues, vingt-trois heures/minuit –, Castro avait quitté Radio France pour rentrer chez elle. Un chauffeur des Taxis Bleus l'avait déposée devant son immeuble aux alentours de minuit trente. Là encore, le commandant Bruce envisageait une entrée en douceur du tueur. Il connaissait le code. Ou elle avait répondu à l'interphone et ouvert sa porte équipée d'une solide serrure que personne n'avait forcée. Ou il l'attendait déjà chez elle et possédait un double des clés. Le tesson de bouteille, le verre et deux mégots dans le cendrier laissaient supposer que Castro et Vox s'étaient offert un moment de relaxation. Temps de latence avant que les rituels civilisés ne s'effondrent au profit de la pure sauvagerie.

Malgré les coupes opérées par le tueur qui gommait sa propre voix pour ne laisser subsister que le bruit de son souffle, l'horreur des bandes-son maintes fois écoutées avait cristallisé la scène dans l'imagination du commandant Bruce. L'homme s'isolait un instant pour enfiler ses gants, préparer son magnétophone, son arme. Toujours la même : une corde de violoncelle remportée après avoir été essuyée sur les vêtements en vrac sur le sol. Il assaillait sa victime en enregistrant ses cris et des phrases qu'il la forçait à prononcer. Il s'acharnait sur le cou avec une force peu commune, lacérant les chairs jusqu'à rompre les carotides et toucher parfois les vertèbres cervicales. Enfin, il glissait la cassette du meurtre précédent dans la gorge ensanglantée, traçant un lien sordide de crime en crime.

Le laboratoire de la préfecture avait analysé les échantillons microscopiques relevés dans le cou des victimes. Les chimistes avaient identifié des particules provenant de cordes de violoncelle. De marque Jargar, elles étaient produites au Danemark et largement commercialisées en France. Le groupe Bruce, muni de photos des victimes, avait alors enquêté auprès des luthiers parisiens. Échec sur toute la ligne. Aucun artisan n'avait le souvenir d'un client particulier, accompagné ou non par l'une d'entre elles. Les enquêteurs du groupe Bruce, alliés au groupe Logeais, s'étaient rabattus sur les conservatoires, les écoles de musique, les orchestres professionnels et amateurs de Paris et de sa région sans plus de succès.

Bruce eut soudain l'idée de jeter un œil sur la collection de CD. Plusieurs centaines de titres en vrac. Il lui fallut un certain temps pour trouver ce qu'il cherchait. Il alla voir Victor Cheffert. Son adjoint interrogeait les trois gardiens, la mine concentrée, redressant ses lunettes dans un geste familier qui lui valait d'être surnommé « l'Intello » par ses collègues. Le geste collait avec un goût prononcé pour la réflexion et un franc-parler qui passait en douceur grâce à une attitude que Bruce qualifiait de cool.

— Vous êtes arrivés combien de temps après la plainte ?

— Cinq à dix minutes, capitaine, répondit le plus âgé. On patrouillait dans le coin des ministères, derrière le boulevard des Invalides, quand on a reçu l'ordre de venir ici.

— Vous avez vu quelqu'un ?

— Un riverain avec son chien. Il n'a rien remarqué.

— Il avait l'air coopératif ?

— Un peu dépassé à cause du charivari. On avait le gyrophare et la musique faisait du boucan jusque dans la rue.

Cheffert regarda Bruce et comprit à sa mimique qu'il souhaitait que le riverain soit convoqué à la PJ pour déposer.

— Pourquoi le type promenait-il son clébard à deux heures du matin ? demanda Bruce.

— Il rentrait du restaurant et il avait du mal à digérer.

— Comme votre collègue apparemment, dit Cheffert en désignant le jeune boutonneux qui n'avait pas l'air dans son assiette.

— C'est lui qui a vomi sur le tapis ? demanda Bruce.

— Oui, commandant, c'est moi.

— Bienvenue au club, mon gars.

Alex Bruce fit signe à Victor Cheffert de le suivre vers le coin stéréo. Il désigna l'étagère à CD.

— Le disque de Joplin qui appartenait à Castro est toujours là. Je viens de vérifier.

— Ce qui veut dire que celui que Sanchez a trouvé dans le lecteur a été apporté par le tueur.

— Exact.

Bruce n'eut pas besoin de penser à haute voix pour que Cheffert puisse le suivre. Ils savaient tous deux que Vox avait apporté le CD afin de pouvoir le trouver à coup sûr le moment venu. Et rapidement.

— Méticuleux, dit Cheffert.

— Comme d'habitude, ajouta Bruce.

Ils furent interrompus par Sanchez.

— J'ai identifié ce qui est très probablement un double coup de pied au niveau du plexus, Alex.

— C'est acrobatique, ça.

— C'est martial, même.

— Kung-fu ?

— Ouais, sûrement, répondit Sanchez. Vous êtes bons pour vous farcir tous les clubs d'arts martiaux de Paris, les mecs.

— Je suis surtout bon pour me farcir Sagnac, dit Bruce en regardant le procédurier s'éloigner.

Victor Cheffert haussa les épaules d'un air compatissant et dit qu'il allait consulter les papiers personnels de la victime. Bruce précisa qu'il le rejoindrait dans quelques minutes, le temps d'une cigarette. Comme Cheffert essayait d'arrêter de fumer, Bruce attendit qu'il soit hors de vue pour allumer une blonde. Il pensa au psychocriminologue. Alain Sagnac allait savourer la touche kung-fu, lui qui avait tout récemment et sans ciller déclaré « que la violence était souvent le seul vecteur pour que s'exprime une relation improbable entre deux êtres ». Le seul profiler français, expert en portraits psychologiques de tueurs, était devenu le conseiller de la Brigade criminelle sur l'affaire Vox depuis le coup de sang du procureur Claude Vergnaux, après la montée au créneau des médias. Les journalistes n'avaient pas manqué de faire un parallèle avec l'affaire Guy Georges et les lacunes du système policier français. À l'époque, elles avaient permis au « tueur de l'Est parisien » de passer à travers les mailles du filet malgré deux empreintes génétiques et plusieurs arrestations.

Certes, les enquêteurs de l'affaire Guy Georges ne travaillaient pas sur l'ensemble des dossiers et il n'existait pas alors de fichier centralisé des empreintes génétiques. Il n'empêche que le meurtrier aurait dû être repéré en 1995, soit trois ans avant son interpellation définitive et ses aveux pour le meurtre de sept jeunes femmes. À partir de la cinquième victime de Vox, le procureur de la République avait bien fait comprendre au patron de la Crime, Mathieu Delmont, qu'il « s'agissait de mettre en place tous les moyens les plus modernes » pour éviter la médiatisation à outrance d'une nouvelle affaire Guy Georges.

Dans les couloirs revêtus de linoléum noir, changé deux fois en cinquante ans, les conversations étaient allées bon train. Fallait-il s'attendre à l'irruption des psys dans les locaux historiques du 36, quai des Orfèvres ? Jusqu'à présent, on ne leur faisait signe que pour un portrait psychologique après arrestation. Marcheraient-ils sur les plates-bandes des flics en participant aux enquêtes ? Et dans la foulée, un jour ou l'autre, des policiers psychologues du type de ceux que produisait le FBI à Quantico tisseraient-ils leur réseau d'informations à travers le monde ?

En attendant, et bien que le changement ne fasse pas peur au commandant Bruce, la seule idée de devoir collaborer régulièrement avec Alain Sagnac le mettait mal à l'aise. Le psychocriminologue ne lui était pas sympathique et avait le don d'utiliser un jargon plus qu'agaçant pour des hommes confrontés à la réalité quotidienne de la mort.

Sagnac s'accrochait à son concept favori : le mode opératoire. « C'est le meilleur paramètre pour évaluer l'intelligence du criminel », avait-il dit à Bruce en marquant de savantes pauses, doigts joints en ogive, sourire fin et regard un rien méprisant. « C'est une donnée mouvante qui change en fonction des objectifs du criminel, de son désir de brouiller les pistes. Pour moi, Vox est un virus. Il s'adapte à son environnement et mute en fonction de ses besoins. C'est sans doute un des prédateurs les plus intelligents auxquels vos hommes et vous-même ayez jamais été confrontés. Je peux vous aider à décrypter son mode opératoire mais il faudra que vous acceptiez de travailler en osmose avec moi et appreniez à partager l'information. »

Un virus ! Tu parles. Bruce n'avait pas attendu les fines analyses du docteur Sagnac pour mettre à jour ses dossiers sur les meurtriers pathologiques. Il avait passé de longues heures sur le Net et à la bibliothèque de l'Institut des Hautes Études de la Sécurité Intérieure à étudier les dernières affaires à l'échelon international et les analyses des observateurs. Tout confirmait ce qu'il savait déjà, pour avoir suivi deux affaires de crimes en série : Vox était un psychopathe organisé, au comportement tout différent de celui d'un tueur psychotique impulsif.

Alex Bruce avait noté une partie de la classification d'un universitaire français dans le carnet qui ne le quittait jamais : « Père absent, antécédents psychiatriques rares, vit en compagnie, sociable superficiellement, sadisme sexuel possible, long dialogue possible avec la victime, absence de productions mentales pathologiques, cherche à échapper à la police, utilise l'arme ou le moyen qu'il porte ou garde, suicide rare après le crime, multiplicité possible des victimes pendant des mois ou des années. »

Ses dossiers étaient dupliqués sur son ordinateur personnel et Bruce les consultait à toute heure. Il savait depuis longtemps qu'un tueur en série chosifiait toujours ses victimes, refusant de les considérer comme des êtres humains. Lui pensait très souvent à elles. À force de les côtoyer depuis de longs mois, Alex Bruce les appelait par leurs prénoms. Il finissait par les connaître mieux que tout le monde. « Quelquefois, je me sens frustré à l'idée que je ne les rencontrerai jamais, surtout Judith », avait-il avoué à Victor Cheffert.

Bruce s'était bien gardé de faire part de tout ça au psy. Tout à la fois homme d'action et de dossiers, il ne souhaitait pas justifier auprès de qui que ce soit un investissement professionnel à la limite du déséquilibre. Une limite qu'il savait mesurer et qu'un homme froid comme Sagnac n'avait pas à jauger.

Bruce vit que pour Sanchez le moment était venu de récupérer « la signature » de Vox. Le *Requiem* prit toute la place. Chacun s'était tu et attendait. Marc Sanchez s'agenouilla à côté du corps et enfonça une pince effilée dans la gorge. Il en retira une microcassette, lut la marque, la voix neutre :

— Sony, MC 90. Numéro de série ATAJ 721.

Bruce hocha la tête. Le tueur était un homme systématique. Même équipement, même méthode. Une marque courante qui avait laissé sur leur faim les cinq enquêteurs chargés de couvrir tous les magasins de matériels audiovisuels.

Il fallait attendre le relevé d'empreintes sur la cassette avant de pouvoir écouter et analyser son contenu mais à la brigade tout le monde savait déjà ce qu'elle recelait. Les cris d'agonie d'une femme que l'on viole avant de l'étrangler. Et ces quelques phrases étranges. Plusieurs groupes s'étaient lancés sur les traces du tueur en série. Mais parmi tous les hommes qui avaient pu mesurer au plus près l'ampleur de sa haine, Bruce occupait une place particulière. Il était celui qui l'avait nommé. Et lui avait gagné involontairement une aura médiatique.

Pour Alex Bruce, l'assassin était devenu progressivement Vox, et la trouvaille avait fait le tour de la Crime où chaque dossier portait un nom de meurtrier, de lieu ou de victime.

Le commandant avait fait un faux pas. Lorsque Judith, dix-neuf ans, avait été retrouvée par son fiancé assassiné dans son studio, Bruce avait été bouleversé de devoir le placer en garde à vue. Fou de douleur, le jeune postier l'avait prise dans ses bras, tachant de sang ses vêtements, ses mains, récupérant des caillots sous les ongles. Bruce l'avait relâché à l'aube mais les journalistes faisaient le pied de grue. Agacé, éreinté, le commandant avait lâché devant une équipe de télévision : « Ce jeune homme n'est pas Vox. » Dès le journal de treize heures, le tueur était baptisé et découvrait avec la France entière le visage de son chasseur. Un homme de trente-huit ans, aux cheveux bruns et au regard bleu.

La police avait caché à la presse l'information sur les cassettes. Après un entretien avec Mathieu Delmont, le patron de la Brigade, il avait été convenu que Bruce conserverait son rôle de porte-parole involontaire et qu'officiellement Vox serait présenté comme un tueur obsédé par un type précis de voix féminine. Bruce avait fait avaler l'information aux médias en prenant pour base le matériel sonore laissé par certaines des victimes : une plaidoirie d'Agathe G., l'avocate assassinée dans le 17e arrondissement en mars 1998, une lettre-cassette adressée à ses proches par Catherine D., tuée en juillet de la même année, enfin une bande utilisée dans le cadre d'une formation par la démonstratrice Virginie D., victime de Vox en avril 1999.

Depuis ces quelques mots de trop, le commandant Bruce savait qu'un lien s'était tissé entre le tueur et lui. Il avait décidé de l'accepter comme un fil d'Ariane qui le mènerait au cœur du labyrinthe.

3

— Virez-moi ce fouille-merde.

Le visage de Mathieu Delmont n'exprimait aucune émotion mais son ton était sans appel. Le patron de la Crime s'était déplacé en personne pour Castro et le forcing de Frédéric Guedj tombait on ne peut plus mal. L'haleine du journaliste était parfumée à l'alcool fort et Alex Bruce le tira sur le palier avant qu'il ne réplique et aggrave son cas.

— Qu'est-ce que tu fous là, Fred ?

— Je t'ai suivi, pardi.

— Ouais, et qu'est-ce que tu foutais devant chez moi ?

— Je voulais te parler. Je t'ai vu sortir en trombe, monter dans ta voiture. J'ai senti le gros coup, je t'ai filé. J'ai enfin pigé pourquoi tu l'appelles Vox, mon vieux.

Bruce détailla le visage de son ami. Yeux injectés de sang, vieux cernes, barbe oubliée. Il passa un savon au planton qui l'avait laissé entrer, un jeunot bégayant, entraîna Guedj dans l'escalier. Ils traversèrent le boulevard de Grenelle et s'assirent sur un banc public, sous l'arc du métro aérien. La station La-Motte-Picquet-Grenelle était à deux pas.

— Les Nuits Taboues se terminent à minuit. Imagine qu'il l'ait attendue ici. Il avait peut-être pris le dernier métro pour venir, dit Guedj.

— Mes gars ont eu la même idée mais le guichetier n'a rien remarqué de spécial.

— Depuis une rame de métro, on doit avoir une belle vue sur l'appartement, non ?

— Il n'y avait plus de métro quand il l'a agressée.

— Ne te fais pas plus con que tu ne l'es, Alex : imagine que ce soit un régulier. Imagine qu'il l'ait fréquentée un bout de temps avant de la tuer et qu'un voyageur l'ait vu, à la fenêtre, un jour, une nuit…

— Ne me dis pas que tu n'as pas remarqué les doubles rideaux rouges dans l'appartement, Fred ?

— Des rideaux, ça va, ça vient. Et j'ai surtout remarqué qu'il laissait un souvenir derrière lui. Dans la bouche de la victime. Comme dans *Le Silence des agneaux* ? Une cassette, hein, c'est ça ?

— Pas dans la bouche, non. Ne va pas claironner ça à la télé, mon vieux. Tu ferais obstruction à la justice. Le procureur est très remonté.

— J'en ai rien à cirer de Vergnaux. Et Castro était des nôtres. Tout le monde va s'exciter demain. Vox tue une vedette de la radio !

— Ce n'est pas en donnant à Vox ce qu'il veut que tu vengeras ta consœur. Réfléchis à ça, Fred.

— Tu me prêtes des sentiments élevés que je n'ai pas. Je veux un scoop, c'est tout. Et je l'aurai.

— Ce mec est un bon dieu de psychopathe. Il se sent exclu du système. Pour lui, tuer, c'est défier la société qui le rejette et trouver une réussite de substitution.

— T'as trouvé ça tout seul, mon commandant ?

— Il prend son pied avec toute la littérature qu'on pond sur lui. Demain matin, tu auras ton scoop. Tu seras le premier à annoncer le meurtre mais ne t'avise pas de parler de la cassette. C'est bétonné, tu m'entends ?

— Tu veux le garder pour toi, hein ?

— De quoi tu parles ?

— Tu sais bien. Vox et son flic attitré. Le mec qui l'a baptisé. Tu es son papa. S'il se sent rejeté, le pauvre chéri, tu es là, toi. Tu penses à lui. Tout le temps.

— Tu pues la gnôle, Fred, et je t'ai connu plus fin.

— Exact. Plus fin, plus jeune, plus gai, plus tout. Mais ça, c'était avant que tu me la piques.

Alex Bruce se tourna enfin vers Guedj. Le journaliste avait l'air vidé. Il allumait une blonde en s'y reprenant à deux fois, essuyait un brin de tabac d'une main tremblante et se forçait à sourire. Le paquet de cigarettes tomba. Bruce fut le plus vif et le ramassa. Le cynisme ne te va vraiment pas au teint, pensa-t-il en prenant une cigarette avant de lui rendre le paquet.

Ils fumaient la même marque. Et Tessa aussi. À moins qu'elle n'ait changé de goût depuis. Comme elle changeait d'hommes. Bruce aurait pu reprendre leur vieille discussion, interrompue, macérée, ressassée jusqu'au ridicule, dont ils n'avaient pas peur ni l'un ni l'autre. C'était sans doute ça le fond du problème. « Tu es mon pote mais ça ne t'a pas empêché de me piquer Tessa. – Elle t'avait quitté avant de me faire signe et de venir vivre avec moi. – Y a une justice, elle t'a plaqué aussi. Et à cause de toi, on est comme deux cons maintenant. – Oh ! et puis merde, Fred. »

Cette nuit, les circonstances et le lieu étaient mal choisis pour la vieille discussion. Tessa était blottie au chaud quelque part dans le cerveau de Bruce. Repliée même. Et parfaitement silencieuse. Cette nuit – et en cela Guedj avait raison –, Vox prenait toute la place. Guedj et Bruce étaient amis depuis plus de vingt ans et c'est sans doute pour cette raison que le journaliste, comme en phase télépathique, arrêta de pleurnicher et dit :

— J'ai gambergé à tout ça, en fait. Cette relation entre Vox et toi. Et j'ai pensé à un truc. Terrible mais jouissif. Du moins pour moi.

— Accouche, vieux. J'ai du boulot.

— Tu pourrais demander un contrat à Vox.

— Quoi ?

— Un contrat sur Tessa.

Bruce passa une main lasse dans sa chevelure et attendit. Guedj, l'œil allumé d'un espoir alcoolisé, reprit :

— Il ferait ça pour toi.

— Ouais, par amitié.

— Il la tue et tout le monde gobe. Le serial killer se venge du flic qui veut l'empêcher de nuire en lui tuant son ex-femme. C'est plausible.

— Oh ! mec ! Tu fais jamais prendre l'air à ta cervelle, c'est pas vrai !

— En plus, tu le tiens, après. Tu lui promets l'impunité s'il te tue ton ex. Tu l'arrêtes quand même. Il pourra toujours gueuler que tu lui as proposé un contrat, personne ne voudra gober cet aspect-là du scénario. Trop tordu.

— C'est ça. Je passe une annonce dans le journal : « Bruce cherche Vox pour travail complémentaire. Appeler après les heures de travail. »

— Il y a un cordon ombilical entre ce mec et toi.

— Chez toi, le cordon est en circuit fermé. C'est de la branlette.

— Écoute-moi. Il y a un cordon parce que dans le fond tu penses comme lui, que c'est toutes des garces.

— Ne prends pas ton cas pour une généralité, mec. J'ai pas eu de problèmes avec ma maman et si je me suis fait plaquer par Tessa, j'en fais pas une maladie.

— C'est impossible de ne pas en faire une maladie.

Bruce finit par sourire et passa son bras autour des épaules de son ami.

— J'aime pas étaler mes sentiments, Fred. Mais je crois que ce qui compte c'est que nos bons moments, elle n'a pas réussi à nous les piquer. C'est tout simple.

— Alex ?

— Oui ?

— Ça t'arrive de rêver de sa mort ? Réponds franchement.

— Pas de sa mort. Juste avant, mentit Bruce. Je la fais souffrir un peu et ensuite je la délivre. Instinct de flic.

— Et ça te fait du bien ?

— Pas vraiment.

— Comment tu tiens le coup, alors ?

Bruce se leva et dit en regardant les fenêtres de Castro :

— J'évite de trop picoler.

— C'est ça ! Et tu t'investis dans ton job.

— Oui, j'aime mon job.

— T'as de la chance d'être un mec simple, finalement.

Bruce attendit un moment et dit :

— Je te fais confiance pour la cassette, Fred ?

— Mon chef de service est justement un type à qui on ne peut pas faire confiance.

— Tu ne lui dis rien. Le moment venu, je te balance tout. À toi seul. Ça marche ?

— Et si c'était lui qui décidait de tout balancer. C'est assez son genre, non ?

— Qui ça ? Vox ?

— Bien sûr. Une des habitantes de l'immeuble m'a dit qu'il y avait eu un tapage nocturne. Le générique des Nuits Taboues. C'est lui qui a mis le disque, non ?

— Tu fais un cocu assez nul mais un bon journaliste, Fred.

— C'est tout ce qui me reste. À toi aussi, mon vieux. Malgré tes airs stoïques.

— Rentre chez toi. Je te déconseille de te mettre dans les pattes de Mathieu Delmont.

Bruce traversa le boulevard, bras levé en signe d'adieu et sans se retourner. Il n'avait pas envie que Guedj voie son visage. Un mec simple. Il jeta sa cigarette dans le caniveau et pensa au bébé qu'il n'aurait jamais avec Tessa. Il n'en avait parlé à personne. Pas même à Guedj. Il lui arrivait de penser à ce qui aurait pu se passer si elle avait eu son enfant. Leur enfant. Il y avait de l'amertume alors dans ces pensées mais pas de haine. Même pas de jalousie. Elle vivait sa vie sans lui, occupée à séduire d'autres hommes. Le dernier en date étant un Américain dans la force de l'âge. Et dans celle du pognon. Et voilà tout. S'il rêvait d'elle parfois, ce n'était pas pour la voir revenir, contrairement à Guedj. C'était pour l'entendre lui expliquer son mystère, point par point. La magie qu'elle portait en elle et qui lui avait permis de créer des souvenirs avec des riens. Une petite phrase. Un parfum. Un geste. Des riens. Si légers. Si difficiles à oublier. Avec une bonne explication, ça pourrait peut-être se dissoudre.

*

— Bruce, il faut que je vous parle.

Le patron de la Crime l'entraîna vers la haute fenêtre centrale qui donnait sur le boulevard. Il tira sur un pan des doubles rideaux, ouvrant la vue sur la masse sombre du métro aérien et, au loin, sur un bout de tour Eiffel.

— Vous vous souvenez de ce que je vous avais dit à propos d'une femme appât ?

Bruce hocha la tête. C'était une idée lancée à la volée par Clément Léonard, le commissaire adjoint, mais reprise et soutenue à fond par le psychocriminologue. Réappropriée même. Prendre pour base la version officielle donnée à la presse : Vox réagit à un certain type de voix, on le détermine avant de localiser une fonctionnaire de police dont le spectre vocal corresponde. Mathieu Delmont poursuivit :

— On l'a trouvée. Et, plus j'y réfléchis, plus je me dis que c'est un coup à tenter. Qu'est-ce que vous en pensez ?

La question était de pure forme. En tant que grand communicateur, Delmont savait que l'information était le nerf de la guerre pour garder ses troupes en ligne. Bruce eut une réponse à double sens, histoire de donner à son supérieur hiérarchique les verges pour le battre au sujet de Guedj ; ils n'étaient dupes ni l'un ni l'autre, mais autant régler l'épisode au plus vite :

— Je crois aussi qu'on peut tenter le coup mais qu'il s'agit d'être particulièrement vigilants sur ce qui va être lâché à la presse.

— Bien entendu. C'est une femme d'expérience. Le capitaine Martine Lewine. Vous la connaissez peut-être ?

— Le nom ne me dit rien.

— Treize ans au commissariat du 8e arrondissement. Tireuse d'élite, états de service excellents. En plus, je crois qu'elle passera bien à la télé.

— Qu'est-ce qui vous fait dire ça ?

— Elle est très posée et ne se démonte pas facilement. Une sorte d'assurance tranquille sans une once de prétention. L'idéal. Les journalistes vont accrocher.

— Elle arrive quand ?

— Dès que possible. Je vous tiendrai au courant. Vous parliez de presse. Vous avez neutralisé ce type de la télé ? Frédéric Guedj, c'est ça ?

— Il annoncera le meurtre à la première heure. Mais j'ai bon espoir qu'il ne parle pas de la cassette.

— Bon espoir seulement ?

— C'est une quasi-certitude. Je lui ai fait comprendre que la brigade resterait muette sur le sujet. De toute façon, il ne va pas griller ses sources pour un bout d'information bancale.

— Je l'espère vivement. J'ai sanctionné le crétin qui l'a laissé entrer mais ça ne règle pas le problème pour autant. Vous connaissez personnellement ce type et dans le fond vous êtes le seul à pouvoir le contrôler. Je compte sur vous.

— Je m'en occupe, patron.

Fin du *Requiem*. Delmont et Bruce marquèrent un temps pendant que Sanchez sortait le CD du lecteur. Il vint dire à Delmont qu'il avait opéré les relevés sur la microcassette, qu'il n'y avait pas d'empreintes – comme à l'accoutumée – et qu'on pouvait écouter la bande dans l'appartement. Bien joué, Sanchez, pensa Bruce. Le patron peut constater la rapidité de l'IJ. Un petit regret cependant : Bruce aurait aimé que le procédurier lui fasse part de son idée avant. Mais le grand patron ne se déplace pas tous les jours sur le terrain, alors…

On avait mis les trois uniformes sur le palier. Bruce et Cheffert furent les seuls à échanger un regard. Les autres étaient rentrés en eux-mêmes. Même Delmont, qui écoutait les gémissements et les cris étouffés mains dans les poches, se forçant à se tenir droit.

« Les étoiles… sont des machines… Les étoiles… sont… des machines… Les étoiles sont des machines. »

Et de nouveaux gémissements. Grognements. Un cri rauque : celui d'une femme à qui on plaque une main sur la bouche. Du moins, c'est ce que Chansky, le professeur de l'École nationale supérieure des télécommunications, avait expliqué lorsqu'on lui avait fait écouter toutes les cassettes. Et un dernier cri. Le pire. Celui qui diminue en intensité jusqu'au silence de la mort que le tueur avait eu le raffinement d'enregistrer lui aussi. Delmont, comme les autres, venait d'entendre une mort en différé. Celle d'Émeline Dunant, vingt-trois ans, étudiante en biologie et chanteuse des rues, retrouvée morte à son domicile comme toutes les autres. C'était il y a quatre mois. Bruce se souvenait du visage d'Émeline. Des cheveux châtains, un air énergique, un sourire craquant. Vox lui avait tout pris. Jusqu'à son dernier soupir. Son meurtre était réduit à un enregistrement : des variations de pression acoustique transformées en variations de tension électrique.

Bruce fut le premier à faire un geste. Il nota la phrase dans son carnet. Mathieu Delmont le regarda faire puis s'approcha et finit par dire :

— Lisez-les-moi, vous voulez bien, Bruce ?

— « Souviens-toi de Deep Blue./ Tout est connecté./ Nous pouvons créer nos dieux./ Nous pouvons devenir des dieux./ Nous construisons ce qui va nous dominer./ C'est le calme avant la tempête./ L'intelligence n'a que faire de la conscience./ Nous vivons les derniers jours de l'humanité./ Un animal est une machine./ Les étoiles sont des machines. »

— Chaque fois que je lis ça, je pense à une incantation. À vous entendre le lire, c'est encore plus net.

— Les groupes Logeais et Hubert continuent de fouiller du côté des sectes, patron. On n'a rien jusqu'ici.

— Vous ne sentez pas la piste des sectes, vous, Bruce ?

— Un type qui dit que nous pouvons devenir des dieux refuse la religion. Même celle des sectes sataniques.

— Ce passage sur les derniers jours de l'humanité, pourtant…

— Je crois plutôt qu'il joue à Dieu. Il jouit du pouvoir de vie et de mort sur chaque victime.

— Je n'aurais pas pu mieux dire ! dit une voix suave. J'aurais simplement ajouté quelque chose comme « il va falloir arrêter Dieu ».

Bruce et Delmont se retournèrent pour faire face à Alain Sagnac qui arborait un sourire ravi. Cette nuit, il était déguisé en marin rive gauche. Bonnet jusqu'aux yeux, veste de loup de mer chic mais fatiguée, jean râpé et pompes de luxe. C'était la deuxième fois qu'il faisait irruption au beau milieu du travail de l'IJ. Bruce répondit à sa poignée de main après Delmont qui n'avait pas l'air d'apprécier plus que lui le coup de théâtre. Apparemment le substitut n'avait pas hésité à réveiller le procureur en pleine nuit.

— Commandant Bruce, vous a-t-on dit que j'avais trouvé la voix que nous recherchions depuis si longtemps ?

— On vient de me l'apprendre.

— En chemin, j'ai réfléchi et pensé qu'il serait intéressant de faire venir le capitaine Martine Lewine ici, cette nuit. Pour la… Pour la charger émotionnellement. Pour la rendre plus efficace face aux médias. Qu'en pensez-vous, Delmont ?

— C'est peut-être un peu prématuré, répondit le patron de la Crime en regardant Bruce s'éloigner vers le seuil.

— Où va le commandant ? demanda Sagnac.

— Arrêter Dieu ! dit Alex Bruce avant de quitter l'appartement.

En sortant de l'immeuble, il demanda au planton de l'appeler sur son mobile une fois que Sagnac aurait dégagé le terrain.

4

Le corps arrivait sur une civière, dans une housse blanche en plastique. Il y avait un attroupement sur le trottoir. Cheffert tentait de convaincre les gens de rentrer chez eux mais, fascinés, ils s'agglutinaient pour mieux voir les deux brancardiers monter le corps dans le fourgon. Bruce se tourna vers la station de métro. Sur le banc où Guedj et lui s'étaient tenus la nuit dernière se trouvait un jeune type penché en avant, un sac en papier entre les jambes. Il était bien le seul que la scène ne semblait pas intéresser. Bonnet de marin enfoncé jusqu'aux sourcils. La trentaine mince. Jean noir, blouson de cuir. Il leva la tête. Regard bizarre.

Le commandant écarta sa veste pour montrer son holster, histoire de jouer franc jeu, et s'avança. Le type baissa les yeux, sembla hésiter deux secondes puis se leva, marcha vers le métro. Bruce appela, s'élança sur le boulevard, main dressée pour arrêter un break commercial. Le type jeta son paquet, partit à fond de train. Des croissants s'éparpillèrent. Bruce contourna le capot d'une R5 qui venait de piler après que le conducteur eut tenté de doubler le break. Il courut vers la bouche de métro. Coups de klaxon. Silhouette du type en noir qui se dilue dans un groupe de passants.

Bruce bouscula un homme, hurla : « Police ! Police ! Écartez-vous ! » La foule s'ouvrit d'un seul coup. À travers les portes vitrées, il vit le gars bondir au-dessus de la borne de compostage. Souplesse extrême.

Il sauta à son tour. Vit l'homme foncer dans l'escalier, tourner à droite. Direction Charles-de-Gaulle-Étoile.

Il le perdit de vue. Un flot de voyageurs dans l'escalier. Bruce joua des coudes en gueulant, déboula sur le quai. Il y avait une dizaine de personnes. Devant, les rails à perte de vue entre deux rangées de façades haussmanniennes. Pas d'issue pour le type, si ce n'est de sauter dans le vide. Bruce comprit qu'il s'était accroupi dans l'escalier quelques secondes auparavant, caché par la foule. Il dévala l'escalier en trombe. Balard/Créteil ou Boulogne/Gare d'Austerlitz ? Il repéra un kiosque à journaux. Le commerçant lui dit qu'il avait vu un homme courir en direction de Créteil.

Bruce le vit de loin qui fixait le tunnel par où le métro devait arriver. Il avança, dissimulé par une femme qui poussait un landau. Il la dépassa, porta la main à la crosse de son Manurhin. Geste dissuasif. Il ne dégainerait qu'en cas d'absolue nécessité. Le type tourna la tête, le vit. Bruce accéléra. Le gars leva les mains en signe d'apaisement. De près, il avait les yeux rouges. Pleurs, nuit blanche, drogue ?

— Debout ! Bras loin du corps.

— OK, pas de problème ! Je ne sais pas ce qui m'a pris.

— Tu vas avoir tout le temps de nous expliquer ça. Tends les mains.

Bruce le menotta puis le poussa devant lui sans ménagement. Les gens s'écartèrent. Le commandant entendit une femme dire : « Je le reconnais, c'est le flic de la télé. » Elle avait une voix fluide et caressante à la fois. Comme Judith, Agathe, Émeline, Virginie. Comme

Castro. L'espace d'un instant, Bruce pensa demander au type de s'arrêter et à cette femme de lire les phrases du carnet dans son dos, pour qu'il ne voie pas son visage. Les incantations. Pour tenter le coup. Pour provoquer une réaction. Une émotion du genre de celles qui faisaient bander Vox. Bruce jeta un coup d'œil derrière lui. Le métro arrivait et les voyageurs s'avançaient vers le bord du quai. Le jeune homme s'arrêta en haut de l'escalier et se retourna.

— Je m'appelle Julien Kassidy.

Bruce enleva le bonnet de laine d'un geste vif, découvrant des cheveux noirs coupés court. Il glissa le bonnet dans la poche du gars.

— Kassidy. Bien. Et alors ?

— Je connaissais Isabelle Castro. J'étais venu lui apporter des croissants.

— Tu couchais avec ?

— De temps en temps.

Le gars avait une voix grave mais douce. Bruce s'était mis tout de suite au diapason, modulant son ton et son débit sur celui de l'autre avec juste le poids supplémentaire de l'autorité. Montrer d'emblée qui est le patron pour gagner du temps et éviter les gestes inutiles.

— Qu'est-ce que tu faisais sur le banc ?

— J'avais entendu un homme dire qu'on l'avait trouvée morte. Il a fallu que je m'assoie.

— Je comprends ça. Tu l'aimais beaucoup, hein ?

— Je l'aimais bien.

— Pourquoi tu t'es sauvé ?

— Je ne savais plus où j'en étais. J'étais sonné. En plus, j'ai une vie compliquée. Ma copine ne comprendrait pas.

Ils sortirent du métro. Cheffert était posté derrière le tourniquet gris avec un OPJ en uniforme.

— On l'embarque, dit Bruce.

Dans la voiture, le commandant repensa au fiancé de la jeune Judith. Complètement déboussolé. Au dépôt, il avait d'ailleurs dit à un gardien : « On m'a amené ici parce que j'ai tué ma femme. » Est-ce que Kassidy s'était barré pour les mêmes raisons ? Effet de choc. Et peur des problèmes sentimentaux. À voir.

La fouille ne révéla rien de suspect : clés, cinq cent cinquante francs en billets, papiers au nom de Julien Kassidy, domicilié passage Brady, dans le 10e arrondissement, né à Créteil le 5 février 1965. Une photo d'une petite blonde mignonne. Un agenda électronique. Un téléphone mobile. Trois préservatifs.

Le gars était assis devant le bureau de Bruce. Le commandant l'avait orienté de façon à ce que les interpellés puissent avoir en ligne de mire les photos des victimes de Vox fixées sur un panneau en liège. Le gars les regarda puis fixa Bruce un court instant, l'air triste. Victor Cheffert était adossé contre le rebord de la fenêtre entrouverte, occupé à déballer un Carambar à défaut d'allumer une cigarette. Il s'était mis à pleuvoir. Bruce humait avec plaisir une infime odeur de macadam mouillé. Se souvenir qu'il aimait les matins d'automne ou les matins de printemps ou les matins d'hiver l'aidait à se décontracter pour le premier round.

— C'est qui la jolie blonde ? demanda-t-il après un moment de silence.

— Carla, ma petite amie.

— Vous vivez ensemble ?

— Depuis deux ans.

— Qu'est-ce qu'elle fait dans la vie ?

— Costumière de cinéma.

— Où ça ?

— Elle travaille à la maison la plupart du temps.

— Et toi, de quoi tu vis ?

— Comédien.

— Ça marche comme tu veux ?
— Ouais, ça va.
— Tu joues dans quoi ?
— Le dernier truc que j'ai fait, c'était avec l'équipe de Ludo Weber, *Les Mercredis de Pikatchou*, pour Canal. Et je vais probablement avoir un rôle dans *L'Éducation sentimentale*, une dramatique télé pour France 2. Je fais aussi des lectures de romans au cabaret Le Loup du Faubourg et au Web Bar.
— T'étais où, hier soir ?
— Chez moi. Avec Carla.
— Toute la nuit ?
— Oui.
— Isabelle Castro dans tout ça ?
— Elle m'a beaucoup aidé dans le métier. Elle connaissait du monde.
— Tu es en train de me dire que tu couchais avec elle pour qu'elle te fasse rencontrer des gens ?
— C'est plus compliqué que ça. J'aime Carla mais...
— Mais quoi, elle ne te suffit pas ?
Le jeune gars soupira. Il fit une pause et dit :
— Ça va très bien sur ce plan-là. Mais... Ah, bon dieu, vous n'auriez pas un café ? Je me sens mal.
— Tu as faim ?
— Non, je ne crois pas que je pourrai manger. Du sucre dans le café, ce serait bien, s'il vous plaît.
Bruce regarda Cheffert. Le capitaine lut la blague Carambar, jeta le papier au panier et se leva pour aller au distributeur qui se trouvait dans le couloir. Bruce prit son bloc et un crayon, commença à griffonner en regardant sa feuille pour laisser le gars se décontracter.
— Comment tu l'as connue ? demanda-t-il doucement.
— J'ai lu le texte d'un romancier pour les Nuits Taboues. On a accroché tout de suite.

— Elle était belle, dit Bruce en relevant la tête.

Le jeune homme se mordit les lèvres, son regard parti vers des souvenirs intimes qui n'avaient pas l'air de lui faire du bien. De deux choses l'une. Ou il était sincère, ou il possédait un vrai talent et moisissait dans *Les Mercredis de Pikatchou*.

— Belle, intelligente, drôle et vraiment indépendante. J'ai passé des moments fantastiques avec elle. Et je ne cache pas que j'étais intéressé par tout ce qu'elle pouvait m'apporter. Je crois que j'exerce un boulot presque aussi dur que le vôtre. Toutes proportions gardées.

— J'ai vraiment du mal à comprendre pourquoi tu t'es barré.

— Moi aussi, inspecteur.

Cheffert avait entendu la fin du dialogue. Il avança avec le café, tournant la cuillère dans le gobelet avec application. Il le posa sur le bureau de Bruce et alla se poster derrière Kassidy. Il se pencha vers son oreille et dit de sa voix la plus posée :

— Tu veux savoir comment elle est morte ?

Kassidy marqua le coup. Visage assombri, il regarda Bruce.

— Si vous pensez que c'est nécessaire, répondit-il d'une voix blanche.

— Il l'a frappée, menottée, violée. Il l'a étranglée jusqu'à lui trancher presque le cou. Ensuite il a arrangé la scène pour que ça soit plus intéressant. Qu'est-ce t'as dit tout à l'heure : « J'exerce un boulot presque aussi dur que le vôtre » ?

— Écoutez ! Carla est chez nous. Appelez-la, elle vous dira que j'ai passé la nuit avec elle !

— Je croyais que tu t'étais barré parce que tu ne voulais pas qu'elle sache que tu couchais avec Castro, mon gars, dit Cheffert en collant son ventre contre la chaise.

— Vous ne me croyez pas. Alors si vous me mettez

en garde à vue, elle finira bien par le savoir. Et puis, je suis complètement sonné. J'ai jamais été impliqué dans une affaire de meurtre, moi ! Et Isabelle voyait d'autres types. Je le sais. Il y a eu des coups de fil quand j'étais avec elle.

— Quels types ?

— J'en sais rien. J'en sais foutre rien.

Kassidy enfouit son visage dans ses mains. Quand il releva la tête, Bruce poussa le verre en polystyrène vers lui et lui dit de boire son café. Il jeta un coup d'œil à Cheffert qui reprit sa position près de la fenêtre. La pluie avait cessé. Le ciel déployait toute une gamme de gris.

— Tu venais toujours la voir le matin ?

— Oui, c'était la seule solution. À cause de Carla.

Elle te croyait avec Pikatchou. Bien joué, se dit Bruce en pensant brièvement à Tessa et à son emploi du temps chargé et mystérieux dans les derniers moments de leur vie commune. La petite blonde mignonne allait s'en prendre plein la poire et pas plus tard que maintenant.

— On te raccompagne chez toi, dit-il en se levant.

— Et Carla, qu'est-ce qu'on va lui dire ?

— La vérité, mon vieux, dit Cheffert. Il n'y a que ça qui nous intéresse, ici. Tu t'en doutes bien.

Julien Kassidy se prit la baffe juste au-dessus de l'œil droit. Cheffert trouvait que pour une costumière, Carla n'était guère habillée. La présence de deux officiers de la Crime ne lui avait pas donné envie de réajuster un peignoir en coton rose qui laissait voir à peu près tout ce qu'il y avait d'émouvant chez elle. Deux clavicules délicates, une paire de petits seins ronds, une touffe jaune et frisée serré au diapason de ses cheveux courts. Elle portait aussi un patch purifiant anti-points noirs sur le nez dont elle semblait avoir complètement oublié l'existence. Petite pause, puis elle commença à marteler le torse de Kassidy en l'injuriant. « Espèce de salaud ! Espèce de... de salaud ! » Kassidy se protégea du mieux qu'il put mais elle lui envoya un coup de genou dans l'entrejambe qui le fit grogner et se plier en deux.

— Calmez-vous, mademoiselle, dit Cheffert en s'interposant.

Elle se mit à hurler. Cheffert l'attrapa par les poignets. Elle tenta de se dégager. Elle sentait le tabac, la sueur, la nuit et un parfum de bonne qualité. Un truc italien. « Gio », se rappela Cheffert comme dans un flash. Celui que portait Ludivine, sa dernière folie avant son mariage, ses enfants, sa promotion à la Crime, ses trente-quatre ans. Ludivine, un sacrément bon souvenir. Carla hurlait toujours. Kassidy se tenait l'entrejambe. Cheffert mit deux claques à la fille avec sa main libre et la fit asseoir dans un fauteuil. Silence pendant quelques secondes, les yeux de Carla rivés dans les siens. Avant qu'elle se mette à chialer et devienne toute molle. Bruce, resté contre la porte, leva le pouce en signe d'acquiescement.

Une fois le calme bien installé, Carla Dubrovny confirma les déclarations de Julien Kassidy. Elle fut convoquée à la PJ pour le procès-verbal. Bruce et Cheffert laissèrent les deux jeunes gens remettre le couvert et montèrent en voiture.

— Quel cinéma !

— C'est leur milieu qui veut ça, j'imagine, commenta Bruce. Ou alors... C'est vraiment du cinéma. Et la fille protège son jules, le psychopathe. Qu'est-ce que tu en penses ?

— Je pense qu'un type qui t'avoue ne pas savoir exactement pourquoi il s'est barré en te voyant arriver a de grosses chances de dire la vérité. Un menteur aurait pondu une histoire plus compliquée.

— Possible. Bon, dépose-moi boulevard de Grenelle. Pendant ce temps, tu creuses la vie de Kassidy. Le Loup du Faubourg, le Web Bar...

— Et *Les Mercredis de Pikatchou*.

— Exact.

Devant l'immeuble d'Isabelle Castro, Bruce attendit un peu avant de descendre de voiture. Cheffert lui demanda :

— Qu'est-ce qui te tracasse ?

— Rien ne me tracasse. Je me demandais seulement si tu avais entendu parler du capitaine Martine Lewine du commissariat du 8e.

— Lewine ? Ça ne me dit rien, qui est-ce ?

— Elle a, paraît-il, la voix qui chauffe Vox.

— Ne me dis pas que cette théorie fumeuse de la femme appât a refait surface !

— Si.

— Il y a des jours où je me demande pourquoi on se casse le cul à faire nos planques, interroger les témoins, relire les dossiers et échafauder des théories, Alex. Une femme appât, voilà la solution à notre problème ! Elle arrive quand, cette petite merveille ?

— Dès que possible dixit Delmont.

— Je piaffe d'impatience. Toi aussi, je le vois bien. J'espère au moins qu'elle est bien roulée.

— Au dire du patron, c'est une tireuse d'élite aux excellents états de service et à l'assurance tranquille.

— Ça ne nous dit toujours pas si elle est bien roulée.

Bruce tira les doubles rideaux, ouvrit la fenêtre et attendit le cliquetis caractéristique du métro qui arrivait en station. Il regarda sa montre. La rame sortit du tunnel. Il put discerner les voyageurs avec netteté et la rame accéléra, brouillant les visages emportés vers le boulevard Garibaldi. Bruce venait d'évaluer un laps de temps de six secondes entre le départ du train et l'instant, dans la phase d'accélération, où le paysage extérieur devenait flou. Six secondes pour apercevoir le visage éventuel d'un homme dans l'appartement de Castro. Son tueur en visite de courtoisie, avant la grande nuit de la mise à mort. On pourrait mettre un panneau en façade, du type de ceux des agences immobilières : « Appel à témoins dans le meurtre de l'animatrice Castro. Appelez le commandant Bruce, brigade criminelle. » Ou Guedj pourrait passer un message à la télé. C'est lui qui avait lancé l'idée, après tout.

Bruce soupira. Personne ne voudrait lui laisser cette souplesse. Il se sentait souvent englué dans un lourd magma, celui de l'administration policière et par extension de la société tout entière. Frileux petit hexagone. Planqués dans leurs bureaux de hauts fonctionnaires, des types sortis des grandes écoles pensaient pour nous. Dans le 20e arrondissement, un père avait balancé son môme par la fenêtre la semaine précédente. Qu'en pensaient les costumes-cravates de l'ENA ? Un copain de Bruce, lieutenant au commissariat de l'avenue Gambetta, avait mené l'enquête à l'école et dans le quartier. Père alcoolique, immigré au chômage depuis trois ans, mère analphabète cloîtrée entre ses quatre murs et ses rejetons gavés de télé pleine de pubs de rêve, institutrice lessivée, confrontée quotidiennement à des enfants livrés à eux-mêmes et à des parents largués. Bandes de quartier teigneuses et assistante sociale submergée. Le psychocriminologue avait dit quelque chose de pas trop abscons la dernière fois : « Le phénomène du tueur en série risque de se développer, commandant Bruce. Ce n'est pas qu'une affaire d'ouverture des frontières. C'est une histoire de valeurs. Effritement des interdits moraux, dislocation de la famille, indifférenciation entre bien et mal. Pour moi, le serial killer n'est pas seulement le résultat d'une histoire personnelle dramatique, c'est aussi celui d'une faillite collective. Il se situe simplement à l'extrémité de la courbe. » Si même Sagnac était d'accord ! En parlait-il à son ami le substitut lors de leurs dîners en ville ?

Alex Bruce referma la fenêtre et appela Fred Guedj. On lui répondit que le journaliste était en reportage. Bidon sur toute la ligne mais le commandant n'eut pas envie de parlementer. Il essaya le mobile de son ami et entendit la voix de femme impersonnelle choisie par Itinéris pour les messageries de ses abonnés. Il raccrocha. Partie remise.

Il déambula dans l'appartement. Il y avait une flaque de sang séché à l'endroit où gisait le corps de Castro. Bruce réalisa qu'elle était la seule victime à laquelle il pensait sans utiliser mentalement son prénom. Sans doute parce qu'elle était Castro pour tout le monde. Une voix célèbre. Un visage en passe de le devenir depuis ses interviews à la fois feutrées et provocantes pour Paris Première.

Bruce repéra des traces sur le mur au-dessus du canapé. Bien nettes grâce au traitement des gars de Sanchez. Deux mains de femme, doigts écartés. Dans le silence de cet appartement aux tentures de théâtre, c'était tout ce qui subsistait d'elle. Bruce comprit qu'elle s'était redressée en voyant que ça tournait mal. Dos au mur, mains plaquées, réflexe de proie traquée. Corps qui pousse le mur pour ne plus voir le visage de sa mort. Bruce se retourna dans la perspective de ce qui avait été le regard de Castro. Il comprit que le tueur s'était tenu dans l'embrasure de la porte du salon, qu'il avait provoqué une frayeur subite, dense comme une empreinte saturée d'encre.

Il alla se placer dans l'embrasure. Il recula. La salle de bains. Il actionna l'interrupteur. Lumière douce. Vox s'était préparé là. Console exotique en bois ouvragé, produits de maquillage, parfums, vasque blanche souillée par les techniciens de l'IJ. Et un grand miroir ancien avec un cadre à dorures. Bruce eut la certitude que Vox s'y était regardé. Content du décorum. Juste avant de passer à l'acte. Il fixa son propre visage un instant. Ses yeux brillants bordés de quelques rides. « Isabelle », dit-il. Il passa la main sur sa barbe naissante, éteignit la lumière et sortit de la salle de bains.

Il s'assit sur le canapé, regarda machinalement l'espace rectangulaire de la porte où s'était encadré Vox et appela une nouvelle fois Guedj. Le journaliste décrocha avant la troisième sonnerie.

— Fred ? C'est Alex.

— J'ai pas trop le temps, mec. Je passe à l'antenne dans deux minutes. J'ai déjà fait Télématin mais le treize heures, c'est le gros morceau.

— Je suis chez Isabelle Castro. J'ai eu une idée. Tu pourrais mentionner au treize heures que ses fenêtres donnaient sur le métro aérien. Genre appel à témoins.

— Tu me piques mes idées maintenant ?

— Tu ne m'as jamais proposé le coup de l'appel à témoins dissimulé.

— Vous risquez de vous retrouver avec quinze mille appels par jour. Rigolos, barjots et compagnie. Déjà que Delmont peut pas m'encadrer.

— L'essentiel, c'est qu'il m'ait à la bonne. Pour toi, c'est râpé de toute façon.

— J'aime pas beaucoup l'improvisation. Mes trucs sont toujours très écrits.

— Arrête de te faire prier, tu veux !

— Bon, allume ta lucarne magique, mon pote. C'est parti.

Alex Bruce chercha la télécommande, la trouva sur le poste de télévision et mit France 2. Rachid Arhab et Carole Gaessler étaient aux commandes. Cette femme a des yeux fabuleux, pensa Bruce en montant le son.

Mouvement de caméra. Guedj en gros plan, costard gris, chemise bleue, pas de cravate. Cheveux plus blonds que dans la vraie vie. Gueule de golfeur américain un peu fripée.

« Une voix s'est éteinte cette nuit dans des circonstances dramatiques. Isabelle Castro, la talentueuse journaliste de Radio France et Paris Première, a été sauvagement assassinée à son domicile du boulevard de Grenelle, dans le 15e arrondissement à Paris. Le meurtrier présumé est Vox. Multirécidiviste, il est recherché depuis mars 1997 et l'assassinat de Muriel Dannoux, vingt-quatre ans, première victime d'une longue série ayant, au jour d'aujourd'hui, coûté la vie à onze femmes. Rappelons que le tueur en série a été baptisé Vox par la Brigade criminelle sur la base de similitudes repérées dans les voix des victimes. Isabelle Castro possédait apparemment le timbre qui plonge cet assassin psychopathe, passé maître dans l'art d'effacer ses traces, dans un état de rage meurtrière. La journaliste rentrait de Radio France après avoir animé les Nuits Taboues, ce petit bijou d'irrévérence qui en ces temps politiquement corrects nous faisait apprécier son talent mâtiné de générosité et de vivacité. Aujourd'hui, le monde des médias est en émoi. À cause de la perte d'une grande professionnelle et de celle d'une femme, victime innocente de la sauvagerie. Quai des Orfèvres, le grand patron, Mathieu Delmont, assure que la centaine de limiers de sa brigade est mobilisée sur les traces du voleur de voix. Mais la police vient, comme nous tous, de se prendre une grande claque, si vous me permettez l'expression. Elle a fait appel à des psychocriminologues qui ont d'ailleurs dépeint le tueur comme un être d'une intelligence supérieure. Effort louable mais insuffisant. Un assassin rôde parmi nous. Il n'a sans doute rien de spécial, il est passe-partout. Ce qui le rend d'autant plus dangereux. Une idée aussi vieille que la solidarité peut avoir toute son utilité. Pensez à cela : les fenêtres d'Isabelle Castro, tendues de lourdes tentures pourpres, donnent sur le métro aérien, et la police pense que Vox faisait partie de l'entourage de la journaliste. Un voyageur a peut-être vu un homme dans son appartement. Un homme qui aurait été son ennemi intime sans qu'elle le sache. La délation est un vilain défaut et les Français n'aiment pas les flics ? Croyez-vous vraiment que ce genre de clichés ait une importance quelconque dans un moment où un fou s'en prend à la grâce ? »

C'est bien ce que je pensais, se dit Bruce en éteignant la télévision. Un mauvais cocu mais un bon journaliste. Le contraire eût été moins utile. Mais pourquoi utiliser l'adjectif pourpre à la place de rouge ?

5

Mon territoire est celui des Morts. Alex Bruce n'avait pas trouvé cette phrase chez un poète ou un philosophe grec. Elle lui était venue naturellement et il l'avait faite sienne. Depuis le début de l'affaire Vox, il avait souhaité assister à toutes les autopsies. Il fallait un flic pour jouer le rôle du représentant légal du substitut. Le commandant avait accepté cette responsabilité parce qu'il voulait percevoir la violence de Vox dans toute son intensité. Il avait choisi de devenir flic quatorze ans auparavant après des études de maths et un début de carrière dans l'enseignement qui lui avait montré qu'il n'avait pas la fibre pédagogique. Il était maintenant au cœur de la réalité du monde, simplement un peu plus près des extrémités que la moyenne des gens réalistes, et cette sensation incomparable valait de s'investir.

Vu la personnalité de la victime et la montée de la tension médiatique, l'autopsie avait été programmée au plus vite. Le surlendemain du meurtre, mais à l'aube, pour ne pas bouleverser le reste du planning. Bruce s'était installé au quatrième rang de l'amphithéâtre de l'Institut médico-légal et s'était rendu compte quelques minutes plus tard que c'était en rapport direct avec l'étage de l'appartement du boulevard de Grenelle. Un bon signe. Cet état de semi-transe était du meilleur augure. Toutes les informations, tous les mouvements extérieurs étaient passés au crible de ses réflexions et les enrichissaient. Pour s'imbriquer dans la trame serrée de l'affaire Vox. Il était un chasseur. Concentré. Tendu tout entier vers sa proie. Delmont, Sagnac et d'autres n'auraient pas aimé savoir que le commandant Bruce se percevait comme un individu en chasse plutôt que comme un élément d'un groupe. Quelle importance ? Il suivait son instinct. Et, dans le fond, il n'y avait guère que l'avis de Victor Cheffert qui importait vraiment.

Le médecin légiste venait de faire les « crevés », les incisions au scalpel sur le torse et les membres permettant de repérer les coups et blessures avant la mort. Il avait confirmé l'attaque au niveau du plexus repérée par Sanchez. La couronne de cheveux d'or d'Isabelle Castro dépassait de la table en inox. Il ne put s'empêcher de penser à leur contact forcément soyeux et la réflexion de Guedj à propos de Tessa lui revint. « Est-ce que ça t'arrive de penser à sa mort ? » Le reste suivit. L'idée de Guedj. Le contrat sur Tessa. Il suffisait de laisser la bride sur le cou à son imagination. D'imaginer Tessa à la place d'Isabelle. Corps charnu contre corps mince, cheveux noirs contre cheveux blonds. Est-ce qu'on dispensait un ex d'assister à l'autopsie de sa femme ? C'est fou comme les idées étaient insidieuses, parfois. Même celle d'un copain alcoolique porté sur la rancune. Et pourtant l'amertume n'était pas contagieuse dans cette histoire, se dit-il avant de focaliser son attention sur le légiste.

Il était occupé à la grande incision, du bas du cou jusqu'au pubis. Le moyen d'avoir accès aux organes des cavités thoracique et abdominale. Le moment où le corps se disloquait pour de bon. Bruce savait qu'il en avait pour au minimum deux heures. Des prélèvements sanguins à la pesée des organes. Puis à l'incision de la peau du crâne, le décollage du cuir chevelu rabattu sur le visage, le découpage de la boîte crânienne à la scie électrique. On tue la grâce une deuxième fois, Fred.

Le territoire des Morts. Comme à chaque fois, il repensait au mythe d'Orphée parti chercher sa bien-aimée au royaume des Enfers. Il se revoyait gamin, armé du vieux dictionnaire de son grand-père, Gérard, lorrain, ancien sidérurgiste, fou de lecture. Le vieil homme lui avait appris à voyager dans le monde imaginaire des anciens Grecs. Via la filiation des dieux et de tous leurs copains. Zeus, Athéna, Hermès, Dionysos, Io et les nymphes. C'est Hadès qui avait le plus marqué le jeune Alex. Le dieu des Enfers était le seul à qui les Grecs n'avaient pas construit de temple et pour lequel aucun hymne n'avait jamais été composé. Redouté et détesté, Hadès avait ses cérémonies particulières. Le prêtre, qui ne pouvait officier que dans l'obscurité, ouvrait le ventre d'un animal forcément noir, sacrifié avec un couteau à pommeau d'ébène. Un légiste avant la lettre. De fait, Alex avait tout de suite aimé Orphée. Le musicien qui avait défié la laideur d'Hadès et de Cerbère parce qu'il croyait l'amour plus fort que la mort. À dix ans, Alex Bruce avait trouvé l'idée splendide. Aujourd'hui, et particulièrement les jours d'autopsie, lorsqu'il fallait encaisser le sang, les chairs broyées, les odeurs et le bruit de la scie électrique, il se demandait s'il n'était pas devenu flic à cause d'Orphée.

Le commandant quitta l'institut de la place Mazas vers huit heures et demie et remit son mobile en fonction. Une sonnerie lui signifia qu'il avait un message dans sa boîte vocale. Il composa son code et entendit la voix de Sanchez : on avait retrouvé des fibres sur le verre qu'avait probablement utilisé Vox mais aucune trace papillaire. Comme d'habitude.

Bruce récupéra sa voiture et prit la direction de l'avenue du Président-Kennedy. Il avait rendez-vous avec Maïté Joigny, productrice des Nuits Taboues.

L'entrée vitrée de la Maison de Radio France supportait quelques affiches avec les animateurs vedettes. Il y en avait une montrant Isabelle Castro toute blondeur déployée, regard et sourire intelligents, mains aux poignets délicats tenant les gros écouteurs ronds. Des admirateurs avaient déposé des bouquets sous l'affiche. Bruce s'arrêta pour les regarder et remarqua un bouquet de petites roses rouges. Il se pencha et vit une enveloppe blanche agrafée sur la cellophane. Il saisit le bouquet avec précaution par les tiges et souleva le rabat de l'enveloppe en prenant soin de laisser le minimum d'empreintes. Un bristol blanc. Une ligne en caractères bâton : « L'univers est une machine. »

— Qu'est-ce que vous faites, monsieur ? Ces bouquets ne vous appartiennent pas.

Bruce leva la tête et vit le visage furieux d'un gardien. Un Antillais qui faisait bien deux mètres de haut.

— Commandant Alexandre Bruce, Brigade criminelle. Vous avez vu quelqu'un déposer ce bouquet ?

— Non, commandant. Il y a eu des femmes avec leurs gamins, ce matin. Mais le dépôt de bouquets avait déjà commencé dans la nuit. En fait, je les ai remarqués en arrivant à six heures, ce matin.

— Qui fait la ronde de nuit ?

— Martin et Gérard. Ils sont rentrés chez eux à cette heure. Mais s'ils avaient vu quelque chose de spécial, ils me l'auraient dit.

— On va les appeler. L'un après l'autre.

L'Antillais fit la grimace puis prit son portable fixé à sa ceinture. Il consulta son agenda intégré et composa un numéro.

— Gégé ! Je te réveille. Pardon, mon ami. J'ai un inspecteur qui veut te parler. C'est en rapport avec...

Bruce saisit le téléphone des mains du gardien. Il voulait Gégé brut de décoffrage, avant qu'il ait eu le temps de bricoler une histoire. Au ton de sa voix, Gégé était aussi un Antillais. Un Antillais mal réveillé. Il finit par expliquer qu'il avait fait ses cinq rondes dans la nuit en compagnie de son collègue Martin et qu'ils n'avaient vu personne déposer le bouquet pendant la nuit. Martin confirma les déclarations de son collègue et précisa qu'ils n'avaient aperçu que les animateurs et techniciens de Radio France travaillant de nuit. Bruce appela Cheffert pour organiser la récupération du bouquet et du bristol. Ils convinrent d'effectuer les relevés d'empreintes, de faire photographier le bouquet puis d'envoyer cinq hommes enquêter chez les fleuristes parisiens.

Maïté Joigny était une blonde d'une cinquantaine d'années au corps lourd et à la voix rocailleuse de grande fumeuse. Elle n'était pas maquillée mais portait quatre bagues opulentes. Elle était assise dans la salle de régie déserte au milieu d'une batterie d'appareillages. Sur la droite, un petit escalier menait au studio bordé de hautes vitres. Au fond, une pendule digitale à chiffres rouges. On entendait France-Inter en sourdine. Bruce reconnut la voix de Gérard Lefort. Il se souvenait d'avoir écouté « Restons groupés » lorsqu'une femme commissaire était venue y parler de son livre et de la féminisation de la police française.

Maïté Joigny aurait voulu cacher sa tristesse qu'elle n'y serait pas parvenue. Les cheveux tirés en queue-de-cheval, son visage était offert. Bruce s'excusa pour son retard, elle hocha la tête et lui servit un regard dilué. Ses yeux rougis lui rappelèrent ceux de Julien Kassidy, la nuit dernière. Bruce s'assit près d'elle. Ses vêtements, un pull lâche et un pantalon noir chinois, sentaient le tabac.

— J'étais en train de réécouter la bande de la dernière émission, dit-elle en désignant un gros Nagra posé à côté d'un dossier. C'était une des meilleures qu'on ait faites avec Isa. Mais même si ça n'avait pas été une réussite, ça aurait été bon tout de même. Vous devinez pourquoi ? (Il fit non de la tête. Elle lui sourit et dit :) Parce qu'elle avait cette qualité de voix exceptionnelle. Elle aurait pu vous lire l'annuaire et vous en auriez redemandé. Voilà pourquoi. Il n'y a plus que Jeanne Moreau maintenant. Delphine Seyrig et Isa sont mortes.

Bruce ne s'était pas attendu à une telle entrée en matière. Il décida d'aller droit au but, histoire de se frayer un chemin à peu près rectiligne dans ce qu'il pressentait comme une jungle de pathos.

— Pourriez-vous nous confier les bandes de toutes les émissions depuis six mois ?

— Ce sera prêt après-demain. Je vous les ferai déposer par coursier à la PJ. J'ai aussi un dossier pour vous. Coupures de presse, photos. Ça peut toujours servir.

— Merci. Vous connaissiez ses amis ?

— Ses amants, vous voulez dire ?

Légère amertume. Bruce continua :

— Oui, ses amants. J'en ai rencontré un. Le jeune Kassidy.

— Le comédien ? Tiens je ne savais pas qu'elle couchait avec celui-là. Il est beau et à peu près intelligent. Pourquoi pas ?

— Il prétend l'avoir rencontrée ici.

— Oui, il fait des lectures de temps en temps. Il n'est pas trop mauvais.

— Et les autres ?

— Il y a Emmanuel Schmidt, l'animateur des Forêts du savoir, une émission de vulgarisation scientifique. Mais je le connais bien. C'est un type réglo. Un très bon pro. Et Gérard Seymour de France 2, mais je sais que c'est fini depuis au moins un an avec lui.

— C'était sérieux ?

Elle sourit encore. Une espèce de grimace condescendante que Bruce commençait à trouver désagréable.

— Isa était la personne la plus libre que je connaisse. Ses nuits n'étaient pas taboues.

— Le titre de son émission, c'était un gag entre vous ?

— Oui, on peut dire ça comme ça.

— La phrase « l'univers est une machine », ça vous dit quelque chose ?

— Non, pourquoi ?

— Pour rien. Juste une idée vague.

— Vous voulez écouter la bande ? demanda-t-elle en désignant le Nagra.

Bruce acquiesça. Les yeux de Maïté Joigny se plantèrent dans les siens et le sourire grimace revint lorsque la voix d'Isabelle Castro résonna dans la salle de régie. Tout son être semblait exiger silencieusement que la police mette enfin le paquet.

« Vos nuits sont belles et elles nous intéressent. Appelez Maïté au standard et confiez-nous vos rêves, vos désirs, vos questions. Ici Isabelle Castro en direct des Nuits Taboues. Pour cette première nuit d'automne, j'accueille Valérie Cassin, professeur en sciences de l'informatique à Polytechnique. Valérie est venue nous parler d'un futur proche. Celui de la révolution cybernétique. Quelles seront nos chances de survie quand les robots seront devenus plus malins que nous ? Chacun pourra-t-il s'offrir un petit Einstein cybernétique et domestique ? Le XXIe siècle sera-t-il celui de l'avancée technologique fulgurante ? Autant de questions que vous pouvez nous poser. On est entre nous, au cœur des Nuits Taboues... »

Ils écoutèrent en silence pendant une dizaine de minutes. Isabelle Castro était effectivement une bonne professionnelle. Elle avait le don d'amener son interlocutrice à expliquer des données complexes le plus simplement possible et savait mettre à l'aise les auditeurs intimidés. Une jeune fille demanda si on pouvait envisager à moyen terme une guerre des androïdes contre l'humanité. Avant que la spécialiste en cybernétique ne lui réponde, Maïté Joigny éteignit le magnétophone.

— On pouvait aborder les sujets les plus étranges sans que personne ne vienne nous demander des comptes le lendemain. La nuit, les langues se délient. Les gens confient leurs rêves les plus farfelus. La pudeur se gomme. C'est pour ça qu'Isa voulait continuer à jouer les nocturnes.

— Certains auditeurs vous ont-ils paru étranges ?

— Personne ou tout le monde. Je ne peux pas répondre à ça. Réécoutez les bandes, c'est une bonne idée.

— Il y a moyen de tracer les appels ?

— Vous êtes bien placé pour savoir que c'est interdit. On fait un filtrage avant le passage à l'antenne pour neutraliser les plaisantins mais Isa n'attirait pas ce genre de rigolos. Elle était sexy pour les hommes mûrs, brillante pour les femmes du même âge et branchée pour les jeunes. L'idéal.

— Qui a remplacé Isabelle Castro à l'antenne, hier soir ?

— Le jeune David Chevalier. Il a eu l'idée de faire l'émission sur Castro. Tout le monde pleurait. Il aurait mieux valu passer une heure de musique classique finalement.

— Vous avez noté quelque chose de spécial pendant l'émission ?

— Non. À part la sinistrose généralisée.

— Qu'est-ce que vous avez fait après ?

— Avec David, on est allés écluser quelques whiskies au Mélusier, un bar rue du Ranelagh où on va souvent.

— Vous avez remarqué quelque chose en sortant ?

— De quel genre ?

— Des bouquets déposés sous l'affiche d'Isabelle.

— Oui. On s'est accroupis pour les regarder en silence et puis David m'a dit qu'il y avait un truc entre Isa et le public plus fort que la mort. Je n'ai pas voulu le contredire. On est romantique à cet âge-là.

— Il y avait des roses ?

— Attendez... Oui ! Un petit bouquet de roses rouges avec une enveloppe crème.

— Vous l'avez touché ?

— Non.

— Personne aux alentours ?

— Non. Vous croyez que... Vox a déposé les roses ?

— Je ne crois rien mais j'enregistre tout. En tout cas, merci pour les bandes. Si vous vous souvenez de quelque chose, n'hésitez pas à m'appeler.

Il sentait qu'elle n'avait pas envie que ça s'arrête là. Il s'attendait à ce qu'elle lui serve son sourire fatigué mais elle n'en fit rien. Elle passa la main sur le Nagra et dit :

— Vous savez comment j'ai appris sa mort ?

Il fit non de la tête.

— Au journal télévisé, hier matin. Frédéric Guedj aux bords des larmes. Un tel numéro d'hypocrisie que j'en ai été malade une partie de la matinée.

— Hypocrisie, pourquoi ?

— Parce que ce mec aurait dû avoir la décence de parler d'elle sur un ton plus neutre. Pourquoi dire d'une personne qu'elle était la grâce personnifiée si par-derrière on la déteste cordialement ? (Bruce attendit la suite sans bouger.) Guedj avait travaillé pour nous du temps où Isa faisait une émission magazine avec des reportages. C'était il y a deux ans. Ils avaient eu une engueulade magistrale. Il l'avait traitée d'hystérique. Elle l'a foutu dehors.

— Pourquoi ?

— Il avait bidouillé un reportage sur la prostitution. En donnant une fausse interview bien juteuse. On a appris par la suite que la soi-disant pute était une de ses copines. Isa était très ouverte mais inflexible sur le plan professionnel.

— Elle lui a cassé sa réputation ?

— Pas à ma connaissance. On n'a plus jamais entendu parler de lui à Radio France, c'est tout. Il a d'ailleurs bifurqué vers la télé peu de temps après.

Alex Bruce revint à la Brigade après avoir mangé des tacos et bu un jus de tomate au Mélusier faute d'avoir pu s'y faire servir un jambon-beurre. Le barman se souvenait d'avoir vu Isabelle Castro maintes fois dans son établissement. En compagnie de Maïté Joigny, de techniciens et animateurs de Radio France et d'un jeune homme dont la description correspondait à celle de Kassidy. Rien de très intéressant.

Victor Cheffert avait desserré sa cravate, retroussé ses manches de chemise et nettoyait lentement ses lunettes avec un kleenex. Un petit vieux grassouillet était assis entre lui et sa machine à écrire et parlait d'un ton excité. En voyant Bruce, Cheffert interrompit le vieux qui se retourna et eut un regard de reconnaissance. Encore un téléspectateur attentif, pensa-t-il alors que Cheffert le rejoignait dans le couloir.

— C'est le quatrième de la matinée depuis que ton copain journaleux a eu la bonne idée d'ameuter la population, dit-il à mi-voix. Le premier a vu John Travolta et Tom Cruise assassiner Castro pour le compte de l'Église de scientologie. Les deux autres avaient des voisins et copains de bistro à dénoncer. Et celui-là dit que sa sœur jumelle a fait le coup. Mais il n'en est pas très sûr. Parce qu'en fait, il n'a jamais eu de sœur. Tu suis jusque-là ?

— On fait un boulot très dur, mon vieux. Souviens-toi de ce qu'a dit Kassidy.

Cheffert redressa ses lunettes sur son nez et desserra encore un peu plus sa cravate. Bruce lui donna une tape dans le dos et alla dans son bureau. Il ouvrit le dossier récupéré auprès de Maïté Joigny. Plusieurs photos la montraient en compagnie d'Isabelle Castro. Sur l'une d'elles, la productrice tenait la journaliste par la taille et, pour une fois, cette dernière ne posait pas. Elle ne souriait pas non plus et c'est ce cliché que Bruce choisit pour son panneau de liège. Il découpa la silhouette de Joigny et épingla Isabelle Castro à côté de Judith. Puis il fit la tournée des visages comme chaque jour. S'attardant pour chercher un lien de regard en regard. Peaux lisses, peaux marquées, sourires légers, visages graves. Variations : joliesse, beauté, banalité, fraîcheur, lassitude. Rien qui parle. Pour le moment.

Bruce avait laissé sa porte ouverte. Il attendit que le faux jumeau soit parti pour appeler Cheffert.

— On fait le point ?

— OK ! Deux hommes du groupe Logeais couvrent les clubs d'arts martiaux et jusqu'ici, c'est le néant. Idem côté fleuristes. Il faudra une bonne semaine pour tout quadriller. Mais comme de plus en plus de gens commandent leurs fleurs par téléphone, on a peu de chances de gagner le jackpot. Le bristol et le bouquet sont au labo. Et moi au téléphone ou en train d'interroger des illuminés en alternance avec Raynaud. Autrement dit, pour le moment, ça patine.

— De toute façon, je ne suis pas optimiste au sujet de ces roses, répliqua Bruce. À mon avis, c'est un bouquet bas de gamme acheté à un vendeur des rues ou du métro. Intraçable.

— C'est bien ce que j'ai pensé en voyant l'emballage de cellophane miteux.

Bruce eut envie d'allumer une cigarette mais se retint. Il attendit un peu et dit :

— Fred Guedj s'était brouillé avec Isabelle Castro. Une histoire de reportage bidouillé. Il y a deux ans. Quand les médias parlaient sans arrêt de Vox.

À son regard, Bruce sut immédiatement que Cheffert appréciait qu'il lui dise la vérité sans détours même au détriment d'un de ses meilleurs copains.

— Qu'est-ce qu'on fait ? finit par demander le capitaine.

— On creuse là aussi.

— Tu préfères que je m'en occupe ?

— Non. Guedj vient souvent me souffler dans les bronches les jours de blues. Je trouverai vite l'occasion.

— Je peux te demander quelque chose de très personnel ?

— Bien sûr. D'autant que je sais déjà ce que c'est. Tu veux savoir ce que je fous avec Guedj. Malgré Tessa.

— Exact.

— J'ai besoin de Guedj. Je l'aime comme il est. Et peut-être même sûrement à cause de ce qu'il est.

— Tu sais ce que j'aime chez toi, moi ?

— Non.

— Que, quelquefois, ça ne te gêne pas de parler comme une gonzesse.

— Ah bon ?

— C'est grâce à cette souplesse qu'on a toutes les chances de l'épingler.

— C'est ce que je me dis parfois. D'autant qu'il est plutôt du genre opposé. Systématique et rigide.

— Ouais, exactement. Tu sais de quoi je rêve parfois ?

— Non.

— Je rêve qu'on l'a épinglé et qu'on le travaille pour qu'il avoue. On finit par y arriver. Il nous dit : « C'est moi qui les ai toutes tuées. » Ça dure quelques secondes seulement. Mais c'est un orgasme total.

— Dis donc, Victor, pas étonnant que les autres t'appellent « l'Intello ».

6

Avant de monter au deuxième étage du 67, rue de Berri, Armando Mendoza portait une paire de lunettes de soleil argentées qui semblaient greffées sur son crâne rasé, un costume violet, une chemise bordeaux et des chaussures en daim noir. Maintenant, il n'avait plus qu'un collier et une laisse rouges piqués de clous dorés. Comme il était pendu par les pieds, sa laisse et ses bijoux de famille pendaient à la verticale sous l'effet de la force de gravité. Martine Lewine se dit que ça devait lui faire un drôle d'effet de la voir débouler avec ses deux hommes à l'envers et en pleine extase. La dominatrice avait ouvert la porte sans faire d'histoires parce qu'elle savait que les trois flics lui feraient fermer boutique de toute façon et qu'elle pourrait toujours rebondir ailleurs, une fois l'affaire tassée.

Pour le moment, elle fumait debout à côté d'un guéridon garni de gadgets moyenâgeux, pas plus énervée que si elle attendait l'autobus, indifférente au fait que Patrick Pagès ouvrait tous les placards et jetait le contenu des tiroirs sur le parquet. Elle était magnifique. Tête de grande prêtresse inca avant le sacrifice humain. Bande brillante des cheveux noirs qui s'arrêtaient à la limite des fesses, globes parfaits, séparées par le cuir du string. Ses cuissardes à très hauts talons métalliques étaient fixées à sa guêpière par des chaînes. Lewine remarqua qu'elles étaient composées de petites têtes de mort avant que Félix Mandelot, tracassé par la vitalité presque autonome de la croupe, ne demande à la pute de s'asseoir, afin de pouvoir se concentrer. Lewine appréciait que son lieutenant ouvre le feu. Histoire de lui permettre de la jouer ferme et sobre tout de suite après.

— Tu me plais en lustre, Armando. Est-ce que tu t'allumes ? commença-t-il en donnant un coup sec sur la laisse.

— Qu'est-ce que vous me voulez, merde !

— Que tu nous éclaires à propos d'Amelia.

— Attendez voir ! Je sais pas de quoi vous causez !

— On te parle d'Amelia, dit Martine Lewine.

Mandelot fit le tour de Mendoza en courant et relâcha prise. Le corps du proxénète se mit à tourner tandis qu'il essayait d'arrêter le mouvement, les bras battant le vide au ras du parquet.

— Maintenant, c'est le manège enchanté, dit Pagès à la pute qui dégagea lentement sa frange avec le manche de son fouet et décida de sourire.

— C'est qui Amelia ? C'est qui, merde ! gueula Mendoza.

— Tu t'adresses à moi en m'appelant capitaine.

— C'est qui Amelia, capitaine ?

— Une de tes compatriotes qui faisait le tapin dans le bar où tu es censé bosser. Entre autres.

— J'aime pas trop causer la tête en bas, capitaine.

— T'occupe. Les idées vont dégringoler plus vite.

Signe de tête à Mandelot qui tira la laisse latéralement de droite à gauche.

— Les cloches de Pâques ! Qu'est-ce qu'on se marre, hein ? dit Pagès à la pute qui hocha la tête.

— Amelia est à l'hôpital, reprit Lewine.

— Je vois vraiment pas qui c'est !

— J'ai une mauvaise nouvelle pour toi. Elle a fait un truc inhabituel. Elle nous a dit qui lui avait cassé le nez et les dents. Il paraît que c'est toi l'artiste.

— Ding dong, dit Pagès.

— C'était quel jour ? demanda Mendoza.

— Jeudi soir.

— Jeudi soir, je travaillais. Demandez à Louis, le patron du Bora Bora.

— À force de te voir trois fois par semaine, Louis mélange les jours.

— Mais j'y suis tous les jeudis. Et tous les jeudis, y a une chanteuse latino.

— La chanteuse du jeudi ne s'intéresse pas aux barmen apparemment. Elle te confond avec Miguel.

— Je vois pas comment on peut me confondre avec cette limace !

— Je suis très patiente, Mendoza. Je ne sais pas combien tu paies la dame pour qu'elle te mette les pattes en l'air et combien de temps dure la séance. Nous, on peut te faire ça gratis. Et ça peut durer toute la nuit.

— Je la connais pas, cette folle, je vous dis !

— Qui a dit qu'elle était folle ?

— Pour raconter des craques comme ça, faut pas qu'elle soit bien nette.

— Pourquoi, c'est dangereux ? Elle risque de se prendre une autre raclée ?

— Non, hé ! sérieusement, capitaine. Je vous jure que je la connais pas.

Martine Lewine le regarda faire la cloche pendant dix minutes. Mendoza raconta la même histoire en boucle puis finit par se taire. Martine Lewine s'assit sur une chaise recouverte de léopard synthétique et tenta de lire le visage du barman. À l'envers, c'était plus dur. Elle pencha la tête et vit l'expression d'un type qui avait l'air de dire la vérité, mais tous les Mendoza du monde étaient du même acabit. Sinon, comment aurait-il pu convaincre ses filles de tapiner sur les boulevards des maréchaux ? Elle se demanda s'il était possible d'obtenir des aveux avant demain et son rendez-vous à la Crime. Elle avait envie de laisser ses dossiers en ordre avant de s'éclipser. Surtout lorsqu'il s'agissait de brutalités envers une femme. Elle était blindée, mais tout de même. Avec un peu de chance, son stage dans le saint des saints deviendrait une permanence. La police française était en pleine phase de féminisation. Il fallait en profiter.

Depuis un moment, c'était le silence hormis la respiration de plus en plus oppressée de Mendoza. Il fut coupé par Pagès lorsqu'il jeta les instruments moyenâgeux dans un sac-poubelle. Lewine savait qu'il était déçu de ne pas avoir trouvé de dope et pensait comme lui que ça aurait grandement facilité le travail. La pute grilla deux cigarettes avant de proposer avec un accent à couper au couteau de faire parler Mendoza au moyen de ses outils de travail. Pagès dit qu'il était trop tard et que les jouets étaient confisqués.

Mandelot demanda en aparté à Lewine si elle pensait comme lui qu'Amelia avait pu être tabassée par un type qui l'avait forcée à dénoncer Mendoza. Ça n'aurait pas été la première fois. Martine Lewine répondit qu'un moyen de le savoir était de faire mariner Mendoza jusqu'à la limite de ses forces. Parce que tout le monde avait une limite et que c'était une question de temps. Mandelot hocha la tête sans rien dire. Il était nerveux, savait qu'elle allait partir demain et n'aimait pas ça. Le capitaine qui allait prendre la relève était un type rigide et un poil parano. Elle ordonna à la pute d'aller enfiler un manteau pour qu'on puisse l'embarquer au commissariat de l'avenue du Général-Eisenhower. Et pensa à un scénario inverse pour Mendoza. Elle fit une boule de ses vêtements. Les lunettes de soleil tombèrent du tas avec un trousseau de clés. Pagès la regarda d'un air amusé avant de les ramasser. Il lui donna les clés, regarda la marque des lunettes et décida de les coincer dans le collier de chien du Bolivien qui demanda encore qu'on le détache avant de se mettre à brailler en espagnol. Comme un putois.

Lewine claqua la porte de l'appartement, arrêtant net une phrase qui commençait par *hijo de puta* ou quelque chose d'approchant, et constata que la pute ou son protecteur avait investi dans un bon système d'isolation acoustique. Les clients pouvaient beugler à leur aise sans déranger les habitants de l'immeuble. Elle empocha les clés. En rejoignant la rue Troyon où était garée la voiture de fonction, elle déposa les vêtements sur une poubelle.

— Bravo, c'est des habits mauvais goût, dit la pute.

— Ouais, y avait que les lunettes de bien, dit Pagès.

— Décrochez-moi ! rugit Mendoza en entendant la clé dans la serrure.

Lewine était de retour avec Pagès après quatre heures à interroger la dominatrice. Peine perdue. Le Bolivien ne fréquentait pas la rue de Berri pour passer à confesse. Le bas de son corps avait pris une vilaine couleur rouge. Il claquait des dents et suait en même temps. Pagès remarqua qu'il s'était uriné dessus et alla ouvrir la fenêtre en grand.

— T'as retrouvé la mémoire ? demanda Lewine.

— Descendez-moi ou je vais crever.

— Je suis sûr que t'as jamais pris autant ton pied avec ta mère fouettard, mon coco, dit Pagès. Tu devrais nous remercier.

— Descendez-moi, bordel !

Une fois assis sur le tapis, Mendoza enleva collier et laisse qu'il envoya balader dans le radiateur. Puis il commença à se masser les chevilles et à regarder autour de lui.

— Où sont mes fringues ?

— On parlera chiffons après, dit Lewine. Amelia ?

Il enfila ses chaussures en grimaçant et se releva lentement. Il avait l'allure et l'odeur d'un gars qui a fait la sieste dans une benne à ordures. Il dépassait Pagès d'une tête mais donnait l'impression que ça n'allait pas durer et qu'il allait partir dans les pommes. Il vit ses lunettes qui avaient valsé avec la laisse, soupira et se baissa pour les ramasser. Son corps pivota. Coup de boule dans le plexus de Pagès qui tomba en arrière en grognant. Coup de pied arrière vers le ventre de Lewine qui esquiva d'un bond. Elle souleva sa veste. Main au Ruger SP. Dégainer ! Mendoza sauta par la fenêtre.

Elle se pencha, vit le dos rond de Mendoza se déployer. Il se barrait vers Saint-Augustin.

— Magne-toi, Patrick ! cria-t-elle en fonçant dans l'escalier.

Deux étages, le déclic de la porte. L'avenue. Et Mendoza, corps brun, cul blanc, pieds noirs, qui court comme une gazelle. Lewine remit son revolver dans son étui de ceinture et s'élança. Elle fit signe à Mandelot en passant. Il était resté dans la voiture et fumait la vitre baissée. Il jeta sa cigarette, laissa la portière ouverte et fila derrière Lewine en regrettant d'avoir mangé une andouillette-frites à midi.

L'entrée du parking à trois cents mètres. Mendoza visualisa sa BMW blanche pendant une demi-seconde. Nette comme une photo. Un groupe rigolait de le voir débouler. Il envoya un type valdinguer sur un guéridon de café. Bruit de verre cassé. Mendoza accéléra. Il s'entendait respirer comme si ses oreilles étaient ses poumons. Ses couilles ballottaient. Il n'avait jamais ressenti ça. Il n'avait jamais couru à poil. Devant une femme flic. Elle ne gueulait pas derrière lui. Il n'entendait pas ses pas. Mais il la sentait, sentait ses yeux de salope sur sa nuque.

Il dégringola l'escalier. Porte grise. Premier sous-sol. *Maintenez la porte fermée. Merci.* Trop d'éclairage. De la musique. Il n'y avait personne. Personne à assommer pour lui prendre ses frusques. Il se glissa sous une Espace grise. Sa bagnole était garée deux cents mètres plus loin. Avec le jeu de clés collé sous la carrosserie grâce à de l'adhésif d'électricien. Il avait toujours été prévoyant. Depuis la fois où un fumier lui avait piqué sa caisse pour une histoire de dettes. Un coupé Mercedes neuf. Il fallait ramper sous toutes ces bagnoles. Le sol puait. Une odeur de pisse de chien. Non, c'est moi, se dit-il. Il revit la tête de Rosanna qui souriait à ce putain de flic et à ses blagues de troufion. Elle se faisait appeler Morticia comme dans le feuilleton américain. Complètement givrée. La plus belle folle du monde. Elle avait tous les droits.

Il se demanda si c'était Morticia qui avait appelé les flics en montant un scénario bidon, histoire d'interrompre la séance et de le faire crever de désir. Rêver d'elle à poil sous une bagnole dans un parking. Non. Pas possible. Elle allait devoir quitter une turne grande classe et se refaire un carnet parce que toutes les lopettes qui venaient se faire corriger chez elle allaient savoir très vite qu'il y avait eu une descente. Non, aucun avantage pour elle. Mais qu'est-ce que c'était que cette histoire d'Amelia ? Ça ne le dérangeait pas d'en dérouiller une ou deux au passage pour les faire se tenir. Mais il n'avait pas d'Amelia dans son écurie du boulevard MacDonald. Est-ce que c'était la pétasse qui venait boire des whiskies avec des michetons au Bora Bora certaines nuits ? Une défoncée, c'est tout ce qu'il savait d'elle et ça suffisait à lui faire garder ses distances. Les droguées le dégoûtaient. À part ça, est-ce qu'elle était seulement bolivienne, cette Amelia ?

Il entendit des bruits de pas souples et rapides. La femme flic en baskets. Il était sûr d'avoir assommé son sbire. Elle devait être seule. Une voiture passa. Puis une autre. Il vit ses pieds et le bas de son jean éclairés par les phares. Elle ralentissait le pas. Elle fit demi-tour. Il l'entendit qui parlait avec le gardien du parking. Il vit passer deux types qui couraient. Elle leur dit de fouiller le deuxième sous-sol. Elle appela sur sa radio : « Félix, qu'est-ce que tu fous ? Tu m'entends ? Tu m'entends ? » Elle ne bougea plus. Encore une voiture qui passe. Il imagina qu'elle tenait son flingue le long du corps pendant que les voitures passaient pour ne pas leur foutre les chocottes.

Silence. Plus de gardiens. Plus d'adjoints. S'il arrivait à sortir la voiture, il passerait le portique avec son ticket magnétique au deuxième sous-sol et accéderait vite à la sortie. Les deux gardiens ne s'attendaient pas à voir sortir un fuyard en voiture. Et il pourrait peut-être se bricoler un T-shirt en déchirant avec les dents le sac de supermarché qui traînait sur la banquette arrière. Oui, mais comment se faire une flic armée ? Ça serait un mauvais calcul en fait. Dommage, il aurait bien aimé lui piquer ses fringues et la faire courir un peu le cul à l'air, histoire de rigoler. Pas qu'elle ait grand-chose à montrer, mais bon.

La flic avait dépassé l'Espace. Il voyait ses talons. Une autre bagnole passa. On entendit des voix. Un couple qui parlait. Ils montèrent en voiture et partirent. Mendoza profita du bruit pour se glisser sous une autre voiture, et encore une autre. Et encore une autre.

Elle fléchit les genoux. Son flingue vers l'avant. Elle avait pigé qu'il était sous les bagnoles. Elle regarda dans la mauvaise direction. Puis dans la bonne mais il était déjà trop loin. Trois bagnoles avant la sienne. Elle avançait. Bruit de moteur. Coup de klaxon d'un con énervé qui reconnaissait pas un flic. Elle dut se relever. Merci le con. Crissements de pneu. Encore un coup. Il glissa la main sous la carrosserie, sentit le contact de la clé, la décolla, se redressa à demi, glissa la clé dans la portière. Déclic.

— Bouge pas, Mendoza !

La flic criait à l'esbroufe. Elle ne pouvait pas le voir d'où elle était. Une moto. Pétarade. Elle engueula le motard. Un teigneux qui voulait savoir pourquoi elle lui gueulait dessus. Mendoza se glissa dans la voiture, mit le contact et partit en marche arrière en défonçant l'aile de la Twingo garée à côté. Il allait braquer pour se faire la descente vers le deuxième. Il pensa soudain qu'il arriverait trop en fanfare pour les gardiens au deuxième niveau. Il recula, percuta la moto, projetée sur le sol, étincelles. La flic qui pousse le motard sur un capot au dernier moment.

Il la vit jambes écartées, le flingue pointé vers lui. Il défonça la barrière de péage en souffrant pour sa BMW qui lui avait coûté un bon paquet. La balle traversa le milieu du rétroviseur. Braquage. À droite toute. Il vit les pompes à essence, comprit pourquoi elle n'avait pas tiré dans le moteur. Mendoza baissa la tête. Passa la première, accéléra. La deuxième balle siffla au-dessus. Il fila sur la rampe de sortie, déboucha dans le boulevard Haussmann. En même temps qu'une mémère dans une grosse bagnole. Il vit la bouche en cul-de-poule de la vieille, percuta l'aile droite, braqua, finit dans le mou, accéléra. Il se retrouva dans le bon sens mais il y avait trop de trafic, comme d'habitude. Il freina parce qu'un camion arrivait sur la droite en klaxonnant. Quelqu'un cria son nom. Une forme sur la droite. La femme flic qui le mettait en joue.

Elle le fit se pencher sur le capot. Et lui passa les menottes. Les Parigots qui avaient du foin dans les yeux klaxonnaient. Les autres se marraient. Elle le poussa un grand coup. Torse sur le capot, Mendoza sentit la chaleur du moteur de sa belle voiture toute cabossée. Il avait la tête tournée vers l'Arc de Triomphe et voyait la ribambelle des touristes s'agiter tout là-haut.

— Vous allez rigoler, capitaine !

— Ça m'étonnerait.

— Je connais pas d'Amelia. On a cassé de la bagnole et amusé les touristes pour que dalle.

— Pas d'accord. Tu m'as montré que tu avais quelque chose à cacher au point de te mettre en cavale. Je vais avoir plus de mal à avaler ton histoire.

Ils lui avaient refilé une couverture qui lui grattait la peau. À moins que ce soit les puces du clodo qui avait commencé par le dévisager avec une gueule d'abruti et jacassait au point de lui faire une tête comme une calebasse. Dans la voiture qui l'emmenait au commissariat du 8e, le flic le plus naze de la bande, celui qui avait un reste d'accent marseillais, Pagès, lui avait dit qu'il ne pourrait jamais porter plainte pour ses vêtements. Personne ne le voyait raconter Morticia à un juge. Mendoza commençait à se demander s'il avait eu raison de se barrer devant les flics. Il avait eu ce coup de parano. Avait vu un plan où Louis le vendait aux flics pour qu'il leur parle du trafic de dope de Roberto. Là-dessus Mendoza en savait un paquet. Peut-être trop au goût de Roberto et de ses macaques, des types sortis tout droit de la jungle. Des putains de rétrécisseurs de têtes. Des enfoirés qui croyaient aux dieux des arbres. Mais la femme flic s'obsédait sur Amelia. Encore une chieuse de féministe. Et c'était peut-être seulement à cause de ça qu'il prenait racine dans cette tôle.

Le faire poireauter, c'était une manie. La flic passait de temps en temps avec des papelards sous le bras en faisant mine de ne pas s'intéresser à lui. Manque de bol pour elle, le poivrot, qui était un client régulier de leur tôle, la connaissait. Capitaine Martine Lewine. Il avait entendu une conversation entre des flics qui l'avaient alpagué et le croyait dans le coltard. Erreur. Yeux fermés, oreilles grandes ouvertes, il les avait entendus dégoiser sur leur patronne. Un la trouvait bon flic, l'autre bizarre. Plus intéressant : le poivrot avait appris qu'elle avait failli y passer une fois. Le flic disait que c'était à cause de ça qu'elle était bizarre. À partir de là, Mendoza avait commencé à s'intéresser à la conversation du gars malgré son haleine à réveiller les morts.

— Elle avait failli y passer, tu dis, mais t'as pas plus de détails ?

— On l'a retrouvée complètement partie.

— Où ça ?

— Sonnée, quoi ! Tu comprends rien, mec.

— Je te demande où on l'a retrouvée ?

— Comment que je le saurais, hein ? J'allais pas demander aux deux flics, quand même !

— Ils savaient tous les deux qu'elle avait encaissé un sale coup ou un des flics l'apprenait à l'autre ?

— Y savaient tous les deux. Mais chacun avait sa petite idée sur la question. Des vraies concierges. Comme moi, ha ! ha !

— Ouais, ça passe le temps. Je parie que tu fais durer le plaisir pour éviter qu'on s'emmerde, justement. J'me trompe ?

— Attends, mon gars. Si tu me racontes pourquoi t'es à poil sous ta couverture, je te dirai tout ce que je sais. T'es un pervers, c'est ça ?

Grosse fatigue, pensa Mendoza en soupirant. Il raconta au poivrot une histoire à dormir debout de partouze dans le 16e, avec irruption des flics comme la cavalerie et coup de théâtre au moment où ils se désapaient pour entrer eux aussi dans l'action. Ils finissaient tout de même par embarquer tout le monde sauf la femme et la sœur d'un ministre. Et lui qui sautait par la fenêtre du deuxième étage et se retrouvait à poil dans la rue avant de tenter de rejoindre ses pénates dans le 8e et de tomber sur Lewine et ses sbires. Le type goba le tout la bouche ouverte. Il s'y voyait. Mendoza s'attribua six partenaires dans la soirée dont la dernière et la meilleure, une blonde, ressemblait trait pour trait à Pamela Anderson. Où est-ce que je vais chercher tout ça ? se demanda-t-il en attrapant la gueule puante du poivrot pour qu'il arrête de rigoler, focalise sur lui et raconte la fin de l'histoire.

— Tout ce que je sais, c'est qu'elle est tombée sur un malade et qu'on l'a retrouvée à poil sur un bord de route. Elle s'était barrée en sautant par la fenêtre. Comme toi, c'est marrant, dis donc ! C'est en te voyant en tenue de Crazy Horse que cette vieille histoire m'est revenue. Si on devait se souvenir de tout, on aurait pas fini, hein, mon gars ? Reparle-moi un petit peu de la blonde tout de même. Est-ce qu'elle disait des trucs pendant que tu la lutinais ?

Lutinais ! mais d'où il sort, ce mec ! pensa Mendoza en essayant de se rappeler le dialogue d'une scène de film porno. Blonde à la fourrure, type en smoking, limousine, gueule du chauffeur dans le rétroviseur. Le problème avec ce genre de films, c'est que les dialogues étaient pauvres.

7

— On dirait que vous vous plaisez chez nous.

Le petit vieux grassouillet sursauta. Il se tenait devant le panneau de liège aux photos. Il avait un exemplaire de *France-Soir* sous le bras. Il lui fallut deux secondes pour reconnaître le commandant qui passait à la télé. Moins grand que ce qu'il imaginait mais les yeux bleus étaient encore mieux en vrai. Tout brillants. Et il avait un pif d'Indien et des dents blanches. Une chemise à petits carreaux bleus avec une belle cravate, une veste couleur chameau et bien du muscle là-dessous. Mince !

— Le planton a dit que je pouvais monter. Mais votre adjoint, le jeune sympa, est pas là. Alors, je suis entré ici. J'avais jamais vu le bureau d'un grand policier avant. Excusez.

— Il n'y a pas de mal.

— Elles ont l'air pleines de vie. Ça doit foutre le bourdon de voir ça toute la journée. Et puis vous travaillez tard en plus.

— Qu'est-ce qui vous amène ?

— Comme j'expliquais à votre adjoint, mon métro passe tous les jours devant les fenêtres rouges de la vedette de la radio. En fait, je suis venu parce que dans le journal, y a la femme.

— Quelle femme ?

— J'ai rigolé avec le capitaine Cheffert parce que c'est un marrant mais je l'ai bel et bien vue, cette femme, dit-il en montrant le journal. On est bien replets tous les deux alors sur le coup j'ai dit que c'était ma sœur jumelle.

À la une de *France-Soir*, une photo d'Isabelle avec Maïté Joigny en arrière-plan. Bruce regarda mieux le petit vieux.

— Quand l'avez-vous vue ?

— Plusieurs fois. Elle était à la fenêtre. Quand y faisait chaud.

— L'été dernier ?

— Ouais, l'été dernier. C'est encore bien clair dans ma caboche. C'était tard dans la matinée. Juste avant l'apéro chez Gaby. Je nettoie les salles à l'hôpital Necker mais je bois mes coups rive droite. C'est plus cosy que le quartier de la miss journaliste.

— Et la femme ?

— Elle était là à se prélasser en peignoir. À onze heures du mat, les gens qui foutent pas une rame, on les remarque. Je l'enviais, moi, cette belle grosse en noir au milieu des falbalas rouges.

— Isabelle Castro, vous l'avez vue ?

— Non. Je savais même pas qu'une vedette habitait là.

*

L'appartement de Maïté Joigny occupait le cinquième étage d'un petit immeuble sans ascenseur de la rue du Chemin-Vert. Il était vingt et une heure trente. Victor Cheffert consulta sa montre puis le visage d'Alex Bruce qui haussa les épaules et dit :

— L'heure légale est dépassée mais on y va quand même.

— Si elle nous fout dehors, on reviendra tôt demain. Je les aime bien au saut du lit. Plus dur de louvoyer entre les gaffes.

— Quelque chose me dit qu'elle attend qu'on la confesse depuis un bout de temps.

— Une femme. Ce serait intéressant. En latin, Vox est féminin de toute façon.

— T'as jamais eu envie de faire autre chose que flic, Victor ? Prof, avocat, romancier ?

— Plus maintenant, Alex. Je suis comme toi : accro à la réalité.

Elle n'eut pas l'air étonné. Un bonsoir éraillé et elle s'écarta pour les laisser entrer dans une vaste pièce équipée de meubles bas et couverte de tapis. Elle portait un peignoir d'homme en éponge noir. Bruce paria pour le même que celui décrit par le petit vieux. Foule sentimentale.

Elle se laissa aller sur un pouf en resserrant les pans de son peignoir. Bruce eut le temps de voir un bout de cuisse laiteuse. Chair opulente mais ferme. Ses cheveux défaits formaient la même auréole que ceux de Castro mais dans un blond plus terne. Elle alluma une cigarette, leur fit signe de s'asseoir sur un canapé plein de coussins dorés et flanqué d'un narguilé. À côté d'elle, une bouteille de bourgogne blanc à moitié vide dans un seau à glace et un verre.

Maïté Joigny regarda par la fenêtre où il n'y avait rien à voir parce que la nuit était tombée depuis un bail et qu'un mur de briques bouchait l'horizon. Bruce pensa qu'un artiste pourrait y peindre une fresque : une rame de métro pleine de voyageurs, par exemple. Joigny saisit une télécommande et la dirigea vers une télévision posée sur le sol.

— L'été dernier à Formentera. Dans la villa de Gérard Seymour, dit-elle.

Lumière blanche, bref arc-en-ciel, la main baguée de Joigny au premier plan. Elle tient la caméra et crie « moteur ! » à Isabelle Castro allongée au bord d'une piscine. Foule sentimentale masochiste.

L'animatrice porte un maillot de bain noir. Sa peau, couleur abricot. Minceur élégante malgré une blondeur tapageuse et des anneaux aux oreilles trop voyants. Elle farfouille dans ses cheveux et prend des airs de star. Mais c'est pour rire. Elle fait la grimace. Regard un poil parti d'une femme qui a pris un petit quelque chose pour se maintenir l'humeur en l'air. Il y a un bouquin posé à côté d'elle sur le carrelage bariolé. Elle le prend, l'ouvre semble-t-il au hasard, s'assoit en tailleur et commence à lire :

« Ses cheveux noirs, mèches dures et brillantes, frôlaient ses pâles épaules nues quand elle tournait la tête. Elle n'avait pas de sourcils, et ses paupières et ses cils semblaient avoir été poudrés de blanc, faisant paraître ses pupilles très noires par contraste. » (Elle lève la tête, sourit, tourne une page, cherche un passage et continue.) « Ne regarde pas le visage de l'Idoru. Elle n'est pas en chair et en os : elle est en données. »

Joigny monta le son. La voix d'Isabelle devint un rire. Un de ces sons parfaits et impossibles à restituer ; cadenassés dans la boîte à souvenirs dès qu'ils passent le sas des lèvres. Rien ne peut les délivrer si ce n'est le rire qui suivra, presque identique. Tessa riait comme ça, lâchait des perles de joie qui roulaient jusqu'aux plinthes de la mémoire. Du type qui était là pour les ramasser.

L'animatrice referme le livre, hume le papier en fermant les yeux et le repose. Ses mains à plat, elle pousse pour se relever. Pieds fins, jolies rotules, cuisses longues et solides, ventre plat, triangle sombre du décolleté. Elle a l'air beaucoup plus gentille qu'à la télévision. Elle se pince le nez, fait la grimace et saute à l'eau, droite comme un piquet. La caméra bêtement amoureuse mais en peine d'effets artistiques suit l'ondulation noire et dorée avant de cadrer une bouteille de champagne et deux verres posés sur un plateau en cuivre. Bruce en déduit qu'il a les mêmes goûts que Joigny et que les filles se tiennent en l'air avec du champagne. Pas de quoi s'affoler. Et se taper une descente chez les dealers de coke de Paris, de Formentera ou d'ailleurs. Ils viennent de débarquer en pleine crise sentimentale. Et regardent un film de vacances. Ce n'est qu'un moment à passer.

Joigny éteignit la télévision et dit :

— Gérard Seymour était parti se balader avec sa copine. Isa s'est amusée comme une môme tout l'après-midi.

— Et vous ? demanda Bruce.

— Je lui faisais la cuisine, l'amour, servais le champagne, le thé, roulais les joints… (Elle marque un temps d'arrêt, heureuse de provoquer des représentants de l'ordre.) Je l'écoutais lire, essayais de deviner ses pensées. Je la filmais. Mais je vais brûler tout ça. C'était la dernière séance.

— Un témoin vous a vue chez elle, dit Bruce.

— S'il m'a vue, c'est que je ne me cachais pas.

— Vous n'avez rien dit la première fois.

— Vous êtes flic, pas psy.

— Vous avez le sentiment d'avoir besoin d'un psy ?

— J'ai besoin d'Isabelle. Et puis de ça, dit-elle en buvant une nouvelle gorgée de vin. Vous allez m'arrêter ?

— Non.

— Pourquoi ?

— Je ne vous vois pas tuer les dix autres.

— Vous me voyez tuer Isa ?

— Vous n'êtes pas assez forte physiquement.

— C'est vrai, je ne suis que grosse. Isa était athlétique.

— Il y avait d'autres femmes dans sa vie ?

— Non.

— Vous en êtes sûre ?

— Oui. Parce que dans le fond, c'était pas son truc.

— Elle n'allait pas dans les clubs spécialisés ?

— Pour que tout Paris en fasse des gorges chaudes ! Vous rigolez. Je vous dis que c'était pas son truc.

Elle avait envie qu'il lui demande : « Et qu'est-ce qu'elle faisait avec vous, alors ? » Parce qu'elle se le demandait depuis le début et se le demanderait encore longtemps. Bruce connaissait ça. Il changea de sujet.

— Et le roman qu'elle lisait, c'était quoi ?

— *Idoru* de William Gibson. Entre polar et science-fiction.

— Pourquoi celui-là ?

— Une histoire d'amour entre une femme virtuelle et un chanteur en chair et en os, elle trouvait ça fascinant.

— Un robot ?

— Non, une créature cybernétique. Faite sur ordinateur à partir de milliards de données. Un ectoplasme mathématique.

En parlant, elle s'était levée et marchait vers la fenêtre. Tout droit. Elle tient bien la bouteille, pensa Bruce avec en arrière-pensée une information provenant d'une étude américaine : les tueurs en série agissent fréquemment sous l'emprise de l'alcool. Une arrière-pensée vite larguée. Joigny est une névrosée cérébrale. Vox, un psychopathe actif. Absolution.

Elle posa son front et ses mains sur la vitre puis, gardant le contact, fit rouler son corps. Le visage réapparut embarrassé par les cheveux. En fait, elle tanguait comme une mer de bourgogne ingurgitée sans digues. Il n'y avait pas traces d'amuse-gueule dans le décor. Quelques olives pimentées auraient pourtant trouvé leur place dans l'évocation orientale. Bruce réalisa soudainement qu'il avait faim. Il rejeta cette sensation qui n'avait rien à faire là pour le moment. Joigny leur avait montré un film de vacances mais dans le fond, elle avait quelque chose à leur dire d'intéressant. Il le sentait d'instinct. Elle se redressa pour les toiser. Cheffert était immobile, les bras croisés. Il avait même posé son calepin sur ses genoux.

— Elle avait couché avec Guedj ? demanda-t-il soudain.

Bruce évita de regarder son adjoint dont la voix était devenue sèche, presque blanche.

— Oui, une paire de fois, dit-elle avec son mauvais sourire. Mais ça n'avait rien donné. Il picolait déjà sévèrement. Et c'était avant le reportage bidon.

— Elle l'a largué ?

— Oui, je crois.

— Il lui en a voulu ?

— Je n'en sais rien parce qu'en fait... ça m'est complètement égal. Les émotions des hommes, vous savez !

Ils descendaient l'escalier en silence. Cheffert attendit qu'ils soient dans la rue et arrêta Bruce en l'empoignant par le bras. Il était rare qu'ils se touchent. Cheffert relâcha le contact et dit :

— Excuse-moi pour Guedj.

— Pas grave.

— Vraiment ?

— Non, c'est bon. Tu as fait le tire-bouchon. Je sentais qu'il y avait encore quelque chose à extirper mais je ne savais plus comment la prendre.

Cheffert hocha la tête et ils marchèrent vers le boulevard Voltaire où était garée la voiture. Une fois Bruce accaparé par la conduite, Cheffert dit :

— Tout à l'heure, je me suis imaginé les baisant toutes les deux. La grosse odalisque névrosée et Castro. Au bord de la piscine. Coup de chaud. Cette enquête me travaille aux entournures.

Petits soleils de sexe dans la mort noire qui nous englue, pensa Bruce. Il dit :

— Normal. Toutes ces femmes en peignoir. Et puis sans peignoir comme dans un polar des années cinquante. La petite de Kassidy. Joigny à sa fenêtre.

— Ouais, la petite de Kassidy. Mais Joigny est bien bandante aussi. Ou alors, c'est le décor. Plutôt que dans un polar années cinquante, on se serait cru dans un bordel orientaliste du début du siècle. Le genre d'endroit où on allait tirer un coup entre copains. Je crois que ça m'aurait plu.

Bruce sentait encore la pression de la main de Cheffert sur son bras. Il réalisa comme dans un flash que son adjoint était jaloux de l'amitié qu'il portait à Fred Guedj et en fut touché.

— Je crois que ça m'aurait plu aussi, dit-il pour faire plaisir.

8

Le raout avait lieu au 315, dans le bureau du grand patron. Et le psy en était. Il y avait eu maintes réunions stratégiques avant celle-là mais aujourd'hui Mathieu Delmont voulait montrer sa volonté de mettre le paquet. Via son ami Sagnac, le procureur Vergnaux apprendrait vite que c'était le méga branle-bas de combat à la PJ. Pour l'instant, le psychocriminologue était vautré sur le vieux fauteuil de cuir alors que tous les officiers écoutaient le patron debout. S'asseoir pour montrer à quel point on est au-dessus. Qui plus est sur une antiquité mythique, celle qu'on réservait aux suspects récalcitrants. Fausse désinvolture et fringues à l'avenant. Veste fripée sur T-shirt blanc, pantalon battle-dress et santiags. Début de calvitie mais queue-de-cheval riquiqui. C'est tout juste si le type n'avait pas apporté son chapelet libanais. Il l'avait toujours en main pour ses rendez-vous avec Bruce. « Ça n'a rien de religieux mais c'est excellent pour se détendre », avait-il expliqué en cachant mal sa déception devant l'indifférence du commandant. Des conneries pareilles à cinquante-trois ans !

Delmont avait demandé leurs comptes rendus respectifs aux différents chefs de groupe. On avait évoqué les descentes qui se poursuivaient dans les clubs d'arts martiaux et dans tous les recoins de la vie privée d'Isabelle Castro. L'épluchage de ses appels téléphoniques, de son carnet d'adresses, de ses comptes en banque, de ses lieux de retrait d'argent. Tous ses trajets autoroutiers avec les photos Trafipax prises aux péages. Le croisement de ces données avec celles des dossiers des autres victimes.

Bruce avait fait un topo lui aussi. Le plus bref possible. Il n'éprouvait pas le besoin de reconstituer méticuleusement son emploi du temps pour que Sagnac puisse juger qu'il n'était pas payé à se rouler les pouces. Il avait rapidement évoqué le travail d'écoute des dernières émissions de Castro puis avait fait passer le message suivant : Vox aime nous convoquer sur un territoire qu'il a lui-même défini. Il accélère le jeu ou modifie les règles à sa guise. Dernière variation en date : le bouquet au bristol avec l'inscription « l'univers est une machine ». Un message probable pour une future victime. Une façon de dire : « Vous suivez toujours, même si j'accélère ? » Et là-dessus, Bruce s'était arrêté. Il lui semblait inutile de dire qu'il fallait agir vite, face à cette promesse d'une nouvelle mort. Personne à la brigade ne pouvait aller plus vite. L'essentiel était de ne jamais relâcher la traque et de tenter de penser dans la tête de Vox tout en restant branché en permanence sur les dossiers. Un boulot d'ordinateur. Mais d'ordinateur monté sur pattes. Sagnac n'avait pas besoin de connaître la cuisine interne d'un flic.

Delmont avait repris la parole et enfonçait le clou, certifiant que le travail de fourmi continuait, qu'il ne s'était jamais interrompu depuis le premier meurtre. Un grand patron expliquant sa stratégie à un type comme Sagnac ! Bruce commençait à trouver la scène saumâtre même venant d'un fin politique comme Delmont. Et tout ça en préambule. Juste avant que l'autre ne fasse son numéro. D'autant qu'il avait un public de choix : tous les officiers sur le terrain depuis trois ans. Et une femme en prime. Sa découverte. La fameuse Martine Lewine.

Elle la jouait profil bas pour le moment. Trente-cinq ans environ, cheveux châtains et lisses, séparés par une raie médiane, visage aux joues pleines. Rien de très remarquable si ce n'était la bouche, à la rigueur. Charnue, close sur un silence sans expression. En tailleur-pantalon gris et polo noir. Mains dans les poches, jambes écartées dans une posture un rien masculine. Elle n'avait prononcé que quelques formules de politesse qui n'avaient encore rien dévoilé du fameux « spectre vocal ».

Alex Bruce avait consulté son spécialiste de l'acoustique une fois de plus pour en avoir le cœur net. L'universitaire avait admis qu'il existait un type de voix fonctionnant comme un déclencheur chez le tueur. Mais pour lui, le mystère du déclic était cadenassé dans la tête de Vox. On pouvait certes établir des empreintes vocales des victimes. Il suffisait de visualiser sur documents les fréquences des vibrations de leurs cordes vocales – on repérait dans les enregistrements un même mot prononcé par toutes les victimes. Mais le procédé n'avait rien de scientifique. Les conditions mêmes des enregistrements faussaient le tracé. Sagnac avait fait plancher un ingénieur du son sur les minicassettes des viols et le matériel sonore laissé par l'avocate ou d'autres. L'état psychologique des victimes au moment de l'agression et les niveaux de stress variaient suivant leurs natures respectives. Un monde de variables qu'on retrouvait si l'on voulait comparer la carte postale sonore de Judith ou l'enregistrement d'une plaidoirie d'Agathe à l'une des mises à mort d'Isabelle. Comment déterminer des similitudes quant aux vitesses d'articulation, à l'intensité des hauteurs de voix dans de telles conditions ? Et comment établir le portrait-robot sonore idéal ?

L'universitaire n'y croyait pas. Bruce non plus. Malgré cet épisode dans le métro quand il avait eu l'idée subite de faire parler la voyageuse dans le dos de Kassidy. Mais c'était de l'ordre de l'intuition vérifiable sur le terrain. Rien à voir avec une grand-messe médiatique où Lewine serait femme tronc et voix appât. Et Sagnac, est-ce qu'il y croyait vraiment ? Il avait trouvé là l'occasion d'être omniprésent à la Crime et de se faire rémunérer pendant six mois aux frais de la princesse en testant plus d'une centaine de fonctionnaires de police. Le résultat avait un petit côté Cendrillon. Martine Lewine avait enfilé la pantoufle de vair. Touchant.

Sagnac finit par quitter son perchoir pour la présenter.

— Nous avons affaire à un meurtrier de l'extrême, commença-t-il. Comme l'a dit très justement le commandant Bruce, Vox a entamé un jeu dont il se veut le maître. Nous avons décidé d'abonder dans son sens. La voix du capitaine Lewine a été clairement identifiée comme susceptible de remuer notre tueur en série. Elle va donc s'exprimer à la télévision et à la radio pour devenir officiellement le porte-parole de la PJ face à une affaire qui passionne et terrorise l'opinion. Officieusement, elle va s'adresser à Vox. Elle va lui dire que nous acceptons de jouer, qu'avec elle nous avançons un pion sur l'échiquier et que nous jugeons la partie passionnante au point de lui donner une dimension médiatique. (Petit arrêt avec coup d'œil circulaire pour vérifier que la trentaine de flics est toujours pendue à ses lèvres et le psy continua :) Je sais ce que pensent la plupart d'entre vous. Je sais et je comprends. Votre expérience vous a appris que la traque d'un criminel est affaire de temps, de méticulosité et d'analyse patiente des données. Et vous avez raison. Cependant, je vous demande de faire preuve… d'imagination. Un serial killer cherche à dérouter ses chasseurs. La meilleure réponse à mon avis est de lui faire comprendre que notre souplesse intellectuelle est aussi grande que la sienne. En nous mettant en position de duelliste, nous l'incitons à tenter des mouvements plus difficiles à contrôler. En d'autres termes, à prendre des risques. Dont celui du faux pas. Qu'il a su si merveilleusement éviter jusque-là.

Merveilleusement. On dirait le docteur Frankenstein ému par les prouesses de sa créature, pensait Bruce en regardant le psychocriminologue. Il avait vraiment l'air de prendre son pied, tout au plaisir du jeu. À croire qu'en dépit de l'accumulation des cadavres, il valait mieux relativiser : on était peu de chose dans le fond. Quelques pions sur un échiquier. Quelques boules de bois sur un chapelet libanais.

Sagnac trouva que sa prestation était suffisamment enlevée pour ne pas diluer ses effets. Il conclut en disant que Lewine était là pour donner de la voix, certes, mais aussi pour prêter main-forte à une équipe qui n'avait pas trop d'éléments de valeur pour la tâche qui l'accaparait. Le capitaine Lewine prit la parole. Discours sobre, carré et sans relief. Comme la coiffure de la dame. Personne n'écoutait trop le texte. Tout le monde tendait l'oreille à l'affût d'une voix magique. Et il fallait admettre que l'organe de cette femme avait quelque chose de chaud et d'immédiatement agréable. Bruce essaya de se remémorer Isabelle lisant son histoire d'Idoru, Isabelle ouvrant les Nuits Taboues. Mais rien ne vint. Aucune similitude ne lui sautait aux oreilles. Il jeta un coup d'œil à Sagnac qui lui rendit un regard bourré à craquer d'emmerdements potentiels.

— L'univers est une machine. Ça devient de plus en plus beau, ce texte. Vous ne trouvez pas, Alex ?

— Pardon ?

Voilà que le psy l'appelait par son prénom. Bruce avait compris sa stratégie depuis un petit moment déjà. Plus il était mécontent, plus il devenait aimable. Contrôle des émotions, contrôle des autres. Pour l'instant, Sagnac l'avait alpagué entre quatre yeux dans le couloir au linoléum. Aucune échappatoire.

— Excusez-moi, Sagnac. J'aurais dû vous téléphoner mais le mouvement s'est un peu accéléré ces derniers temps.

— J'aurais apprécié un appel, c'est vrai. Avoir le temps d'analyser m'aurait permis de préparer un topo qui tienne la route pour la réunion.

— Je vous ai trouvé aussi bon que d'habitude.

Le psychiatre posa ses doigts sur sa bouche comme quelqu'un qui a un problème épineux mais tout de même distrayant à résoudre.

— Je sais que vous n'aimez pas mon incursion sur votre territoire. Je le sais, OK ? Mais considérez-moi comme un pro. Quelqu'un comme vous, Alex. Mais qui travaille simplement avec un regard un petit peu différent.

— Je vous considère comme un grand pro, rassurez-vous.

— À la bonne heure. Parce que Vox sait maintenant comme tout le monde en France qu'il a affaire à une équipe d'hommes. Des flics, des psys. Plus il aura l'impression qu'il s'agit d'un bloc uni, mieux ce sera. Qu'est-ce que vous en dites, Alex ?

— Je n'ai rien contre.

— Vous savez que, depuis le début, Vox nous parle. C'est ça le paradoxe du voleur de voix.

Bruce sourit et alluma une cigarette sans en proposer une à Sagnac. Il sentit qu'on l'observait et tourna la tête. Martine Lewine en discussion polie avec Delmont. Elle avait envie de lui parler en tête à tête. Normal.

— Il s'est mis dans une spirale répétitive, tuant sur le même *modus operandi*, mais il crée des variantes qui nous interpellent. Vous me l'avez appris en évoquant le bristol, le bouquet. À travers vous, Vox nous parle. Il parle aux représentants de l'ordre et de la loi qu'il transgresse. Il veut que nous reconnaissions sa rage. Vous savez pourquoi ?

— Parce qu'il se sent seul, dit Bruce un peu au hasard en jetant un coup d'œil à Lewine.

Elle lui sourit tout en répondant à Delmont.

— On peut dire ça comme ça. Au fond, il veut être réintégré. Il tente de sortir du chaos dans lequel on l'a plongé quand il était petit. Je ne vous apprends pas que les tueurs en série ont fréquemment été victimes d'abus sexuels dans leur enfance ou ont été témoins de scènes sexuelles associant violence et souffrance. Schéma familial impossible. Et transposition. À travers la victime, c'est la mauvaise mère ou le mauvais père qu'ils tentent de supprimer. Chaque meurtre n'apporte qu'un assouvissement très passager. S'accumulant aux autres, le nouveau corps n'est jamais celui qu'ils ont désiré tuer dans le fond. Leur véritable cible est inatteignable et leur rage immense.

— Sans doute.

— Eh bien, l'acte ultime pour un tueur de ce genre est le matricide ou le parricide. Après cela, arrive la reddition, même s'il n'y a ni culpabilité ni remords. Et c'est là que nous intervenons. Dans cet interstice où le tueur aspire à parler. Ce n'est pas à Isabelle Castro que Vox a envoyé des fleurs et un bristol. C'est à nous.

— Nous ?

— Vous voyez très bien ce que je veux dire, Alex. Nous, le bloc contre lequel il est invité à briser sa rage. Quant à Martine Lewine, elle est notre petit véhicule. Elle symbolise la voix, la femme, la mère.

— La mère. Oui, bien sûr.

Bruce aurait pu lui dire qu'il avait gambergé à tout ça très fort et qu'il en était arrivé à la conclusion que Vox ne s'attaquait pas seulement à la femme ou à la mère mais à une notion plus subtile. La réussite d'une famille peut-être. Quelque chose comme l'idée du bonheur. Mais à quoi bon ? L'usine à théories, c'était Sagnac.

— Une marâtre avec une voix, reprit le psychiatre. Une voix magnifique qui disait des horreurs. La cible increvable. Et Vox veut lui parler.

— Quel bavard ! À ce propos, Sagnac, je crois que le capitaine Lewine veut me dire deux mots.

— Je viens les mains nues, Alex. Je vous l'assure. Et je ne pense pas que votre animosité soit un sentiment bien utile dans la situation que nous vivons.

— Animosité ?

— C'est ce que je ressens. Ne croyez-vous pas que nous devrions passer outre pour être efficaces ?

— L'introspection est un luxe. Je ne me pose pas ce genre de questions, Sagnac.

— Vous devriez.

— Quand j'aurai un moment. Excusez-moi.

De près, elle avait l'air et l'odeur d'une fille saine. Dents blanches, peau mate, corps souple de sportive et discrets effluves d'une eau de toilette citronnée. Rien de glamour. Rien de torturé non plus. Des vacances après le syndrome Sagnac. Le psy se consolait déjà en faisant profiter Mathieu Delmont et un petit groupe de ses considérations distinguées. Du vent, de l'air.

— Je voulais simplement vous dire que j'étais fière de pouvoir travailler à vos côtés, commandant.

— C'est un bon début.

— J'ai bien conscience d'arriver comme un cheveu sur la soupe mais je ferai mon possible pour vous donner tout ce que je peux.

— Il va falloir un peu plus que ça, capitaine Lewine. On est des acharnés, ici. Des acharnés tranquilles mais tout de même.

— Plus de temps, de disponibilité. J'ai tout ça à vous donner.

— Vous imaginiez la Crime comme ça ?

— Les seigneurs de la Brigade judiciaire dans des bureaux riquiqui et vieillots ? Oui, j'avais entendu dire que ce n'était pas le comble de la modernité.

— En apparence seulement. Le job qu'on vous a confié est tellement moderne qu'il n'existe pas encore. Si, à Quantico, peut-être.

— Je dois comprendre que vous n'êtes pas convaincu ?

— Ça ne me dérange pas qu'on vous fasse faire la chèvre accrochée au piquet. Je veux simplement être sûr que vous êtes bien consciente des limites de la méthode.

— C'est une carte à jouer parmi d'autres.

— Oui, parmi d'autres. La seule différence, c'est qu'elle n'est pas facile à contrôler.

— Sagnac et Delmont m'ont bien briefée. J'ai beaucoup réfléchi et je pense que le mieux est d'être sobre. Et calme.

— C'est l'impression que vous donnez.

— Vous aussi, commandant. Je pense qu'on va très bien s'entendre.

— C'est le cas de le dire, capitaine.

9

« Quel est le comble de la politesse ? Réponse : C'est de s'asseoir sur son derrière et de lui demander pardon. » Victor Cheffert jeta l'emballage Carambar à la poubelle et voyant qu'Alex Bruce suivait son geste lui dit d'une voix empâtée par le caramel :

— Ces petits papiers me font un drôle d'effet. Je ne peux pas m'empêcher de les lire. Un peu comme si j'attendais une révélation.

Bruce hocha la tête d'un air entendu. Ils avaient tous les deux les pieds sur le bureau du commandant autour duquel ils s'étaient installés pour regarder Télématin.

Lewine portait les mêmes vêtements que la veille. Et dégageait aussi la même impression de calme que lors de la réunion au 315. À croire que passer à la télé ne l'émouvait pas plus que se brosser les dents.

— Elle est vachement bonne, commenta Cheffert au bout d'un moment en déballant un nouveau caramel.

— Pas mal, admit Bruce.

Lewine répondait au présentateur en prenant son temps. L'assassinat d'Isabelle Castro avait-il fait monter la pression à la Brigade criminelle ? Comment pouvait-on être femme et flic ? Le serial killer était-il un phénomène en développement en Europe ?

Bruce devait convenir qu'elle avait bien creusé son sujet. La voix était un peu monocorde au début, cherchait son rythme. Maintenant, elle l'avait trouvé et Lewine semblait surfer sur une vague. Avec technique mais sans efforts laborieux. Claire, concise et convaincante.

— C'est curieux, dit Bruce. Avec le filtre de la télévision, sa voix commence à ressembler à celle de Castro.

— T'as raison. Les intonations qui montent légèrement sur la fin. Ces vagues. Ralentissement, accélération. Une mer de son, en fait. C'est apaisant, tu ne trouves pas ?

— Elle m'a dit que Sagnac l'avait briefée. Je comprends mieux. Je te parie qu'il lui a fait écouter les bandes des Nuits Taboues pour qu'elle pique le rythme.

— Plausible.

— Certain. On ne peut pas reprocher à ce type de ne pas avoir de suite dans les idées.

— Ça va peut-être déboucher sur quelque chose, qui sait ? Comme avec mon petit vieux grassouillet.

— Ouais, ça, c'est plus intéressant. J'attendais que tu m'en parles.

— J'ai acheté le bouquin de Gibson et je l'ai lu, hier soir.

— Moi aussi, mon vieux Victor.

— Et alors ?

— Et alors, entre les phrases de Vox et celles de l'écrivain, il y a un lien.

— On peut même dire que les phrases de Vox semblent sorties d'un bouquin de science-fiction.

— Tout juste. Et tu sais ce qu'on va faire pendant que Lewine s'amuse à la télé ?

— Téléphoner à William Gibson ?

*

Arnaud Duquesne, critique littéraire spécialisé dans la science-fiction et ami de Guedj, demanda à Bruce de lui répéter le texte.

— « Souviens-toi de Deep Blue./ Tout est connecté./ Nous pouvons créer nos dieux./ Nous pouvons devenir des dieux./ Nous construisons ce qui va nous dominer./ C'est le calme avant la tempête./ L'intelligence n'a que faire de la conscience./ Nous vivons les derniers jours de l'humanité./ Un animal est une machine./ Les étoiles sont des machines./ L'univers est une machine. »

— Il n'y a que Deep Blue qui fasse tilt là-dedans.

— Qu'est-ce que c'est ?

— Le nom d'un ordinateur conçu par IBM. Une révolution à lui tout seul.

— Pourquoi ?

— Deep Blue a battu Garry Kasparov aux échecs en 1997. Habituellement Kasparov utilisait une stratégie qui était un mélange d'intimidation psychologique et de tactiques de jeu agressives. Cette méthode s'est révélée totalement inefficace face à une machine que Kasparov lui-même a fini par appeler le monstre. À plusieurs reprises, il a lu des signes d'esprit dans le jeu de son adversaire en silicium.

Bruce pensa à l'analyse d'un psychiatre repérée sur le Net : « S'il accepte d'être un monstre pour les autres, il demeure innocent pour lui-même. » L'ordinateur comme métaphore du tueur en série. Efficace parce que expert dans son domaine, innocent parce que inhumain.

— En pensant science-fiction, on va trop vite, Alex.

— Tu parles de l'étape avant la science-fiction ?

— Exact. Je parle de spéculation scientifique.

— Et tu penses à l'ultime émission de Castro, sur les robots.

— Tout juste.

— Victor, c'est toi qui vas appeler Maïté Joigny pour lui demander les coordonnées de la dernière invitée des Nuits Taboues. Valérie Cassin, la spécialiste de la cybernétique.

— Pourquoi moi ?

— Parce que Joigny répond à tes questions beaucoup plus vite qu'aux miennes. Question de style.

— C'est vrai que j'ai beaucoup plus de style que toi, mon vieux.

*

Il s'était acheté la combinaison en latex à Tokyo. Quatre trous : yeux, bouche, sexe. Elle lui donnait une allure de Fantômas simplifié. Ou de Mickey géant qui aurait perdu ses oreilles. Lewine fit une moue appréciative. Couché sur le lit, jambes croisées, son sourire traçait une virgule rose dans tout ce noir brillant. Avec Bertrand le steward, on était toujours à la limite du ridicule. Mais on ne l'atteignait jamais. Ou pas encore. Une fois la limite franchie, il faudrait qu'elle songe à le foutre à la porte. Pour le moment, il avait le droit de rappliquer chez elle entre deux escales, de fumer ses cigarettes et de se faire fouetter le latex ou la peau selon son humeur. De toute façon, il n'irait pas jusqu'à lui demander de l'accrocher au plafond comme Armando Mendoza. Quoique.

— Je t'ai vue au journal télé dans l'avion, Martine. Superbe.

Elle lui sourit. Elle enleva sa veste, l'étui de ceinture garni du Ruger SP, déboutonna son chemisier. Une fois le buste nu, elle décida de garder son pantalon.

— Je n'ai pas dit aux autres membres de l'équipage que je te connaissais. Personne ne sait qu'on est ensemble.

— « On est ensemble », Bertrand ?

— Quand tu le veux bien. Tu m'as manqué.

Bertrand Delcourt était son premier amant masochiste. Jusque-là, elle avait connu une dizaine de types à peu près normaux et même trop pour la plupart. Le steward d'Air France était un beau mec – type latin, minceur sportive, vingt-huit ans – qui aimait l'idée de coucher avec une femme flic. Pas trop bavard – ce qui était tout à son avantage – et toujours de bonne humeur, il aimait l'humiliation passagère. Une fois leurs ébats musclés dégonflés, il redevenait un type au corps chaud dont le parfum lui plaisait bien, même le matin, même transpirant. Cette odeur était instinctivement ce qu'il lui fallait pour le moment. Et les circonstances de leur rencontre lui imposaient de faire un bout de chemin avec lui. Jusqu'à un croisement de routes qui n'était pas encore en vue.

Pour l'instant, il y avait ce corps déguisé dont il fallait s'occuper. Lewine ne réfléchit pas trop longtemps. Elle n'avait pas envie de monter d'un cran dans le raffinement à chaque séance. Il se mettrait à trop aimer ça et on n'en finirait plus. Autant pour elle. La seule idée d'une dépendance lui semblait insupportable. Elle qui s'interdisait la moindre boisson alcoolisée pendant un mois plein parfois, histoire de garder à distance les petites habitudes entre collègues, le demi qui mousse et la conversation qui badine. Delcourt et elle avaient atteint une vitesse de croisière. Il fallait en rester là.

Elle lui ordonna de se retourner. Il s'exécuta en silence. De dos, la combinaison lui faisait un corps de boa. Un boa noir sur une couverture marron. Elle ouvrit le placard et prit la cravache. Il la lui avait achetée pour son anniversaire. Chez Hermès. Le steward avait le sens du décorum. Elle utilisa le manche de beau cuir tressé serré pour caresser le cou et descendre le long de la colonne vertébrale. Entre les jambes. Le long des jambes. Sur la plante des pieds. Puis Lewine leva la cravache et fouetta Delcourt pendant dix bonnes minutes. Il garda le visage enfoui dans l'oreiller la plupart du temps, la levant pour s'offrir quelques gémissements plus soutenus à de rares occasions. Il savait qu'il n'avait pas intérêt à faire trop de boucan.

Elle enleva son pantalon, le plia pour le mettre sur le fauteuil et rangea la cravache à sa place. Les mains sur les hanches, elle le considéra un instant avant de lui dire que tout compte fait, elle préférait qu'il enlève son bazar en latex. Il ne protesta pas trop. L'immeuble avait un chauffage collectif et les appartements étaient étouffants à cause de la proprio qui n'était autre que la petite vieille frileuse du dessus. Autant dire que sa combinaison de Mickey mutant lui tenait trop chaud.

Elle ne l'avait pas vu depuis une semaine. Ils firent l'amour avec énergie. À la fin, elle remarqua que ses yeux étaient humides. Il se tourna sur le côté. Elle se dressa sur un coude, se pencha, vit une larme qui coulait sur sa joue et la lécha avant qu'elle n'atteigne l'arête du nez. Elle pensa qu'elle n'avait jamais pleuré en faisant l'amour. Et que ses derniers pleurs remontaient à loin. En fait, Martine Lewine se souvenait très bien du moment où elle avait pleuré pour la dernière fois. Quand elle avait dû supplier le gros porc qui la séquestrait.

Elle se réveilla vers trois heures, la tête farcie d'une réalité informe. Ses nuits étaient amnésiques mais elle pouvait, sur la base de son état psychologique au réveil, faire le tri entre le songe neutre ou agréable et le cauchemar. Elle paria sans craindre de se tromper sur un cauchemar. Du type languissant, moite, voire poisseux, enfoui dès à présent dans les replis de son cerveau.

Le corps du steward était une ombre immobile à

ses côtés et elle percevait sa respiration régulière. Elle se leva pour aller boire un verre d'eau à la cuisine et ouvrir la fenêtre dans le but d'entendre passer un train éventuel. Trois blocs d'immeubles séparaient la rue Clapeyron des lignes de chemin de fer menant à la gare Saint-Lazare. D'où était situé son appartement, on ne pouvait distinguer les bruits de la vie du rail que lorsque le trafic automobile était réduit à sa plus simple expression et Martine Lewine aimait entendre ce son métallique trouer brièvement la nuit parisienne. Il évoquait un sentiment enseveli, aussi muselé que ses rêves. L'image la plus proche était celle d'une bouée au milieu d'une étendue d'eau grise à laquelle elle pouvait s'accrocher en cas de nécessité. Un épouvantail à états d'âme, peut-être. Elle se recoucha et pensa à Alex Bruce.

Calme. Sobre. C'est l'impression que vous donnez. Est-ce qu'il avait mis de l'ironie dans cette remarque ? Sûrement. Est-ce que ça cachait une enquête qu'il aurait faite sur elle ? Pas difficile. Il suffisait de demander à ses collègues. Ils savaient tous ce qui lui était arrivé.

Alexandre Bruce, officier de la Brigade criminelle. Un flic sélectionné parmi des milliers d'autres sur la base de ses capacités. Le minimum requis était déjà un palmarès en soi. Cinq années de métier et de familiarité avec la mort. Un tempérament à encaisser le stress, les coups durs, les frustrations de l'enquête qui n'en finit plus de déboucher sur des voies sans issue. L'opiniâtreté comme seconde nature. Loin de l'ambiance cow-boy de l'anti-gang. Gamberge, obstination, calme. Elle voulait en être. Elle voulait bosser avec Bruce et les autres. Elle se sentait faite pour ça après ces treize années au commissariat du 8e.

En fait, en commissariat, on voit plus de cadavres qu'à la Crime. Avec les enquêtes décès, les overdoses, les accidents. On se galvanise et on s'amplifie. Parce qu'on approche tous les milieux sociaux. Il fallait qu'elle soit parfaite sur l'affaire Vox. Qu'elle mette le paquet tout en restant imperturbable. « Le mieux est d'être sobre et calme. » « C'est l'impression que vous donnez. »

Ce n'était pas seulement une impression, commandant. Regardez-moi, patron. Regarde-moi, Alex.

Ses hommes le tutoient. Ils forment une équipe. Un seul corps, une seule cervelle, une seule obstination tranquille. Et je veux en être.

L'administration policière mettait le paquet en ce moment question recrutement féminin. Mais à la Crime, les femmes se comptaient toujours sur les doigts d'une main. C'était le moment de postuler. Mais il se trouverait peut-être un psy quelque part pour dénicher un creux. Il aurait du boulot. Elle avait calfeutré tout ça. Le puits noir était sous contrôle. Même s'il fallait se pencher au bord de la margelle, elle n'aurait pas peur. Quelque chose en elle s'était dissous avec le gros porc. Une carapace de corne trop sèche.

Elle n'était pas morte. Elle avait une autre peau. Un peu tendre au tout début. Avant que le temps fasse son œuvre et lui durcisse à nouveau le cuir. Il n'y avait qu'en acceptant ses béances avec lucidité qu'on devenait fort. Et en travaillant. Et si un spécialiste de la santé mentale venait rôder autour du puits noir, elle saurait y faire. Comme elle avait su y faire avec Sagnac. Calme et sobriété.

Comme d'habitude, elle s'était réveillée avant lui. Il aimait bien faire semblant de dormir et la mater pendant ses allées et venues de la chambre à la salle de bains. Sa séance d'abdos sur la machine ou sur un tapis de sol. Quand elle travaillait avec ses haltères. Il appréciait ses membres musclés, ses fesses haut placées. Elle faisait du sport à fond les manettes et ça se voyait. Une femme pas comme les autres. Jogging, kung-fu, tir, et la télé maintenant. Bien. Très, très bien. Il y avait une chanson comme ça dans le temps, se dit Bertrand Delcourt :

« Elle a les yeux revolver, elle a le regard qui tue, elle a tiré la première, m'a touché, c'est foutu… »

Bizarrement, cette chanson toute bête, c'était exactement Martine Lewine.

10

Bruce passa son bras au-dessus du corps de la fille pour décrocher le téléphone.

— D'où vous la sortez, cette nana, hein ?

— Quelle heure est-il, Fred ?

— Pour ce que tu dois foutre au pieu, ça n'a aucun intérêt, mon vieux. Alors, c'est qui cette Martine Lewine ? Je l'ai trouvée excellente, en fait. Tellement calme qu'on voyait que sa voix. Je suis sûr que Delmont a une idée derrière la tête.

— Attends une minute.

La fille venait d'ouvrir les yeux. Elle lui sourit gentiment et colla sa tête sous son aisselle. Cette nuit, elle l'avait reniflé de partout, lui disant qu'elle aimait sa peau. Une gentille môme. Bruce tira sur le fil du téléphone, enjamba le corps de la fille qui lui caressa la cuisse au passage et partit dans le couloir pour pouvoir fermer la porte.

— Allô ! On voyait que sa voix, je te dis. C'est quoi votre plan ?

— Couper le cordon ombilical.

— Ils t'ont enlevé le bébé. Ils ne te trouvent plus assez médiatique. Ça devait arriver, Alex. Ça nous arrive tous un jour ou l'autre.

— C'est ce qui t'est arrivé avec Isabelle Castro. Le jour où tu as bidouillé le reportage sur la prostitution.

— C'est la grosse Joigny qui t'a dit ça ?

— Qu'est-ce que ça change ?

— Rien, ça change rien. Castro voulait faire un reportage sur la vie des putes. Je l'entends encore. « Fred, fais-nous une ambiance bien lourde, bien chaude. Nos auditeurs veulent des sensations fortes. » Je me suis dit : « À quoi ça rime, ces conneries d'intello ? Qu'est-ce que Castro sait de la vie des putes ? » C'est lourd, c'est chaud. Et puis quoi encore ! Ces pauvres filles s'envoient la médiocrité du monde à longueur de temps. Sensations fortes, mon cul ! Alors j'ai bidouillé le truc avec une copine. On a bien rigolé. Et c'était mieux que nature. La réalité aurait déçu Castro. Je lui ai donné ce qu'elle voulait. Parce que dans le fond, la vraie pute, c'était elle. Elle qui était prête à gaver sa bande de voyeurs des oreilles.

— Il paraît que tu la détestais parce qu'elle t'avait largué.

— Je ne dis pas le contraire. Je la détestais. Mais ensuite, j'ai tout oublié. Et tu sais pourquoi ?

— Parce que tu t'es dégoté un bon job à la télé.

— Oui, et parce que j'ai rencontré Tessa. Castro, c'était de la gnognote à côté.

— Tu sais qu'il y a des romanciers qui inventent des femmes fatales qui n'existent pas, Fred ?

— C'est leur job, il me semble.

— Je te parle des Idoru. Ce sont des filles virtuelles. Belles comme une équation.

— Et pas chiantes ? Elles font ce qu'on leur demande ?

— Bien sûr que non. Ce sont des femmes fatales, mec.

— Tu me sembles très en forme pour un matin.

— Je suis toujours très en forme le matin.

— Alex ?

— Oui ?

— Je veux faire un portrait de Martine Lewine. Le portrait d'une femme flic qui court après un dingue qui aime tuer des femmes.

— C'est tout ?

— C'est le début. Je veux lui faire dire qu'elle a la voix qui plaît à Vox. Et que c'est pour ça que Delmont l'a choisie.

— Si tu arrives à lui faire dire tout ça, c'est que Sagnac s'est planté. Et qu'elle n'est qu'une voix qui en dit trop.

— Quoi ? C'est pas Delmont qui a eu cette idée bizarre ?

— Non. C'est le psy.

— Le type que tu peux pas encadrer ?

— Dans le fond, je ne crois pas qu'il existe un seul type que je ne puisse pas encadrer. C'est une perte de temps.

— Tu es comme moi. Tu préfères détester les femmes.

Guedj avait raccroché en rigolant. Bruce revint dans la chambre et posa le téléphone sur la table de chevet. Nathalie s'était retournée, enlevant le drap dans le mouvement, comme par inadvertance. Son joli corps de dix-neuf ans traçait une diagonale terminée par sa chevelure sombre. Tessa aussi avait de longs cheveux bruns, un peu comme la chanteuse Cher. Une des rares survivantes des années pop. Siliconée mais pétante de santé. Tessa les portait comme ça depuis la fin des années soixante-dix.

On entendait quelques voitures qui passaient dans la rue Oberkampf. Le quartier se réveillait tard et en douceur après la folie permanente de ses nuits.

Sept heures. Un petit matin tranquille. Intimité. Bruce pensa que Vox avait vécu des matins comme celui-là avec les femmes qu'il voulait massacrer. Il avait partagé leur tendresse. Leurs visages enfouis dans les replis odorants de son corps. Ses mains dans leur chevelure, à la recherche des détours de leurs courbes. Ombres et lumières des corps étendus, enveloppés de calme. Ses mains sur leurs cous s'attardant, repartant. Il leur avait murmuré des mots. Ceux des amants. Il avait dit et fait ce que tout le monde faisait. Une certaine idée du bonheur.

Un bonheur à mettre en pièces le moment venu.

Elle était là, cette jeune Nathalie. Elle avait débarqué chez lui à l'improviste, hier soir, alors qu'il réécoutait les Nuits Taboues consacrées à la cybernétique. Revenue à l'attaque, après leur seule nuit ensemble et qu'il avait envisagée comme la dernière. Une rencontre dans un bar du quartier. La conversation légère d'une étudiante styliste un peu partie dès la deuxième bière. Sa fraîcheur de gamine toute contente d'alpaguer un mec d'un certain âge. Elle lui avait dit qu'elle aimait ses yeux et sa bouche, qu'il avait un visage très émouvant. Il lui avait annoncé qu'il était flic. Elle avait adoré ça. Avait ajouté : « Alors, ce visage, tu le mérites vraiment. » Qu'est-ce que ça voulait dire ? Les élucubrations d'une jeune fille marrante. Elle était rieuse. Ils avaient passé un bon moment.

Cette nuit, elle lui avait dit qu'elle l'aimait. Mots très fragiles. Très dangereux. Il avait posé sa main sur sa bouche, appuyé légèrement. Il lui avait expliqué qu'il ne fallait pas dire ces choses. Elle l'avait regardé, intriguée. Une certaine idée du bonheur.

Vox tuait des femmes comme elle. Ce n'était pas qu'une question de voix. C'était une question d'intimité. Il tuait celles qui le croyaient doux, attentionné, léger, délicat et le laissaient s'approcher de si près. Si près, à les tuer.

Nathalie était immobile sur le lit. Sa peau duvet, ses belles jambes, son ventre intact, ses cheveux lisses, son profil de môme qui n'avait pas vu grand-chose et trouvait les flics excitants. Vox tuait-il lorsque le calme était parfait ? Lorsque l'intimité était si intense qu'elle devenait insurpassable. En contemplant Nathalie, Bruce devinait Vox en monstre abritant un océan de douceur. En le mobilisant, ce monstre obtenait une lame de fond tranchante comme la haine qu'il portait en lui depuis l'enfance. Une mer de haine. Non, une mère de haine, dirait Sagnac. Une force qui se déclenchait selon sa propre loi. Une force venue des profondeurs de l'être, celle dont chacun d'entre nous pourrait craindre d'être habité.

Bruce s'agenouilla près du lit et posa sa main sur la cheville de Nathalie. Elle rit. Il lui embrassa les pieds. Elle se redressa et le tira vers lui. Elle était tout entière dans ce qu'elle faisait. Bruce se demanda s'il avait jamais été comme ça à dix-neuf ans.

La gamine avait enfilé une de ses grosses chemises à carreaux de bûcheron dénichée en fouillant dans le placard comme si elle était chez elle, et s'activait dans la cuisine. Elle avait décidé de leur préparer un petit-déjeuner dominical et malgré son manque évident d'expérience, s'obstinait. Elle ne savait pas doser le café et n'avait pas pensé que le beurre gagnait à être sorti avant les assiettes. Cette génération vivait chez ses parents, se dit Bruce en mettant la main à la pâte. La fille lui dit qu'il pouvait s'asseoir, qu'elle s'occupait de tout, et lui colla un verre de jus d'orange entre les mains. Il lui expliqua en quelques phrases aimables qu'il vivait seul depuis plusieurs années et avait intégré les règles basiques de la survie. Trois ans et deux mois exactement. Elle hocha la tête, ravie de ce laps de temps qui laissait tout envisager.

Bruce mangea les œufs au bacon qu'elle avait préparés et qui étaient trop salés mais manquaient de poivre. Puis il l'entraîna au lit où ils s'attardèrent un bon bout de temps. Elle lui proposa de le masser, dit qu'elle avait appris avec une copine indienne, une fille de Calcutta. Il se laissa faire. Nathalie s'attarda sur ce qu'elle appelait le triangle, un espace forcément géométrique entre les épaules où sombraient coups durs, mauvaises vibrations, attaques de stress. Il sentait le doux frottement humide de sa chatte sur ses reins et aimait l'idée de déconnecter un peu pour faire l'animal. L'animal de compagnie. Elle redemanda une séance de câlins. Il fit ce qu'elle voulait jusqu'à ce que le téléphone les interrompe.

— Commandant Bruce ? C'est Charles Genovesi du labo. Pardon de vous appeler un dimanche mais j'ai du nouveau. En fait, j'ai passé la nuit à écouter les bandes des émissions que vous m'avez confiées. Je suis presque sûr qu'on retrouve le même auditeur sur cinq Nuits Taboues. La voix est modifiée mais le vocabulaire ne trompe pas. Le type aime les adverbes : « complètement », « assurément ». Ou les adjectifs comme « judicieux », « équivoque », « révolutionnaire », « dérangeant ».

— Super boulot, Genovesi. J'aurai besoin de faire écouter ces morceaux à des témoins éventuels.

— J'y ai pensé. Et je vous ai fait un petit montage.

— Envoyez-le ce matin à la Crime par coursier, vous voulez bien ?

— Pas de problème. Vous croyez qu'on tient quelque chose ?

— On verra bien. Merci encore.

— Va prendre une douche, Nathalie.

C'est ce qu'il venait de faire avant de passer un jean et un polo noir. Il avait déjà ses boots préférés mais avait oublié de se mettre de l'after-shave.

— Non, je préfère garder ton odeur sur moi.

— Bon, alors va t'habiller parce qu'il faut que je sorte.

— Emmène-moi avec toi.

— Pas question. J'ai ma séance de tir dans une demi-heure.

— Oh, oui ! emmène-moi. Je veux te voir tirer.

— Nathalie, on n'est pas à la télé. C'est la vraie vie. Je suis un vieux flic en chair et en os et j'ai du boulot. J'ai été très content que tu viennes me voir mais tout a une fin.

Elle s'approcha, posa sa main sur sa poitrine, remonta doucement vers son cou. Ses yeux s'étaient emplis de larmes. Merde, pensa Bruce.

— Une interruption ou une fin ? finit-elle par demander avec une moue bravache de petite romantique dure à cuire.

— La deuxième solution serait la plus raisonnable.

— Mais pourquoi, Alex ? On est bien ensemble, non ?

— Je suis aussi très bien tout seul. Tu es très gentille mais je ne veux pas te faire de mal. Pars avant de te mettre à croire vraiment à ce que tu racontes. Tu n'as que dix-neuf ans. Et je ne suis pas du genre à prendre mon pied en faisant souffrir les jeunes filles.

— C'est trop tard.

— Quoi ? Parce qu'on a couché deux fois ensemble ?

— C'était trop tard dès la première minute. Dès que j'ai poussé la porte et que je t'ai vu dans ce café. Et dans vingt ans, quand j'aurai ton âge de vieux con de flic, ce sera pareil. Tu comprends ?

Il soupira. Elle allait fondre en larmes d'une seconde à l'autre. Il faut que je me trouve une femme fatale virtuelle de toute urgence, pensa-t-il en cherchant quelque chose à dire. Le téléphone sonna.

— Alex Bruce ?

— Lui-même.

— C'est Martine. Martine Lewine. Cheffert m'a dit que vous alliez au Centre National de Tir le dimanche matin. J'ai pensé qu'on pourrait peut-être s'y voir. J'aimerais vous parler.

— Ailleurs que dans un bureau riquiqui et vieillot, c'est ça, Lewine ?

— Oui, c'est ça.

— Puisque vous connaissez l'adresse, on se retrouve là-bas.

— Entendu, à tout de suite.

Bruce regarda son Perfecto posé sur l'accoudoir du fauteuil, visualisa mentalement le holster et le Manurhin qu'il recouvrait puis se tourna vers Nathalie. Elle avait abandonné la chemise de bûcheron sur le lit et récupérait son pull et son jean. Elle les enfila à même la peau, idem pour ses baskets, fourra ses chaussettes dans ses poches. Elle fit mine de ne pas se rendre compte qu'elle oubliait son slip en dentelle blanche sur le tapis. Elle quitta la chambre dignement, sur un sourire triste et un regard dévorant. Il entendit la porte de l'appartement claquer.

Jamais été aussi content d'entendre la voix de Martine Lewine que ce matin ! pensa Bruce en allant mettre le slip de Nathalie dans le bac à linge.

11

L'homme tronc fila vers le fond du couloir dans un glissement métallique. Casque et lunettes de visée ajustés, elle prit sa position, se concentra pour sentir intensément tous les points d'appui de la main sur la crosse, estima leur prise, anticipa l'action du doigt sur la queue de détente. Puis monta le bras tendu vers la cible. Équilibre à trouver entre la visée et le lâcher. Le corps et le mental mobilisés afin de faire un central.

Elle tira cinq fois et appuya sur le bouton pour faire revenir la cible de papier. Cinq balles dans la tête dont trois parfaitement au centre. Elle décrocha son trophée, en fit une boule avant de le jeter à la poubelle puis fixa une nouvelle cible sur le portant. Elle la renvoya tout au fond du couloir, enleva les douilles du barillet de son Ruger SP 101, rechargea et fit face à la cible en tenant cette fois son arme des deux mains. Elle tira encore à cinq reprises avec deux secondes entre chaque coup et lorsque la cible revint, Alex Bruce put voir un triangle dessiné sur le poitrail fictif.

Bruce se tenait derrière elle depuis un petit moment et supposait qu'elle le savait. Voulait-elle lui montrer qu'elle était un as de la gâchette ou avait-elle vraiment quelque chose à lui dire ? Les box étaient tous occupés. Il brailla :

— Capitaine Lewine !

Elle se retourna, mit la sécurité de son arme et la rangea dans son étui de ceinture. Comme lui, elle portait un jean et des boots. Un col roulé beige moulant. Elle était bien foutue dans le genre athlétique mais avec moins de rondeurs que Tessa. Elle lui sourit et enleva son casque.

— Bonjour, Alex.

Il serra la main qu'elle lui tendait. Et dit :

— Bravo, Lewine. Vous tirez très bien.

— J'ai commencé le tir sportif à onze ans.

— Avec votre père ?

— Non, avec mon instit de CM2. C'est lui qui m'a emmenée pour la première fois dans un stand de tir de dix mètres. Ensuite, j'ai fait un peu de compétition.

— Excellent, tout ça. Vous vouliez me voir ?

— Les journalistes ne travaillent pas le dimanche mais vous si. Enfin, je suppose. Si vous avez besoin de moi…

— Je suis venu m'entraîner, Lewine. Qu'est-ce qui vous dit que je travaille ?

— Excusez-moi, commandant, j'ai cru bien faire. Vous avez parlé de ces bandes d'émissions à éplucher…

Il lui sourit et enleva son blouson. Il eut un geste qui indiquait qu'il préférait qu'elle s'assoie sur un des bancs, à deux mètres de la ligne des box. Il fit quelques torsions du cou pour se détendre et s'offrit quatre cibles. Lorsqu'il rangea son Manurhin dans son holster et la regarda en souriant, elle ne fit aucun commentaire. Il apprécia qu'elle ne tente pas de le flatter en lui disant qu'il tirait aussi bien qu'elle. Ils se regardèrent un instant en silence puis Bruce dit :

— Tu veux un café, Martine ?

Ils allèrent à la Crime récupérer le pli adressé par Genovesi. Bruce ouvrit son tiroir pour y prendre le magnétophone et y glissa la cassette. Ils s'assirent sur le bureau avec l'appareil entre eux et Bruce appuya sur le bouton « play » :

« Au début des années soixante, les philosophes pensaient que les neurosciences n'avaient rien à nous apprendre en matière de psychologie. À l'heure actuelle, on sait que c'est faux... »

Les Nuits Taboues sur la cybernétique. Genovesi avait bâti sa bande à l'envers, remontant dans le temps pour aligner les extraits qu'il avait repérés. On entendait cinq passages différents, interrompus par la voix de Genovesi qui donnait le thème des émissions. L'adoption d'enfants par des homosexuels. La musique et la culture techno. Les nouveaux célibataires. Les OGM et la peur dans nos assiettes. Lewine et Bruce écoutèrent cinq hommes différents en apparence, si ce n'était l'usage du vocabulaire et un certain rythme de la phrase qu'on commençait à percevoir au bout d'un moment.

— Tu crois que c'est le même bonhomme, Alex ?

— Possible. Ou le type a un talent naturel ou il utilise un mode de filtrage. Il existe des téléphones digitaux qui permettent de modifier la voix et sa hauteur avec une vingtaine de possibilités.

— Il aurait pu choisir une voix de femme, histoire de corser le jeu.

— Genovesi a testé toutes les interventions. Le gars entre dans la peau d'autres personnes mais veut rester lui-même. Un homme.

— Quel manque d'imagination !

Il lui donna une légère tape dans le dos et dit :

— Tu tires vraiment très vite, Martine.

— Il faut bien qu'on rigole un peu, patron.

Le mobile de Bruce sonna. Il eut une courte conversation au cours de laquelle il convint d'un rendez-vous. Il appuya sur la touche « no » et sourit à Lewine.

— Bon, qu'est-ce qu'on fait maintenant ? demanda-t-elle.

— On rencontre la spécialiste des robots. La dernière invitée de Castro, Valérie Cassin. Je viens de réussir à entrer en contact avec elle. Elle déjeune à Bagatelle avec un ami.

— Pourquoi la voit-on ?

— Parce que Cheffert et moi avons enfin réalisé à quoi nous faisaient penser les phrases de Vox.

— À quoi ?

— J'espère que Valérie Cassin va pouvoir te le dire.

— Cheffert ne vient pas ?

— C'est dimanche aujourd'hui. Il est avec ses mômes.

— Il oublie que Vox travaille le dimanche, lui. Judith Macaire est morte un dimanche de février 1999.

Il eut un sifflement admiratif. Lewine avait donné de sa personne en compulsant le volumineux dossier Vox. Il passa sur la critique facile à l'égard de Cheffert et dit :

— Le dimanche 14 février exactement. C'était la Saint-Valentin. Son fiancé lui avait acheté un ours en peluche. Il venait chez elle pour le lui offrir. Un détail très con qui m'a fait me sentir assez mal quand j'ai dû le mettre en garde à vue suite à la demande du juge. Une fois au dépôt, il ne voulait pas lâcher l'ours.

— C'est le jour où tu as baptisé Vox à la télé.

— À partir de là, il y a eu un truc entre lui et moi.

— Et depuis que je cause dans le poste, c'est un truc à trois.

— Un truc à quatre, Martine. Mais ça pourrait être pire. Vox, Cheffert et moi, on aurait pu tomber sur une emmerdeuse. Allez, bouge-toi, Lewine, on y va.

« Je vous attends au café-restaurant entre l'entrée et la zone des clématites. » La voix de Valérie Cassin lui avait paru désagréablement autoritaire au téléphone. Mais devant le professeur en sciences de l'informatique, une petite blonde d'une trentaine d'années assise en terrasse sur fond de verdure, Bruce révisa son jugement. Il la trouva directe, sympathique et surtout prête à collaborer avec la police sans trop poser de questions. Rare pour une intellectuelle. Elle était flanquée d'un barbu à lunettes qui semblait enchanté lui aussi que la conversation se mue en interrogatoire. Bruce lui colla rapidement une étiquette de prof d'université avant de se fixer sur le visage à l'expression concentrée de Cassin. Elle lut le texte de Vox plusieurs fois et dit :

— Pour moi, ça ne fait aucun doute. Il s'agit d'une théorie qui fleurit aux États-Unis essentiellement. Certains scientifiques un peu allumés par notre prochaine entrée dans le XXIe siècle prédisent une révolution sans précédent pour l'humanité. Ils appellent ça *the great breakthrough*. La « découverte capitale » qui nous fera entrer dans une nouvelle ère mais sans ticket de retour. Un mégachambardement qui constituera l'évolution la plus importante depuis l'apparition de la vie. Ils affirment que les progrès associés de la cybernétique, des nanotechnologies et de l'intelligence artificielle vont nous amener à concevoir des machines rapidement plus intelligentes que l'homme. C'est-à-dire capables de maîtriser toutes les connaissances humaines actuelles mais aussi de les dépasser de leur propre chef.

— De leur propre chef ?

— Oui, parce qu'elles seront capables d'apprendre par elles-mêmes.

— Des machines autodidactes ?

— Exactement. Et pour l'humanité, ce sera le début du grand chambardement. Les dinosaures ont régné sur la planète avant de disparaître au profit des mammifères. Il se peut que le plus intelligent d'entre tous, l'homme, soit bientôt dépassé par les événements. Rendu obsolète par un organisme non biologique, plus élaboré et plus efficace.

— Ça explique les phrases: « Nous vivons les derniers jours de l'humanité./ Nous construisons ce qui va nous dominer./ C'est le calme avant la tempête./ Nous pouvons créer nos dieux. » Mais que fait-on de: « Nous pouvons devenir des dieux » ?

— Eh bien, c'est là que ça devient intéressant, commandant. Ou que les adeptes du *great breakthrough* déconnent à plein tube. Au choix.

— Eh bien ?

— On nous prédit autre chose qu'une extinction toute simple. Il est plutôt question de fusion. Voilà le topo: l'humanité ne va disparaître qu'en tant que forme de vie biologique. Il va rester tout ce qu'il y a là-haut, dit Valérie Cassin, en se frappant la tempe du doigt.

Bruce fronça les sourcils. Lewine attendait patiemment la suite. Le barbu avait l'air de rire sous cape; ses dimanches à Bagatelle se suivaient sûrement mais ne se ressemblaient guère. Valérie Cassin ménagea son temps de suspens et dit, l'air malicieux:

— On va tout simplement pouvoir faire basculer nos mémoires dans les merveilleuses machines que nous aurons créées.

Silence parfait. On entendit les pas des serveurs sur le gravier, le cliquetis des couverts, le chant des oiseaux, le vent dans les arbres. Tout ça sous un soleil rasant d'une douceur inouïe.

— Pour quoi faire ? demanda Martine Lewine à la place de Bruce qui venait de s'enfoncer dans son siège et semblait parti dans une gamberge sans fin.

— Pour devenir immortels, tiens, pardi ! dit le barbu qui récolta une attention immédiate et soutenue.

Il se racla la gorge, haussa les épaules d'un air innocent et commanda les cafés.

— Et dans la foulée, histoire de ne pas trop s'emmerder, on se lance enfin sérieusement dans la conquête spatiale, ajouta Valérie Cassin.

— En fait, intervint le barbu, tout ça c'est du neuf avec du vieux.

— Et pourquoi donc, Benoît ? demanda Valérie Cassin.

— Mais parce qu'à y regarder de près, sous ce fatras technologique et apocalyptique, c'est le mythe de Faust qui pointe le nez.

— Oui, mais on ne vend plus notre âme au diable en échange de la jeunesse éternelle et du pouvoir, Benoît. Y a plus de diable !

— Mais si, Valérie. Le diable, c'est la machine.

— Dans le mythe, il n'était pas question de fabriquer le diable de nos propres mains.

— Ah, mais ça dépend de la lecture que tu en fais ! Le diable n'existe pas tout simplement parce qu'on est assez grands pour se foutre en l'air sans lui. Voilà !

— Et le reste : « Un animal est une machine./ Les étoiles sont des machines », qu'est-ce que vous en dites ? demanda Bruce, enfin sorti de ses pensées.

— C'est une question de définition, répondit Cassin. À la base, tout ce qui utilise de l'énergie pour produire un travail ou qui gère de l'information conformément à son propre ensemble de règles logiques est une machine. Même si ça n'a pas été manufacturé par l'homme. On peut définir les étoiles comme des machines naturelles consumant leur énergie pour produire de la lumière. En poussant un peu, je dirai qu'un cerveau envoyant des informations de neurone à neurone est autant une machine en fonctionnement qu'un ordinateur.

— Dans ce cas, le chien aussi est une « biomachine » ! commenta le barbu. La preuve : les Japonais ont copié le modèle naturel et commercialisent depuis l'an dernier des robots canins qui ont l'avantage de ne plus saloper les trottoirs. Magie de la modernité !

— De là à dire que l'univers est une gigantesque machine, il n'y a qu'un pas, dit Bruce.

— Je vois que vous avez parfaitement compris, commandant, ajouta Valérie Cassin.

— Oui, mais il reste le problème de la conscience, dit le barbu. Moi, je sais que j'existe mais comment un robot peut-il avoir conscience de son existence ?

— Il paraît qu'une fois que nous aurons percé le mystère du fonctionnement du cerveau et que nous serons capables de le dupliquer, la conscience émergera naturellement de la machine.

— Comment ça, Valérie ?

— Parce que après tout, la conscience n'est peut-être qu'un mode de fonctionnement très élaboré du cerveau. Si c'est le cas, il est forcément déchiffrable. Avec du temps. Et de l'argent. Et dans le domaine des neurosciences, les dollars ne manquent pas.

Ils burent leurs cafés en silence. Le barbu proposa des liqueurs en prétextant qu'il fallait faire vite avant l'extinction de la race. Valérie Cassin et Martine Lewine acceptèrent un cognac et Bruce se sentit obligé de suivre. Il leva son verre face aux arbres et compara l'alcool mordoré aux couleurs des feuilles puis il se dit qu'il était temps d'utiliser la bande de Genovesi.

— Et si je vous faisais écouter des extraits de voix ? Vous me semblez très en verve, tous les deux.

— Je veux, mon n'veu ! dit le barbu.

Bruce brancha le magnéto et le couple de professeurs se concentra dur en humant le cognac. Bruce remarqua que Lewine n'avait pas touché à son verre. Elle vit qu'il la regardait et se mit à boire. En trois gorgées. Bruce s'imagina allongé dans une tranchée avec Lewine à ses côtés, armés de fusils laser. Dans un paysage de la couleur du cognac et du sang. Il y avait des éclairs bleus, des coups de feu roses et un bruit de trompe affolée au loin. La terre tremblait. Lewine et lui tiraient sur des robots qui voulaient la peau de l'humanité. Il but une gorgée, s'avoua qu'il s'agissait d'une scène du film *Terminator II* qu'il avait juste un peu arrangée.

— Oui, je me souviens de cet auditeur, dit Valérie Cassin. Il avait l'air de connaître assez bien son affaire. Mais à part ça…

— À part ça ? demanda Bruce.

— Je ne vois pas ce que je peux vous dire. Un auditeur parmi d'autres. Une ambiance de nuit. Les gens fantasment avant la dernière camomille. Et le lendemain, on retourne au boulot.

— Moi, j'aimerais bien réécouter la bande encore une fois, dit le barbu.

Bruce rembobina, appuya sur « play ». Regarda Lewine dont le visage était sans expression. Comme celui d'Arnold Schwarzenegger dans le film. Je serais le futur chef de la rébellion humaine. Elle serait le Terminator venu du futur pour me sauver.

— J'ai déjà entendu cette voix, dit le barbu en évoquant l'extrait de l'émission *Les OGM et la peur dans nos assiettes*.

— Où ça ?

— Eh bien justement, c'est ça le problème.

— À la télé ? essaya Lewine.

— Au cinéma, au théâtre, dans le métro, à l'université ? intervint Valérie Cassin.

— Dans la rue, au supermarché, à la radio ? demanda Bruce.

— Mais ça vient de la radio, non ? dit le barbu.

— Oui, mais je parle d'une autre radio que France-Inter, précisa Bruce.

— Ça frémit quelque part dans ma tête. Je l'ai sur le bout de l'oreille. Ah, nom d'un chien ! À la télé, en fait. Oui, oui, à la télé.

— Tu regardes la télé, toi, Benoît ? Arte ?

— Non, je ne regarde pas Arte. Je regarde les chaînes qui passent des séries américaines.

— C'est nouveau ça, Benoît.

— Non, c'est pas nouveau. J'ai toujours aimé la culture populaire. Ça délasse.

— Elle est bien bonne !

— Ça me revient ! C'était une série appelée... *Les Trottoirs de Los Angeles*. Et je suis presque sûr que c'était la voix du héros. Dan Rogers, un lieutenant du LAPD. Beau gosse, marrant, intelligent mais un peu trop accaparé par son boulot au goût de ses fiancées.

— Benoît ! Je n'aurais jamais imaginé que tu regardais des conneries pareilles !

12

Un club où passe de la techno japonaise. Le lieutenant Dan Rogers, un faux air de Brad Pitt, danse face à une rousse sculpturale. Une mer de têtes balayée par des faisceaux laser. La caméra filme du dessus avant d'opérer une plongée. Rogers embrasse la fille puis murmure à son oreille. Elle se recule et le gifle. Rogers se frotte la joue et émet un sifflet d'admiration, s'en va sur un sourire. La fille danse frénétiquement puis s'arrête. Immobile au milieu de la foule en transe. Gros plan sur ses yeux pleins de larmes. Plan américain sur Rogers vu de dos qui salue la physionomiste du club et sort. Une horloge indique cinq heures trente.

Dan Rogers dans sa voiture. Il prend son holster dans la boîte à gants, le fixe sur son torse, met son blouson, démarre. La voix off d'un Asiatique permet de comprendre qu'il a rendez-vous avec un collègue dans une maison de thé à Chinatown.

Rogers se gare, gravit un escalier au-delà duquel clignote une enseigne à néon : Bird Paradise.

Rogers pénètre dans une vaste salle où ne sont attablés que des Chinois. Ambiance paisible : les joueurs de mahjong boivent du thé. Plans sur des oiseaux dans des cages d'osier accrochées au plafond. Des consommateurs entrent avec leurs cages, les installent sur leurs tables. Rogers s'avance vers un métis imperturbable.

— Je parie que tu t'es jamais levé aussi tôt, Rogers.

— T'occupe ! On en est où ?

— Demande au canari.

Rogers fait la grimace. Le métis sourit, désigne la cage d'un geste discret. Rogers repère le petit miroir incrusté à la base. Il s'en sert comme d'un rétroviseur vers un groupe d'hommes attablé. L'un d'eux tend une enveloppe à un quadragénaire lunetté qui la glisse dans sa veste, se lève en saisissant une cage.

Rogers fixe le métis et dit :

— Je parie que tu t'es jamais levé aussi vite, Lee !

Main de Rogers vers son holster. Yeux écarquillés de Lee. Rogers se lève, pivote, son revolver à bout de bras.

— LAPD ! On ne bouge plus !

Le quadragénaire jappe un ordre en cantonais. Deux comparses dégainent. Rogers tue le premier d'une balle en plein front, plonge sur le côté. Échange de regards avec Lee sous la table. Cris, bousculades. Gros plans sur des oiseaux affolés. Rogers fait une roulade, tire une deuxième fois, tue l'autre comparse.

Visage en sueur, chemise mouchetée du sang du Chinois, Rogers hurle :

— Couchez-vous ! Couchez-vous !

Coups de feu. Une nouvelle vague de clients se disperse en hurlant.

Le quadragénaire ouvre sa cage. Dans le double fond, un sachet de poudre blanche qu'il fourre dans sa veste et une arme. Le troisième Chinois sort un pistolet-mitrailleur de l'arrière de la banquette. Rafales, trois consommateurs abattus. Au sol, Lee et Rogers tirent. Fin du troisième Chinois.

Le quadragénaire dans l'escalier. Rogers à sa poursuite. Dans la rue, halos rouges des lanternes chinoises accrochées aux lampadaires. L'homme court vers le soleil levant. Dan Rogers tire. Le Chinois chancelle en tenant sa cuisse droite avec sa main armée, s'affale sur une table de mangeurs de nouilles. L'homme lève son arme vers Rogers qui l'abat.

Le lieutenant s'agenouille, ouvre la veste de l'homme. La poudre tachée de sang. Puis gros plan sur une main posée sur l'épaule de Rogers.

— Tu ne seras jamais qu'un cow-boy, mon pauvre Rogers, dit Lee avec une moue de philosophe écœuré.

Il rit à gorge déployée. Étrange, car sa bouche est fermée.

— Stop ! cria le directeur de studio. Qu'est-ce qui te prend, N'Guyen ?

— Cette réplique est nulle à chier, répondit le comédien asiatique en continuant de s'esclaffer.

— Peut-être, mais c'est exactement ce que dit l'acteur qui fait Lee.

— « Tu ne seras jamais qu'un cow-boy, mon pauvre Rogers », minaude N'Guyen. On peut pas l'arranger un peu ?

— Oui, c'est vrai, c'est assez niais, renchérit Julien Kassidy.

— Tu t'y mets aussi, Kassidy !

— Écoute, se glisser dans la peau de Dan Rogers dans ces conditions, c'est un peu dur !

— On fait la synchro d'un feuilleton TV, les gars. C'est pas le dernier Robert De Niro.

— Bah ! C'est complètement pompé sur les films de John Woo, dit N'Guyen.

— Pompé ou pas, les dialogues sont très durs à faire vivre, insista Kassidy.

— Eh bien, demande donc un avis technique aux policiers venus t'interroger, ma puce, dit le directeur de studio qui enleva son casque et ralluma la lumière.

Alex Bruce et Victor Cheffert, immobiles de part et d'autre de la petite salle de régie, fixaient Julien Kassidy. En arrière-plan, le film continuait de défiler en silence avec la rythmo qui balançait le texte en soustitre : Dan Rogers faisait face à un type suralimenté et surexcité. Son supérieur probablement dont la bouche mâchait des blocs de silence.

*

Ils lui faisaient le « coup de la moquette ». Kassidy avait été introduit dans le vaste bureau moquetté du patron, sommé de s'asseoir face à lui sur l'antique fauteuil de cuir. Il était moins décontracté que le psychocriminologue. Décroisait et recroisait ses jambes, ses bras, laissait rouler son regard de la Seine aux yeux de Delmont, s'attardait sur la tête de mort pied de lampe et le magnétophone. Le duo Bruce/Cheffert allait et venait à bonne distance, tenant la base d'un triangle qui emprisonnait le comédien et dont le sommet était le visage impassible du patron de la Crime.

— On te retrouve trop souvent dans nos jambes pour que ce soit une coïncidence, Kassidy, commença Cheffert.

— Expliquez-moi ce qui se passe et je pourrai peut-être vous répondre.

Delmont appuya sur le bouton « play », déclenchant la bande préparée par Genovesi. Quand ce fut terminé, il appuya sur « stop », alluma une cigarette. Le couvercle de son Zippo claqua sec dans le silence du bureau.

Kassidy finit par soupirer, passa une main sur sa nuque et dit :

— J'avais gardé tout ça pour moi parce que la réputation des Nuits Taboues en dépendait.

— Tout ça quoi ? intervint Bruce.

— Je chauffais l'émission pour Maïté Joigny depuis un bout de temps. J'intervenais en changeant ma voix. Quelquefois, si ça tardait à démarrer, je jouais plusieurs auditeurs différents.

— Qu'est-ce qui nous prouve qu'elle te l'avait demandé ?

— Des fiches de paye plus élevées que ce que valent mes lectures de roman. Et son témoignage, si elle veut bien vous le donner.

— Pourquoi : « si elle veut bien » ?

— Je la vois mal admettre qu'elle maquillait les interventions.

— Quels étaient ses motifs ?

— Isabelle avait commencé à bifurquer vers la télé. Joigny avait peur qu'elle quitte la radio et l'abandonne. Elle voulait que chaque émission soit plus réussie que la précédente. C'était une course contre la montre et elle ne voulait rien laisser au hasard.

— Comment te préparais-tu pour les émissions ? Tu lisais des livres ? questionna Bruce.

— Maïté me donnait de la documentation et on parlait de ce qu'elle attendait.

— *Idoru*, ça te dit quelque chose ?

— C'est un roman anglo-saxon. C'est Isabelle qui me l'avait prêté.

— Pour quelle raison ?

— Parce qu'il lui avait plu. Elle aimait bien discuter bouquins avec moi.

— Vous avez parlé du livre ?

— J'ai évité le sujet parce que le bouquin m'avait ennuyé.

— Pourquoi ?
— Dans le fond, j'aime pas la science-fiction.
— Revenons aux émissions. Maïté Joigny avait des idées précises ?
— Oui, toujours.
— Tu n'as pas eu envie de lui proposer des thèmes ?
— Non. Le patron, c'était elle.
— Et l'émission sur la cybernétique ?
— La dernière. Eh bien quoi ?
— Elle t'a inspiré plus que les autres.
— Pas vraiment. Je suis intervenu en me mettant dans la peau de l'auditeur potentiel comme à chaque fois.
— Non, pour celle-là, c'était plus fort.
— Peut-être. Ces gens qui espèrent que le futur sera plus intéressant que ce que nous vivons ont une dimension supplémentaire.
— Décode, Kassidy, dit Cheffert. Ça veut dire quoi, en clair ?
— Ce sont des rêveurs. Ils sont touchants, je trouve.
— Tu rêves, toi aussi ? continua Cheffert.
— J'ai pas le temps, inspecteur. Il y a quatre-vingts pour cent de chômage dans ma profession.
— Eh bien justement, Kassidy, j'ai un rôle pour toi, dit Cheffert en lui tendant un papier. Déclame-le avec émotion, tu veux bien ?
Kassidy prit la feuille et lut en silence sans montrer de réaction particulière. Bruce eut une idée. Il avança vers le bureau et appuya sur la touche « play ».
— Pourquoi est-ce que vous m'enregistrez ?
— Une vague idée, répondit Bruce.
Kassidy regarda ostensiblement Delmont et se mit à lire comme s'il était son partenaire. Il sembla à Bruce que la voix du comédien partait à l'assaut de l'espace du bureau. Il n'était plus ni Dan Rogers, ni Julien Kassidy :

— « Souviens-toi de Deep Blue./ Tout est connecté./ Nous pouvons créer nos dieux./ Nous pouvons devenir des dieux./ Nous construisons ce qui va nous dominer./ C'est le calme avant la tempête./ L'intelligence n'a que faire de la conscience./ Nous vivons les derniers jours de l'humanité./ Un animal est une machine./ Les étoiles sont des machines./ L'univers est une machine. »

— Encore une fois, ordonna Delmont.

Kassidy lui jeta un regard étonné mais reprit posément. Il attendit ensuite qu'on lui demande de recommencer mais face au silence du trio, il posa la feuille sur le bureau. Une minute pleine s'écoula, Kassidy finit par demander :

— C'est quoi, ce texte ?

— À ton avis ? intervint Cheffert.

— Un poème traduit de l'anglais ?

— Pourquoi de l'anglais ?

— Ça sonne comme un poème mais ça ne rime pas. Alors j'ai pensé que ça pouvait être une traduction.

— Ça ne rime pas non plus en anglais, dit Bruce. J'ai essayé. Tu aimes la poésie ?

— Bien sûr. Et tous les grands textes. Et même les petits dialogues des feuilletons dans le fond. L'essentiel, c'est de travailler. Il ne faut pas cracher dans la soupe.

— Tu semblais pourtant d'accord avec ton collègue asiatique quand il disait que les dialogues étaient nuls.

— J'y suis allé en douceur et, de toute façon, ça fait partie du folklore. C'est une manière de dire au milieu de la post-synchro : rendre intelligents des dialogues cons, c'est dur. Donc ça vaut de l'argent. Il ne faut jamais hésiter à se vendre comme des spécialistes.

— Pour un spécialiste, tu nous les avais bien cachées tes activités de doublage, dit Cheffert.

— J'ai eu beaucoup de mal à pénétrer le monde fermé de la synchro mais je ne m'en vante pas pour autant.

— On est pourtant pas des agents ! ricana Cheffert. De la circulation de temps à autre. Mais ça s'arrête là.

Kassidy sourit de l'air du type poli mais navré par une blague affligeante.

*

Martine Lewine arriva vers dix-sept heures. Bruce expliqua qu'ils avaient déniché les studios assurant le doublage des *Trottoirs de Los Angeles* en quelques coups de fil. Ils évoquèrent le nouvel interrogatoire de Kassidy qui débouchait sur une impasse supplémentaire malgré le rituel de la moquette et l'implication de Delmont. Lewine leur narra sa journée médiatique : Canal +, FR3 et RTL. Elle précisa qu'elle avait refusé de son propre chef le portrait que proposait Frédéric Guedj pour France 2. De son point de vue, une guignolade : il voulait la filmer chez elle, pendant son jogging, faisant ses courses et mimant une arrestation. Bruce lui demanda si elle n'avait pas envisagé d'en parler d'abord à Sagnac, et Lewine répondit qu'elle avait préféré utiliser ses propres méninges. Victor Cheffert lui dit qu'elle avait gagné un point dans la cote établie secrètement par le commandant Bruce et ce dernier proposa d'aller boire une bière à la brasserie Duguesclin. Devant des demis à la pression, Cheffert raconta que la prestation médiatique de Lewine avait fait doubler le nombre des appels à la PJ relatifs à l'affaire Vox. Deux personnes étaient mobilisées à plein temps pour répondre aux questions et trier les appels intéressants. Malheureusement, ceux-ci tardaient à se présenter. Bruce insista pour régler l'addition et le trio se rendit au parking de la PJ où il se sépara. Bruce s'attarda tout de même un peu pour voir comment Lewine se débrouillait avec sa grosse cylindrée. Aussi vite et bien qu'un homme mais avec un petit quelque chose en plus. « Une sorte d'assurance tranquille », avait dit Delmont. Le commandant admit que le grand patron n'avait pas tort.

Une odeur de cigarette flottait dans l'entrée. Bruce trouva Guedj au salon, installé devant la télévision. Posés sur la table, une bouteille de whisky et un verre presque vide. Un ramequin rempli de bretzels. Une bande-annonce défilait avant le vingt heures : celle d'une nouvelle série française. L'histoire d'une femme mûre, commissaire de police et syndicaliste, affublée de deux jeunes godelureaux agités du bocal en guise de lieutenants et d'un fils ingrat de trente ans en crise d'adolescence attardée. Guedj saisit la télécommande, éteignit le poste et dit d'une voix haut perchée :

— Tu rentres bien tard, chéri !

— Salut, Fred, soupira Bruce (en regrettant le jour où il avait confié au journaliste qu'il laissait un double de ses clés au-dessus du compteur de gaz sur le palier). Il ne te manque plus que les charentaises à carreaux.

— Tu en as à me prêter ?

— Qu'est-ce qui me vaut l'honneur ?

— La nouvelle recrue ne veut pas m'accorder d'interview. C'est grâce à toi ?

— Figure-toi qu'elle est assez grande pour flairer les coups pourris.

— C'était pourtant une excellente idée. J'estime que quand on jette une peau de banane sous les pattes d'un serial killer, il ne faut pas lésiner.

— Elle a refusé et je ne peux rien y changer.

— Permets-moi d'être sceptique.

— Permis accordé, Fred.

Le journaliste se resservit une rasade et but une copieuse gorgée en faisant la grimace. Il reprit :

— C'est peut-être parce qu'elle a des choses à cacher.

Bruce prit un verre dans le bar et se servit une petite dose d'alcool. Il s'assit, enleva ses chaussures et son blouson, posa ses pieds sur la table basse, but une gorgée et attendit la suite.

— J'ai un très bon pote qui a travaillé au commissariat de l'avenue du Général-Eisenhower. Martine Lewine a été agressée par un dingue il y a cinq ans de ça. Il l'a séquestrée et affamée pendant plusieurs jours avant qu'elle ne réussisse, on ne sait trop par quel miracle, à mettre les bouts. (Il se tut, attendant une réaction. Bruce le fixait sans rien dire. Guedj reprit :) Ça s'est passé avenue du Cimetière à Saint-Denis. Elle était tombée sur un poète, du même genre que le Belge qui dépeçait ses victimes et disséminait les sacs-poubelle dans des lieux évocateurs comme le chemin de la Haine ou la rue de l'Inquiétude.

— Oui, le dépeceur de Mons, je connais. Et alors ?

— Elle y est retournée plusieurs fois mais elle n'a vu que des entrepôts abritant un tas de sociétés respectables.

Bruce but une nouvelle gorgée en étudiant le visage de Guedj. Une bouche et un ton revanchards mais un regard direct. Celui du fouille-merde sachant qu'il tient quelque chose, dirait Delmont.

— C'était il y a cinq ans et elle a l'air d'être en un seul morceau, dit Bruce.

— T'en es sûr ?

— Qu'est-ce que tu insinues ?

— Que vous envoyez au baston une nana couturée de partout. Deux scénarios : elle craque ou elle massacre. Personnellement, je préfère la deuxième solution. Lewine est une tireuse d'élite, elle pratique le kung-fu à haut niveau et ne lâche jamais le morceau malgré ses airs bonasses. *Dixit* un de ses petits copains de la flicaille que j'ai dû payer grassement. Il m'a dit qu'elle était bizarre. Qu'elle avait jeté les fringues d'un souteneur à la poubelle et que ça avait déclenché une course-poursuite avec le type qui cavalait à poil sur le boulevard Haussmann. Bref, on frise le délire. Et ça amène une question que tu dois déjà te poser : comment se fait-il qu'un psy comme Sagnac n'ait pas flairé la fêlure de Lewine ?

— Et toi, Fred, comment se fait-il que tu viennes me faire respirer la tienne si souvent ?

— J'entretiens la flamme, mon vieux.

— Quelle flamme ?

— Celle des soldats plus ou moins connus, morts dans les tranchées de la passion. Les victimes de Tessa.

— J'ai eu un rude week-end et un gros lundi, Fred.

— Tu sais qu'elle s'est déjà trouvé un nouveau jules ?

— Tessa ?

— Oui. L'Américain peut se faire du mouron. Surtout depuis le début de la saison des voyages d'affaires.

— Et comment sais-tu tout ça ?

— J'ai la mauvaise habitude d'appeler Tessa de temps en temps. J'écoute sa voix et je raccroche au bout d'un moment. Quelquefois, je recommence jusqu'à ce qu'elle envoie paître ma voix anonyme avec une insulte quelconque. J'aime bien son timbre quand elle est en colère. La dernière fois, je me suis fait piéger. Elle a rappelé immédiatement après mon appel. J'ai eu beau jurer que ce n'était pas moi, elle m'a insulté avant de me saigner à blanc. Elle m'a balancé qu'elle avait rencontré un mec avec qui elle s'envoyait copieusement en l'air.

— Mon pauvre vieux.

— Quand tu essaies de me faire croire que tu planes au-dessus de tout ça, tu n'es pas très bon, Mister cool.

— Je ne peux pas t'empêcher de croire ce que tu veux.

— C'est comme ton whisky, d'ailleurs. Il n'est pas bon non plus, Alex.

Après le départ de Guedj, Bruce éprouva le besoin impérieux d'une douche. Il la prit très chaude, laissa l'eau ruisseler longtemps sur ses épaules, ses mains en appui sur le carrelage. Il passa un peignoir de coton blanc et s'assit sur le couvercle des toilettes pour réfléchir. Il arriva à la conclusion qu'il fallait mettre un homme en filature sur Fred Guedj et sortit de la salle de bains pour téléphoner à Patrick Gauvin, une des dernières recrues de la brigade. Il lui donna les adresses du journaliste et de Tessa Robbins et lui demanda de se trouver un équipier pour filer Guedj jour et nuit.

Alex Bruce s'installa devant son ordinateur et consulta le Net à la recherche d'informations sur la révolution cybernétique. Il trouva un groupe de discussion américain dont les protagonistes extrapolaient sur ce que pourraient être des mondes superréels où l'art, l'aventure, le sexe prendraient une dimension d'infinie complexité et de réalisme. Le débat roula gentiment jusqu'à ce qu'un négationniste se glisse dans le jeu. La discussion tourna vinaigre.

« La technotransmutation est notre avenir incontournable. L'évolution biologique a perdu sa place de système leader. L'être humain va continuer à évoluer mais ça n'aura plus rien à voir avec ses gènes.

— Vous rêvez d'annihilation ! C'est complètement dingue.

— L'évolution de l'ADN est extrêmement lente. Les systèmes artificiels peuvent évoluer des millions de fois plus vite que les entités biologiques.

— Évoluer à toute allure mais pour quoi faire !

— T'as pas remarqué que l'évolution est un processus inéluctable ? Que rien ne s'arrête et surtout pas l'étrangeté de notre monde ?

— Et si, ça s'arrête puisque vous rêvez tous de suicide collectif.

— Mais justement, mec ! Il ne faut pas rêver. L'économie, la culture et la foi ne sauveront probablement pas l'humanité ou les âmes humaines. En revanche, la technologie pourra permettre de sauver les esprits humains.

— Et qu'est-ce que tu feras avec ton corps de robot ? Fini l'amour charnel.

— Parlons-en de l'amour. Un phénomène chimique aujourd'hui parfaitement connu et donc reproductible et améliorable. Parlons plutôt du plaisir ! Avec une peau synthétique sensible, tu pourras t'envoyer en l'air sans problème dans un monde où l'imagination sexuelle sera infinie. Avec un homme, une femme, dix, vingt partenaires ou ton propre clone, avec autant d'orgasmes multisensoriels que tu voudras et dans des paysages inouïs. »

Bruce suivit encore un peu le débat puis se déconnecta. Il glissa le CD de Morcheeba dans le lecteur et alluma une cigarette. Un avenir *incontournable*. Il tenta d'imaginer un monde où chacun se suffirait à lui-même, où la frustration cesserait d'exister. Le moindre de nos désirs serait exaucé instantanément. Nos passions mourraient de leur belle mort. Dans ce monde parfait, des êtres immortels en évolution constante et exponentielle mettraient au jour tous les secrets de l'univers. On oublierait jusqu'au nom d'Orphée. Le charme de Tessa Robbins ou le mystère de Martine Lewine n'auraient pas plus de valeur qu'une cosse de cacahuète. Et les serial killers seraient au chômage. Comme les flics.

13

Yeux écarquillés de force par du ruban adhésif, ligoté à un fauteuil roulant, Mel Gibson dégringolait un escalier sous une pluie de balles en braillant comme un veau. La scène plaisait à la fille. Assise à poil au bord du lit, elle riait bêtement. Il avait eu pourtant du mal à la convaincre de se brancher sur Ciné Cinémas. Avant d'aller à la salle de bains, il avait monté le son. Il savait que contrairement aux autres, elle allait trop crier. Il supportait depuis deux mois ses conversations ineptes, sa spontanéité gluante qui faisaient d'elle un machin très moyen. Les autres étaient des salopes. Celle-ci était plutôt une dinde. Hôtesse au sol. C'était exactement ça : cette nana était incapable de décoller. Un pis-aller parce qu'il lui fallait accélérer le jeu.

Il regarda un instant son dos, ses longs cheveux noirs brillants. Comme ça, on aurait pu la prendre pour l'ex-femme de Bruce le flic. Pouliche de luxe dont le standing dépassait les émoluments d'un fonctionnaire de police. Au téléphone, la voix de Tessa avait une qualité. Même sur ces quelques mots : « Allô, allô, qui est à l'appareil ? » Mais certaines intonations étaient trop cristallines. Les phrases bondissaient comme de l'eau alors qu'il aurait fallu qu'elles glissent en coulée de boue chaude sur la fin. On était à deux doigts de la perfection. Mais deux doigts, c'était beaucoup trop. Avec l'hôtesse, on frôlait déjà la limite de l'acceptable. En tout cas, l'idée des cheveux de Tessa le stimulerait.

Allait-il attendre que l'autre dinde sente son regard et oublie le film deux secondes ? Elle se retourna justement à ce moment-là, ouvrit la bouche en O. Et fonça vers la porte. Vox fut interloqué. C'était la première qui pensait à se barrer sans demander son reste. Il l'avait mal choisie. Il l'avait mal choisie !

Il se projeta sur elle, enserra ses cuisses. Ils tombèrent. La tête de la fille cogna la porte. Elle gémit, s'affaissa. Partie dans le cirage ! Il n'avait pas prévu ça. Il voulait sa voix, la vibration de sa gorge et de sa chatte réunies. Elle était comme une chiffe sur la moquette beigeasse de l'hôtel. Une main sur son torse, il vérifia que le magnétophone fonctionnait puis s'assit à califourchon sur le ventre. Il vit son propre sexe flasque et serra les dents. Un coup de feu. Il tourna la tête vers l'écran : Mel Gibson arrachait le ruban adhésif. Vox se mit à donner des claques à la fille. Droite, gauche, droite, gauche. De plus en plus fort. Jusqu'à ce que les paupières papillonnent comme celles d'une poupée. Il plaqua sa main sur la bouche pendant que les yeux marron s'écarquillaient de terreur.

Il la tua parce qu'il fallait bien en finir mais elle ne lui avait rien donné. Une dinde de bout en bout. Elle avait prononcé les paroles mais la magie n'avait pas eu lieu. Il n'avait pas senti la membrane palpiter. L'entaille ne s'était pas ouverte sur le gouffre du temps. La solitude l'avait pris à la gorge et pendant un instant il avait senti un froid mortel bloquer sa respiration. En serrant le cou, il avait eu le sentiment qu'il n'y arriverait pas. Que le puits était trop profond. Trop haut. Trop glissant. Sa mémoire lui avait alors rendu la voix de sa mère. Intacte pendant un bref instant. Gonflée des injures qu'elle prononçait en prenant soin d'articuler. C'était la première fois qu'elle lui revenait si clairement. La première fois depuis la maison. Depuis qu'il l'avait tuée devant le poste de télévision. Elle regardait les Guignols.

Alzheimer lui avait grillé la cervelle. À soixante-deux ans, la seule précocité qu'elle ait jamais eue. Elle était morte dans une hébétude télévisuelle complète et d'une parfaite médiocrité. Comme elle avait vécu.

Sa nouvelle vie non biologique approchait. À lui d'entamer le virage. Mais il ne pouvait pas partir avant de s'emparer de la seule voix qui l'intéressait vraiment. Celle qui même lorsqu'elle prononçait des jurons gardait sa pureté. Cette voix serait celle de son Idoru. L'être suprême qui vivrait avec lui tous les siècles à venir. Ils fonderaient une dynastie de clones pour ne parler qu'entre eux le langage sacré des dieux.

Vox se dit qu'il était temps d'appeler Martine Lewine à son domicile. Elle décrocha au bout de la deuxième sonnerie. Voix cotonneuse. Moins bonne que la dernière fois à la télé. Il attendit. Ambiance silencieuse autour de la voix ensommeillée qui questionnait mollement: « Allô ? allô ? » Il l'avait réveillée; elle ne regardait pas le film. Martine Lewine cessa de parler. Il l'écouta respirer dans le combiné puis raccrocha. Déception.

Très vite, il se ressaisit et appela Bruce le flic à son domicile. Il l'écouta dire: « Allô ! allô ? allô ? » Espace de silence. Et encore: « Allô, j'écoute, allô, parlez ! » Il put discerner le bruit de la télé cette fois, espéra qu'il s'agissait du bon film. Il monta le son du téléviseur de l'hôtel avec la télécommande: impression subtile de deux mondes sonores subitement réunis via le réseau téléphonique. « Allô, parlez ! » Vox raccrocha. Il sortit les deux bandes de ruban adhésif de sa sacoche et s'agenouilla à côté de la dinde pour lui scotcher les paupières. Le spectacle n'avait aucun intérêt pour le moment. Il n'en aurait qu'au moment où Bruce le flic et sa troupe feraient leur entrée en scène.

Alex Bruce reposa le combiné et fixa l'écran. Mel Gibson, garé sous les fenêtres de Julia Roberts, la regarde courir sur une machine de jogging d'appartement. La jeune femme ignore la présence voyeuse du taximan paranoïaque. Bruce avait déjà vu le film et appréciait ce passage qu'il trouvait à la fois pervers et tendre.

Il avait laissé sa main sur le combiné et se demanda si Guedj continuait de jouer avec ses nerfs et avait délaissé le numéro de Tessa pour le sien. Tessa. Bruce se dit que c'était peut-être elle qui venait de l'appeler avant de changer d'avis et de raccrocher subitement. Elle pouvait se sentir déboussolée et avoir envie de parler à quelqu'un qui l'écouterait sans faire trop de commentaires. Ça ne lui était jamais arrivé jusqu'à présent mais elle devait savoir que c'était un mouvement qu'il comprendrait.

Il pensa l'appeler pour prendre simplement de ses nouvelles. Pour s'assurer qu'elle savait ce qu'elle faisait en provoquant Guedj. Et aussi pour vérifier que le journaliste avait raconté la bonne histoire. De la musique montait de la rue en bouffées hétéroclites. Il alla baisser les stores électriques pour gagner un peu d'intimité, prit son agenda et composa le numéro. Tessa décrocha au bout de la deuxième sonnerie. Une voix enjouée. Et tout de suite celle d'un homme en arrière-fond. « Allô, oui ! J'écoute ! » dit encore Tessa Robbins. Bruce raccrocha.

Il alla chercher une bière dans le réfrigérateur et se concentra sur le film. Julia Roberts avait une fraîcheur émouvante mais il ne put s'empêcher de penser qu'elle collectionnait maris et amants dans une course en avant bien proche de celle de Tessa.

Bruce repensa soudain au groupe de discussion américain. Et si l'objectif ultime de Vox était de supprimer ses pulsions et ses passions ? De devenir un être non biologique libéré de ses tourments affectifs ? De ses émotions destructrices. Capable de regarder son passé et de renaître sur d'autres bases. Si la clé était là ?

Bruce songea à Sagnac. Vox veut être réintégré. Il tente d'émerger du chaos dans lequel il est plongé depuis l'enfance. Il décida de laisser son antipathie au vestiaire et d'appeler le psy pour tester sa théorie. Récupérer des bribes d'information précieuses dans un puzzle constitué de pièces minuscules mais dont certaines se révéleraient peut-être entités maîtresses. Qui sait si la confrontation de leurs deux points de vue ne serait pas profitable pour une fois ? Mais Alain Sagnac n'était pas chez lui. Bruce recomposa le numéro par acquit de conscience puis renonça. Il laissa ses pensées vagabonder tout en regardant la fin du film. L'amour gagnait du terrain entre l'avocate et le taximan parano. Pourquoi pas ?

Il n'envisageait pas de téléphoner à Cheffert parce qu'il ne voulait pas troubler sa vie familiale. Il songea soudain à Martine Lewine. Il savait peu de chose de sa vie privée hormis le fait qu'elle était célibataire et sans enfants. Comme lui finalement. Elle ne se formaliserait pas pour un coup de fil après le couvre-feu. Il trouva facilement son numéro dans l'annuaire du Net. Vit qu'elle habitait rue Clapeyron dans le 8e. Un coin qu'il connaissait bien, lui qui avait été élève au lycée Chaptal.

— Martine ? C'est Alex.

— Oui, patron.

— Ne me dis pas que je te réveille !

— Non. Le téléphone a sonné il y a cinq minutes à

peu près. Ça arrive quelquefois : mon numéro est le même que celui de Charlot Roi des Coquillages, à un chiffre près. J'essayais de me rendormir. Je me couche tôt quand je peux parce que j'aime me lever à l'aube pour courir.

— T'es une vraie stakhanoviste, dis donc !

— Grâce au coup de fil de tout à l'heure, j'ai un bout de rêve en tête. Ça ne m'était pas arrivé depuis longtemps. En fait, je ne me souviens jamais de mes rêves.

Bruce pensa aux déclarations de Fred Guedj. La fêlure de Lewine. Il ferma un instant les yeux comme pour capter par télépathie le bout de rêve.

— Qu'est-ce que tu as vu ? Un homme ?

— Non, une ombre. Une présence.

— C'était un bout de cauchemar alors.

— Peut-être. Pourquoi m'appelles-tu ? Il y a du nouveau ?

— Qu'est-ce que tu penses de cette idée : Vox rêve de devenir un être immortel parce qu'il veut se débarrasser de ses passions ?

— Il rêve de décharger sa mémoire dans un robot, c'est ça ?

— Oui, c'est ça. Mais qu'est-ce que le vol des voix vient faire là-dedans, t'as une idée ?

Lewine se tut un moment. Bruce entendit sa respiration. Il guetta une voix d'homme en arrière-fond, attendant une impression de déjà-entendu. Mais rien. Lewine dormait seule, cette nuit.

— Alex ?

La nuit donnait à sa voix un velouté. Il laissa le temps couler pour qu'elle dise autre chose.

— T'es toujours là, Alex ?

— Oui, je t'écoute.

— Admettons qu'on puisse un jour décharger notre mémoire dans un ordinateur ou un bazar cybernétique quelconque, il nous faudra abandonner notre vieux corps de mortel.

— C'est ça l'idée.

— Eh bien, tout ce qui restera de ce que nous avons été, ce sera notre voix. Même si c'est un enregistrement. On fait des enregistrements parfaits maintenant. Alors dans le futur, t'imagines !

— Pas bête ça, Lewine.

— En fait, j'y ai pas mal réfléchi.

— Ce qui prouve qu'on avait raison depuis le début et que contrairement aux théories de Sagnac, ce qui branche Vox, c'est bel et bien la voix.

— Oui, mais pas seulement pour des raisons sexuelles.

14

Il rêvait qu'il courait dans un bois sombre derrière une femme en blanc trop rapide pour lui. Une cloche d'or se mit à flotter dans l'air ; ses petites ailes duveteuses faisaient un frou-frou d'oiseau. Elle dansa bientôt devant son angle de vision, lui cacha le corps musclé de la sprinteuse. La cloche se mit à sonner. Elle sonna, sonna, sonna.

— Allô, Bruce ! Ici Mathieu Delmont. Vox a remis ça.

— Quand ?

— Cette nuit. Au Sheraton qui borde le terminal 2 de Roissy-Charles-de-Gaulle. La victime est une hôtesse du personnel au sol de l'aéroport. Élodie Daugier, vingt-six ans. Il a refait le coup du tapage nocturne. Comme l'isolation phonique est de bonne qualité, il a fallu qu'un client prenne une chambre à côté de celle du meurtre pour qu'on soit prévenus. Cette fois, c'est la télé qui marchait à plein volume. J'ai envoyé Sanchez et Cheffert sur place. Ils vous attendent.

— Je pars immédiatement.

Bruce regarda le réveil. Quatre heures quarante-cinq. Il appela Lewine, s'excusa de la réveiller une nouvelle fois et lui demanda de rejoindre l'équipe au plus vite. Elle garda tout son sang-froid et dit qu'en moto, elle y serait en une demi-heure.

En pénétrant dans la chambre 37, Bruce constata que Lewine avait bien évalué son temps. Elle était accroupie face au corps nu de la victime et regardait Sanchez décoller prudemment une bande transparente des paupières. La jeune femme était une brune aux longs cheveux épais. Bruce chassa l'idée qu'ils évoquaient ceux de Tessa. Comme à l'accoutumée, la chevelure était arrangée en corolle autour du visage marqué des stigmates de la strangulation. Le cou : même bourbe de sang. Bruce s'approcha. Cheffert et Lewine tournèrent la tête. Elle avait son expression calme habituelle. Cheffert expliqua :

— Deux bandes d'adhésif lui maintenaient les yeux grands ouverts.

Bruce repéra la télévision, vit la télécommande sur la moquette comme si elle avait été jetée depuis le seuil et dit :

— Hier soir, il y avait un film américain avec Mel Gibson. Dans une scène, des tortionnaires lui scotchent les paupières.

— En plein dans le mille, dit Cheffert.

— Au moment du film, j'ai reçu un appel anonyme, poursuivit Bruce.

— Eh bien, on va le faire tracer, dit Cheffert. On saura vite s'il venait du Sheraton.

— Il voulait vérifier que je regardais bien le film, dit Bruce.

— C'est à croire que la mise en scène t'est destinée, Alex, dit Martine Lewine.

— Peut-être, mais le show a changé, intervint Sanchez.

Tous se tournèrent vers le procédurier, qui continua :

— Les traces de menottes sont visibles, il a utilisé la corde d'instrument. Mais il n'y a pas de cassette dans la gorge et je suis presque sûr qu'il n'y a eu aucun contact sexuel.

— On aurait affaire à un copieur ? demanda Lewine.

— Avec les résultats du labo concernant les particules de corde de violoncelle, on le saura vite, répondit Bruce. La marque n'a jamais été citée dans la presse. Tu vois ce qui te reste à faire, Sanchez ?

— Fouetter mes gars ou leur faire prendre des amphétamines.

— C'est pas déjà ce que tu fais ? demanda Cheffert mais sans réussir à sourire.

Le mobile de Bruce sonna. Il s'écarta du groupe pour répondre, marcha vers la fenêtre. C'était Patrick Gauvin qui avait passé la nuit à rechercher Fred Guedj et venait de le retrouver s'imbibant dans une voiture devant chez Tessa Robbins. Bruce lui confirma de ne pas le lâcher d'une semelle, lui dit de le rappeler si Guedj tentait de pénétrer dans l'immeuble et raccrocha. Il écarta les rideaux sur la nuit tranchée par les lumières de deux avions de ligne qui semblaient très proches. Vox aurait pu embarquer dans l'un d'eux pour creuser la distance, exporter sa haine. Au lieu de cela, Bruce avait le sentiment diffus qu'il se rapprochait. Se rapprochait d'un centre qui pour l'instant n'existait que pour lui. Jusqu'alors, il y avait toujours eu un minimum de quatre mois entre deux meurtres. Bruce sentait que le meurtre de l'hôtesse n'était pas l'œuvre d'un copieur. Il se remémora la sensation qu'il avait éprouvée lors du coup de fil anonyme. Il avait pensé immédiatement à Guedj puis à Tessa. À ce moment-là, il ignorait que l'appel venait du Sheraton.

— Alex ?

— Oui, Victor.

— Tu te souviens d'avoir dit à quelqu'un que tu aimais bien Mel Gibson ou le film en question ?

— *Complots* ?

— Oui.

— À toi peut-être. À Guedj, à Tessa sûrement. À qui d'autre ?

Pas à moi, pensa machinalement Martine Lewine. J'ai pénétré le territoire de la Crime depuis trop peu de temps, mon commandant.

*

Le terminal 2 desservait l'Asie. Ils interrogeaient le personnel pendant qu'un escadron de CRS fouillait toutes les aérogares. Maigre pêche : on n'avait trouvé qu'un homme de l'équipe de nettoyage fumant du shit dans les toilettes. Bruce parlait au chef de la victime, une femme d'une quarantaine d'années au bord des larmes. Les deux jeunes collègues d'Élodie Daugier étaient parties convaincre le pharmacien de l'aéroport de leur fournir un anxiolytique. Passé la période du choc et de l'empathie immédiate, les hôtesses en étaient à la peur rétrospective. Et si c'était moi qu'il avait choisie ?

— Vous l'avez vue avec quelqu'un de particulier ?

— Des tas de gens défilent toute la journée pour que nous les renseignions, inspecteur. Je ne sais vraiment pas quoi vous dire.

— Au Sheraton, on a enregistré Élodie Daugier vers vingt heures. Elle était seule mais elle a pu rencontrer son agresseur à l'aéroport avant.

— Et partir avec un inconnu comme ça ! C'était vraiment pas son genre. Élodie était une fille bien. Si posée, si douce.

— Sa voix était douce ?

— Oui, un peu comme une voix d'adolescente. C'est vraiment épouvantable ce qui lui est arrivé. Finir comme ça !

Les pleurs éclatèrent. Bruce se détourna.

Un groupe de jeunes Japonaises aux longues chevelures sombres. Coup de flash sur le corps d'Élodie Daugier dans la chambre beige. La télé qui marche. L'hôtesse regarde Mel Gibson. Et Vox regarde l'hôtesse à son insu. Elle n'a pas la voix captivante des autres et pourtant Vox la tue. Et Vox change son rituel. Pourquoi ?

Alex Bruce revint à la réalité. Victor Cheffert était resté au Sheraton pour questionner le personnel et la clientèle avec deux OPJ. Lewine interrogeait un steward. D'Air France, visiblement. Bruce réalisa soudain que le jeune homme (plutôt beau garçon dans le genre latin) posait sa main sur l'épaule de Lewine qui avait un mouvement de recul. Insuffisant cependant pour une femme que touche un inconnu. Il alla vers eux.

— Mais enfin, dis-moi ce qui est arrivé, Martine !

Elle ne répondit pas, se tourna vers Bruce qui crut lire dans ses yeux un changement presque imperceptible par rapport à l'eau dormante habituelle. Peur, énervement ? Impossible à dire.

— Qu'est-ce qui se passe ?

— Bertrand Delcourt, un ami. Bertrand, mon patron, le commandant Bruce.

Bref échange de poignées de main et Bruce comprit que le steward le voyait débarquer sans plaisir dans le paysage. Il sembla hésiter puis dit sur un ton de contrariété qui se voulait comique :

— Martine ne veut pas me dire ce qui est arrivé.

— Elle a raison, répondit Bruce. C'est prématuré.

— On se voit à ton retour de Tokyo, Bertrand. Il faut que j'y aille.

— Mais attends, Martine ! J'ai pas fini.

— Quoi ?

— Je te rapporterai le bouquin sur les filles saucissonnées. Chose promise, chose due.

Lewine lui tourna le dos et partit sans un mot.

— Ciao, fit Delcourt à la cantonade avant de tourner les talons, lui aussi.

Ciao ! Les filles saucissonnées ! Et puis quoi encore ? pensa Bruce en le regardant remonter la file des voyageurs patientant pour le contrôle des passeports Porte 12.

— Il est amusant, ton ami.

— C'est relatif.

— Quelque chose me dérange, Martine.

Elle attendit, ses yeux calmes plantés dans les siens. Gris, de nouveau illisibles. La fêlure de Lewine.

— Ça fait deux heures qu'on est ensemble sur le meurtre de l'hôtesse et tu ne m'as pas dit que ton petit ami était steward à Air France. Qui plus est qu'il travaillait sur la ligne Paris/Tokyo et passait donc régulièrement par le terminal 2.

— Mon petit ami, tu crois ?

— Sinon, pourquoi t'aurait-il provoquée en ma présence ? Il a réagi comme un type en face d'un rival potentiel.

— Il est sexy mais un peu con.

— C'est toi qui affirmais : « J'arrive comme un cheveu sur la soupe mais je ferai mon possible pour vous donner tout ce que je peux » ?

— Ça n'impliquait pas de devoir vivre en bonne sœur.

— Ce n'est pas de ça que je te parle. Tu le sais très bien.

— Je couche avec un steward entre deux escales, Alex. C'est tout ce qu'il y a à dire.

— C'est plus la question du timing qui me tracasse.

— Tu aurais voulu que je t'en parle quand tu m'as téléphoné ce matin ?

— Tu t'es forcément demandé s'il la connaissait.

— Bien sûr, et la réponse est non.

— Je croyais que tu ne lui avais pas parlé du meurtre.

— Je lui ai demandé si le nom d'Élodie Daugier, une hôtesse au sol et une des voix de l'aéroport, lui disait quelque chose. Il a eu l'air sincèrement étonné et a voulu en savoir plus. Et ça s'est arrêté là.

— Il rentre quand ?

— Dans deux jours.

Bruce hocha la tête et retourna interroger l'hôtesse en chef. Martine Lewine écouta en silence. Ils apprirent qu'Élodie Daugier n'avait pas été sélectionnée sur la base d'un timbre particulier mais qu'elle avait suivi une formation pour apprendre à poser sa voix. Les annonces par haut-parleur n'étaient qu'une partie du job, l'essentiel concernant le renseignement direct au public. Les témoignages des autres collègues de Daugier furent formels : la jeune hôtesse avait une voix claire et douce sans aucun rapport avec le timbre envoûtant d'Isabelle Castro.

À son retour, Victor Cheffert expliqua qu'au Sheraton, on se souvenait d'Élodie Daugier, venue à quatre ou cinq reprises depuis environ un mois. La réceptionniste avait été étonnée qu'une jeune femme seule réserve une chambre pour une courte durée – deux à trois heures. Du point de vue de Cheffert, Vox et Élodie Daugier s'étaient rencontrés plusieurs fois à l'hôtel avant qu'il ne se décide à la tuer. Lewine réagit enfin :

— Pourquoi elle ? Dès qu'elle a ouvert la bouche, il a pu se rendre compte qu'elle n'était pas son genre.

— Il n'a pas pu la violer, dit Cheffert. Il l'a tuée tout de même.

— À titre de témoin gênant, suggéra Bruce.

— Un tueur aussi obsessionnel ne laisserait pas tomber sa signature comme ça, dit Lewine. Apparemment, il fait toujours sa fixette sur toi, Alex. Alors, il n'y a guère de raison qu'il change radicalement pour le reste. Il y a peut-être quand même une cassette.

— Il a pu juger inutile de la laisser dans une gorge qui n'était pas celle qu'il voulait.

— Où est-elle, alors ? demanda Cheffert.

— Il l'a peut-être gardée, dit Bruce.

— Ou cachée, ajouta Lewine. Histoire de continuer le jeu.

Le trio fut interrompu par l'arrivée de Sagnac équipé d'un air grave inhabituel. Il expliqua qu'il s'était rendu au Sheraton à la demande de Delmont. Le procédurier lui avait expliqué les variantes par rapport aux meurtres précédents.

— N'y voyez aucune gloriole, dit-il sur un ton apaisant. Mais il est probable que l'arrivée de Martine ait accéléré le mouvement.

— C'est horrible ce que vous dites là, intervint Lewine. C'est comme si j'avais provoqué indirectement la mort de cette femme.

— Ce n'est pas ce que j'ai voulu dire.

— Alors quoi ? demanda Lewine, agacée pour la première fois.

Le mobile de Bruce sonna. Il s'écarta du groupe pour répondre. Fred Guedj avait la voix enrouée du type qui a passé une partie de la nuit dans une voiture sans chauffage à ressasser des souvenirs aussi amers que ses crampes d'estomac.

— Tu vas être surpris, Alex.

— Avec toi, je suis blindé.

— J'ai passé la nuit sous les fenêtres de Tessa.

Une partie de la nuit, rectifia Bruce dans sa tête. Fred Guedj attendit une réaction qui ne vint pas. Il laissa filer quelques secondes puis ajouta :

— Devine qui j'ai vu sortir de chez elle vers sept heures du matin.

— Pas moi en tout cas.

— J'aurais préféré que ce soit toi, mon vieux.

— Et c'était ?

— Alain Sagnac en personne. L'air épanoui d'un type content d'avoir baisé la terre entière. À commencer par le commandant Alexandre Bruce.

15

Ils roulaient sur le périphérique. La pluie noyait la route dans le gris. Il était plus de dix heures mais Bruce conduisait avec les codes allumés. Il avait proposé à Sagnac une de ses cigarettes et les deux hommes fumaient en silence. C'était un bon moyen d'effacer les bribes du parfum de Tessa qui flottaient dans l'habitacle, subtilement mêlées aux effluves de ce que le commandant supposait être Habit Rouge. L'eau de toilette que portait Guedj à une certaine époque. Sagnac écrasa son mégot dans le cendrier et recommença à parler de l'affaire. Cheffert lui avait fait part de leurs réflexions sur la cybernétique. Afin de remettre d'aplomb Lewine dont il sentait le malaise sans se l'expliquer, le capitaine s'était même fendu d'un hommage discret racontant que c'était elle qui avait eu l'idée de la voix, vestige de notre condition biologique. Le psychiatre qualifia la trouvaille de géniale. Il caracola ensuite sur le sujet, heureux de s'écouter dénicher quelques paradoxes, ravi de Bruce en public captif.

Cette voix si physique du premier cri au dernier soupir, cette voix influencée tout au long de notre existence par nos sécrétions hormonales, cette voix identité sexuelle, serait-il possible un jour de la synthétiser pour la donner à un robot ? Oui, bien sûr, Lewine marquait un point en suggérant qu'elle ferait le lien entre notre ancienne condition et la nouvelle, concentrerait notre attachement sentimental à un passé révolu. Mais comment enregistrer la multiplicité de ses variantes en tant que vecteur de nos émotions ? Et que faire de toutes ces émotions, une fois réincarnés dans nos corps d'androïdes ?

— On dirait que le sujet vous passionne, Alain, dit Bruce.

Il sentit immédiatement la satisfaction de l'autre à l'entendre prononcer son prénom pour la première fois. Sagnac devait se prendre un pied magistral. Que faire de toutes ces émotions ? Jouer avec, pardi.

— Souvenez-vous, Alex. Je vous avais dit que le texte de Vox devenait de plus en plus beau. J'avais senti la profondeur de sa psyché. Si ce type n'avait pas viré dingue, il aurait pu devenir un artiste de premier plan. Vous ne trouvez pas ?

— C'est déjà un artiste dans son genre.

— Vous ne voulez pas l'admettre, Alex, mais je sens bien que cette aventure vous a pris vous aussi. Elle vous tient là et là.

Bruce avait tourné la tête pour regarder le psy désigner son ventre et sa tête. Il se concentra de nouveau sur la route. Ils venaient d'arriver à hauteur de La Courneuve. Bruce fit la conversation à Sagnac jusqu'au Stade de France. Après le long tunnel qui traversait la ZAC de Saint-Denis-La Plaine, il ralentit avant de tourner dans l'avenue du Cimetière. Le ton du psychiatre était amusé lorsqu'il demanda où il l'entraînait. Bruce prétexta vouloir son avis à froid sur une piste mais ne pas souhaiter lui en dire plus pour obtenir un jugement impartial. Sagnac eut une moue condescendante. Bruce gara la voiture de fonction dans l'avenue entre deux camions.

Il attendit une réaction de Sagnac face aux murs en briques rouges de l'entrepôt où Lewine avait été séquestrée. Rien ne vint. Ils quittèrent le véhicule sur quelques considérations météorologiques du psy. La pluie avait viré au crachin pénétrant. Bruce remonta le col de son blouson en repérant le portail du cimetière parisien de la Chapelle, cent mètres devant. Il alla vers le porche de l'immeuble et étudia les noms sur l'interphone. L'entrepôt abritait une douzaine de sociétés. L'une d'elles avait un nom anglais : *Beyond Humanity*. Bruce attendit quelques secondes que Sagnac le rejoigne et fasse un commentaire. Mais rien. Alors il se dirigea vers le cimetière. Il passa le portail avant de se retourner. Le psy arrivait en pressant le pas, la tête emmitouflée dans son écharpe.

Le cimetière était désert. Bruce emprunta l'allée qui les menait à l'endroit le plus isolé, encadré par un bosquet.

— Une piste dans un cimetière sous la pluie, c'est assez gothique, dit Sagnac avec un grand sourire.

Bruce lui balança un direct dans l'estomac. Sagnac tomba à genoux dans un grognement. Il redressa la tête et sembla vomir ses mots :

— Vous êtes dingue ou quoi ?

— C'est vous le spécialiste, Sagnac ! Relevez-vous.

Le psy s'exécuta. Bruce se frottait la main. Il n'avait pas cogné quelqu'un depuis son service militaire et le sac de frappe sur lequel il s'entraînait de temps à autre était plus moelleux que Sagnac. Il lui balança donc un coup de pied dans les parties et l'autre se plia en deux dans un gémissement de bête terrorisée. Mais l'orgueil reprit vite le dessus. Il recula et glapit avec ce qui lui restait de souffle :

— Espèce de fasciste de flic ! J'aurai votre peau ! Votre insigne, vos couilles, tout !

— Tessa Robbins, ça vous dit quelque chose, Sagnac ? demanda Bruce en dégainant.

Le psy redressa la tête, fit face au Manurhin. Il se déplia, carcasse flageolante. Le bras qui montait vers le visage en tentative d'apaisement. Mouvement lent dans toute cette tremblote tandis qu'un rictus bouffait les derniers bastions de l'arrogance. Bruce ne trouvait même pas ça jouissif. Il aurait cru que l'autre tiendrait un peu plus longtemps.

— C'est elle qui vous l'a dit ?

— Non, Tessa n'est pas comme ça. Pourquoi elle, Sagnac ?

— Je vais vous dire une vérité toute simple. Mais ne me flinguez pas pour ça.

— Allez-y.

— Parce qu'elle est attirante et singulière, Bruce.

— Et surtout parce qu'elle est mon ex-femme.

Ils se dévisagèrent un moment puis le psy hocha la tête.

— J'avoue que j'ai joué au con.

— J'ai gambergé dans la voiture pendant que vous me faisiez profiter de vos fines analyses. Et si vous aviez joué au con dans les grandes largeurs ?

— Qu'est-ce que vous voulez dire ?

— Si vous aviez joué au con en tuant onze femmes avant de songer à tuer la mienne ?

— Pendant que Vox tuait Élodie Daugier, j'étais chez Tessa Robbins. C'est l'alibi le plus moche qui soit pour vous mais il est en béton, Bruce.

— Manque de bol, le mode opératoire de l'artiste que vous admirez tant change avec Élodie Daugier. On a peut-être quand même affaire à un copieur.

Sagnac soupira et s'assit sur une tombe en grimaçant.

— Qu'est-ce que vous voulez que je vous dise ? Que j'étais en voyage d'étude aux États-Unis au moment de la mort de Judith Macaire. Ça je m'en souviens parfaitement. Pour le reste, il faudra me laisser le temps. Je n'ai jamais éprouvé le besoin de me bâtir des alibis, voyez-vous.

— On les vérifiera, n'ayez crainte. Mais dans le fond, je crois que vous n'avez pas assez de tripes pour tuer. Vous nous la jouez petit, Sagnac. C'est du niveau cour de récré pour moi, même si vous vous imaginez nous refaisant *Les Liaisons dangereuses* à vous tout seul.

Sagnac sembla se détendre. Il devait penser que puisque Bruce parlait, la partie reprenait un tour normal. Son sourire fin revint et il dit :

— Vous avez des lettres, pour un flic.

— Quel mépris, Sagnac ! Et c'est ça votre carburant dans la vie. Je n'ai même plus envie de vous casser la gueule, en fait.

— Eh bien, rangez votre flingue et foutez-moi la paix, alors.

— Pas tout de suite. Je voudrais que vous me parliez de Martine Lewine.

— Celle-là, je n'ai pas couché avec, je vous l'assure.

— Non, mais vous auriez pu. J'ai le sentiment que vous nous l'avez mise dans les pattes pour une raison obscure. L'histoire du test des voix, c'est bidon, non ?

Sagnac eut un rire qui collait bien avec le paysage mouillé. Un gloussement aussi bref que désespérant. Il avait les couilles et la réputation en berne mais continuait de s'amuser.

— Je ne trouvais pas l'idée de la voix plus stupide qu'une autre. Je savais qu'il fallait jeter un pavé dans la mare pour que vous arrêtiez tous de tourner en rond. J'ai testé le plus scientifiquement que j'ai pu vos recrues féminines. Lewine est arrivée. On s'est compris au quart de tour. Elle a senti qu'elle pouvait me demander de la faire monter en première ligne. Elle a saisi que ça m'amuserait. Elle a bien entendu essayé de me cacher qu'elle crevait d'envie de prêter main-forte à la Crime dans l'espoir de s'y faire muter. Dans le fond, j'ai agi par instinct. Celui du chasseur. Je parie que vous allez arrêter Vox grâce à elle et donc grâce à moi. On la croit eau qui dort mais elle est aussi intense que Vox. Je vois leurs deux trajectoires se réunir.

— Psy et voyant. Quel talent.

— Pour une fois que je vous dis la vérité, vous ricanez. Vous manquez de subtilité, commandant. Sous ses dehors frustes, Lewine en a dix fois plus que vous.

— Je le reconnais. Depuis qu'elle est là, je me sens devenir plus subtil de minute en minute.

Démonstration, pensa Bruce. Il imagina Lewine jetant les frusques d'un proxo à la poubelle, coursant le même gars sur une avenue chic du 8e arrondissement. Il imagina Lewine nue et meurtrie devant les façades des entrepôts puis courant vers la route et la civilisation.

— Déshabillez-vous !

— Eh ! qu'est-ce que vous avez en tête ?

— Rien de sexuel, n'ayez crainte. Vous n'êtes vraiment pas mon genre.

— Si je refuse, vous n'allez tout de même pas m'abattre. Comment expliquer un truc pareil à votre hiérarchie ?

— Une balle dans la cuisse serait suffisante. Je plaiderais l'accident et vous auriez bien du mal à défendre votre attitude. Mais c'est une méthode trop bruyante.

Bruce rengaina son Manurhin et fonça. Deux claques à toute force. Puis les mains agrippèrent le col du blouson. Coup de genou dans le bas-ventre. Il poussa Sagnac vers une tombe. Le psy se cogna le dos, hurla. Son nez se mit à pisser le sang.

— Je peux vous les réduire en bouillie sans en avoir vraiment envie. Question de concentration. Déshabillez-vous. C'est un bon conseil.

Sagnac se redressa. Il tremblait encore de tout son corps. Il enleva son blouson, s'essuya le visage avec le revers de sa chemise puis quitta vite ses vêtements.

— Les chaussures aussi, dit Bruce.

Sagnac obéit. Bruce ramassa le tout et demanda :

— Quel est le code de l'immeuble de Tessa ?

— AB 488, pourquoi ?

— Pour continuer à jouer. C'est tellement marrant.

Bruce palpa le blouson, sentit les boules du chapelet libanais sous le cuir souple. Il le sortit de la poche et le jeta au psy qui le rattrapa au vol.

— Ça n'a rien de religieux mais c'est excellent pour se détendre, dit Bruce avant de partir vers la voiture.

Il entendit l'autre qui appelait :

— Commandant ! Arrêtez ! On peut discuter !

— J'en ai marre de discuter, dit-il en claquant la portière.

L'autre faisait des bonds, pieds tordus sur le gravier. Quand Bruce mit le contact, il s'accrocha à l'essuie-glace en gueulant et finit par l'arracher. La pluie avait redoublé ; à travers le pare-brise, le visage du psy sembla se diluer. Le commandant accéléra en marche arrière et engagea la voiture dans l'avenue du Président Wilson, soulagé que Sagnac n'ait réussi à se faire que l'essuie-glace côté passager.

16

Tessa Robbins habitait un immeuble avec gardienne, odeur de vieille encaustique et tapis rouge serpentant sur un large escalier de marbre. Calme, volupté et ennui léger. À des coudées de la rue Oberkampf. Bruce prit l'ascenseur et gagna le cinquième étage. Il sonna, entendit des pas, regarda fixement l'œilleton qui s'obscurcit pendant un certain temps. La porte s'ouvrit sur Tessa Robbins en survêtement chic, noir et gris. Ses cheveux tirés en une queue-de-cheval révélaient mieux que jamais la légère dissymétrie de son visage. Elle était à peine maquillée et semblait fatiguée. Elle lui offrit tout de même ce sourire malicieux qui ne se distinguait en rien de ceux qu'elle lui servait du temps de leur vie commune.

— Je peux entrer cinq minutes ?

— Bien sûr, Alexandre.

Elle s'écarta pour le laisser passer, ferma la porte puis l'embrassa sur la joue.

— Tu t'es baladé sous la pluie ?

— Oui, avec un ami commun.

Elle haussa les épaules d'un air peu intéressé et le précéda dans un couloir équipé de natures mortes, de commodes XVIIIᵉ et de bustes de marquises. Le salon était plus américain avec ses larges canapés en cuir fauve et son bar occupant tout un pan de mur. Une large baie s'ouvrait sur la Seine, le pont de l'Alma et les coupoles du Grand Palais. Elle lui dit de s'asseoir puis revint avec une serviette qu'elle lui tendit. Elle s'assit à l'autre bout du canapé où il s'était installé et le regarda se sécher les cheveux. Elle lui dit :

— Tu es toujours aussi beau. Même mouillé et avec cette odeur de vieux chien.

— Autant pour toi.

— Qu'est-ce qui se passe ? Rien de grave, j'espère ?

— Tu connais Alain Sagnac.

— Ce n'est pas une question alors je n'ai pas à répondre.

— Ce type travaille avec la PJ sur l'affaire Vox.

— Oui, je sais.

— Tu sais ça ?

— Oui, je l'ai rencontré parce qu'il voulait que je le renseigne à ton sujet. Il craignait que tu ne prennes ton rôle de coordinateur de l'enquête de façon trop personnelle.

— Que lui as-tu dit ?

— Des mensonges inoffensifs. Que tu aimais la campagne, la pêche au thon. Tout ce qui me passait par la tête, en fait. (Bruce haussa les sourcils. Elle reprit :) Je n'avais pas envie de lui parler de toi. Je n'avais pas envie de lui déplaire. Il fallait bien trouver un compromis.

— Pourquoi couches-tu avec lui ?

— La première fois parce qu'il avait l'air d'en avoir terriblement envie.

— C'est peut-être aussi le cas du facteur.

— Alain Sagnac est arrivé au moment où je relisais la biographie torride de Klaus Kinski.

— Ça aurait pu être *Les Aventures de Pif le chien*. Quel manque de bol !

— Cette fin de siècle m'ennuie, Alexandre. Dans les années soixante-dix, on avait l'impression que tout était excitant.

— Tu étais trop jeune dans ces années-là.

— Jeune mais précoce.

— Et la deuxième fois ?

— Quelle deuxième fois ?

— Sagnac.

— Je crois que je trouve le sexe plus fort quand il n'y a pas d'amour.

— C'est vrai que quelquefois on peut voir ça comme deux choses différentes.

Elle lui sourit encore et haussa les épaules. Après quoi, elle alluma une cigarette. Il la regarda faire, se souvint d'autres gestes et de cette même fluidité. Il eut envie de passer sa main dans ses cheveux soyeux et de caresser la ligne de son menton. Il se dit qu'il était bon et suffisant de savoir que la grâce existait quelque part et se leva.

— Prends bien soin de toi, Tessa. Et n'ouvre pas ta porte à n'importe qui.

— J'ai un instinct très sûr.

— Même pas à Fred Guedj.

— Fred porte son désespoir comme d'autres une paire de Ray Ban. Ça lui donne un genre.

— Je pense plutôt qu'il en bave vraiment.

— Ça nous est à tous arrivé un jour. Désolée, mais je ne culpabilise pas.

— Avec Sagnac, ça va continuer ?

— Je ne sais pas encore. J'aime bien sa conversation. Alain est un pervers très intelligent.

— Sa conversation ?

— Il m'a raconté des choses passionnantes sur le pouvoir du Verbe. Sur la puissance des mantras dans la plus ancienne religion de l'Inde. La plus célèbre des exclamations liturgiques est Om ! Toute prière védique commence et finit par ce monosyllabe. Elle est née seize siècles au moins avant Jésus-Christ, tu le savais ?

— Non.

— Om ! est un cri mystérieux qui dope les cérémonies religieuses. C'est le son absolu. Sagnac dit aussi que c'est le Verbe originel qui résonne à l'infini.

— À mon avis, il a dû piquer ça quelque part et si je peux te donner un conseil, reste avec ton Américain. Sa conversation est peut-être moins brillante que celle de Sagnac mais ce serait dommage de perdre une vue comme celle-là.

— Je crois que je préférerais un point de vue sur l'existence.

— Mais tu en as déjà un. Il est un peu nostalgique mais ça peut faire l'affaire.

— Je t'aime bien en philosophe dépouillé.

— Je t'aime bien en esprit libre.

— Tu crois qu'on se reverra un jour, Alexandre ?

— Il paraît que les humains vont bientôt évoluer. La prochaine étape, c'est le robot immortel. Disponible dès qu'on saura transvaser nos âmes dans les machines. Je te passerai un coup de fil à ce moment-là.

— C'est drôle, Sagnac m'a raconté aussi une histoire comme celle-là.

— Un bon truc pour emballer les filles.

— Ça ne m'a pas franchement emballée. À quoi serviront les femmes dans ce nouveau monde ? Puisqu'il n'y aura plus d'enfants.

Elle avait cessé de sourire et son visage était comme en attente. Il s'avança, l'embrassa sur le front en fermant les yeux et dit qu'il fallait qu'il s'en aille.

Alex Bruce dépassa le pont de la Concorde pour filer sur le quai Anatole-France. *Il m'a raconté des choses passionnantes sur le pouvoir du Verbe*. C'était peut-être ainsi que Vox séduisait ses victimes. Avec le pouvoir des mots. Il pouvait être un excellent causeur au physique passe-partout cherchant la voix qui titillait son désir tordu. Pour endormir la méfiance, il éveillait l'intérêt. Pour l'histoire, pour toutes ces histoires vraies ou imaginaires. Bruce se dit que Fred Guedj avait sans doute séduit Tessa de la même manière. En la faisant rêver avec ses phrases. Il n'avait pas tenu mille et une nuits. Tessa l'avait congédié une fois que ses anecdotes de journaliste télévisuel avaient cessé de l'intriguer.

Bruce alluma l'autoradio, chercha une station au hasard. Il reconnut immédiatement le timbre de la chanteuse de Morcheeba et fut heureux de cette respiration. Attiré par la douceur de cette voix noire, il avait acheté le disque *Big Calm* près de trois ans auparavant, dans les moments de sa séparation, et le réécoutait souvent ces derniers temps.

I'm so glad to have you and it's getting worse
I'm so mad to love you and your evil curse

Un flot de guitares électriques comme dans les années soixante-dix et des bidouillages d'ordinateur savants par-dessus. Il y avait un bouddha sur la couverture et une fille du genre de Tessa. Des passerelles bizarres liaient les épisodes de nos vies.

S'il devait abandonner son corps, il ferait le tri dans sa mémoire, saurait quoi emporter, ne se chargerait pas trop. Ce mouvement de transvasement de données aurait au moins l'avantage de nous permettre de jeter les souvenirs inutiles. Et Vox ? Il eut le sentiment qu'en rêvant de se désincarner, le tueur aspirait à devenir un saint. Voudrait-il emporter le souvenir de ses crimes ? Ou au contraire souhaitait-il renaître dans une peau synthétique en ne gardant que ce qu'il avait de bon chez lui ? Une parcelle de conscience non infestée. Et la possibilité grâce à sa voix reconstituée de faire résonner le monosyllabe magique à l'infini, comme dirait Sagnac. Om ! Om ! Om !

Bruce sourit puis songea qu'il lui arrivait trop rarement de réfléchir comme il le faisait à présent. En ouvrant tous les possibles, en considérant la science-fiction comme domaine du probable, en faisant se rencontrer des données étrangères. Depuis sa visite à Tessa, il avait la sensation que le temps se distendait et que passé, présent et futur n'étaient plus si dissociés.

Il fallait surtout mettre ces impressions sur le compte de sa courte nuit et des émotions fortes qui avaient jalonné la matinée. Il roulait vers la rue Oberkampf pour prendre une douche, boire un vrai café et donner rendez-vous à Martine Lewine. L'état de réceptivité dans lequel il se trouvait allait lui faciliter les choses.

En fait, elle l'appela avant qu'il n'ait eu à le faire. Bruce buvait un café quand son mobile sonna. Martine Lewine lui dit qu'elle avait eu une idée concernant la cassette. Il lui proposa de venir lui en parler rue Oberkampf. Elle précisa d'une voix hésitante que c'était justement ce qu'elle avait envisagé et ajouta qu'elle arrivait. Il avait épuisé ses réserves de café. Dans la cafetière, il ne restait que l'équivalent d'une tasse. Il se dit que Lewine et lui en auraient besoin et décida d'aller au supermarché du coin en chercher.

En chemin, le commandant fut surpris par la beauté de la fin de matinée surtout après la bouillasse des dernières heures. Une lumière automnale typique rehaussait les couronnes jaunes des quelques arbres du quartier. Il s'assit sur un banc public pour appeler Victor Cheffert à qui il demanda d'aller fouiller l'appartement de Lewine en lui assurant qu'elle ne serait pas dans les parages. Il expliqua qu'elle avait intrigué auprès de Sagnac pour obtenir le rôle de la chèvre, parla du petit ami steward et de son gros problème d'attitude. Et raconta son aventure avec Sagnac. Cheffert apprécia beaucoup. Bruce lui dit de le convoquer officiellement pour un procès-verbal et de passer au peigne fin son emploi du temps au moment des meurtres. Histoire de ne rien laisser au hasard et bien qu'il ne le vît plus dans le rôle du tueur en série.

— S'il réussit à rentrer chez lui, il aura gagné son stage de survie, dit Cheffert.

— C'était moins marrant que ce que j'aurais cru.

— Ah bon ?

— Vox est tout ce qui compte pour le moment.

— T'as foutrement raison, en fait. Et tu crois que Lewine a quelque chose à voir là-dedans ?

— Elle a été agressée par un dingue, elle aussi.

— C'est pour ça qu'elle voulait tellement en être.

— Je l'attends chez moi pour qu'elle m'explique.

Temps d'arrêt. Bruce détailla un peu les passants et les jolies filles attablées à la terrasse du Café Charbon. Il entendit Cheffert soupirer puis dire :

— C'est une drôle de nana, hein ?

— Elle est comme… un puits.

— Mais on ne sait pas s'il est asséché ou pas.

— Exact.

— Ne frappe pas trop dur !

— Je ne m'y risquerai pas. C'est une as du kung-fu.

— Et de l'embrouille, Alex.

17

Martine Lewine arriva dix minutes après son coup de fil à Alex Bruce. Depuis le quai des Orfèvres, la circulation avait été miraculeusement fluide. Elle gara sa moto sur le trottoir, mit l'antivol et pénétra dans l'immeuble. Lewine fut étonnée de ne pas obtenir de réponse après plusieurs coups de sonnette. Elle s'inquiéta. Et si Vox qui semblait péter les plombs en accéléré avait décidé de s'offrir le commandant Bruce ? L'histoire du coup de fil anonyme et des paupières scotchées montrait que sa fixette sur Alex n'avait jamais cessé.

Un « tonton », roi de la cambriole, lui avait appris à crocheter les serrures. Alex n'avait pas éprouvé le besoin de donner un tour de clé ; la porte s'ouvrit sans bruit. Lewine la laissa légèrement entrouverte avant de pénétrer dans l'appartement. Une odeur de café flottait dans l'air. Elle entra dans le salon, la main sur la crosse du Ruger SP dépassant de l'étui de ceinture, et fit prudemment le tour de l'appartement.

Lewine décida de rester pour attendre Alex ; elle lui expliquerait les motifs de son intrusion.

Elle enleva son blouson, qu'elle laissa sur un fauteuil. Elle repéra la minichaîne stéréo et la télé dans une armoire rouge à l'aspect chinois. Sur la table basse se trouvaient deux CD. Morcheeba. Inconnu au bataillon.

Sur la pochette, un bouddha tenait compagnie à une fille coiffée comme dans les années soixante-dix et qui avait l'air défoncée. L'autre disque était de Jam & Spoon. Il y avait aussi une fille sur la pochette mais avec de très gros seins et une auréole. Lewine se demanda en souriant si le commandant Bruce achetait ses disques en fonction des pochettes puis nota les titres sur son carnet.

Lewine se dit que l'appartement lui plaisait bien. Il était plus chaleureux que le sien. Ceux de ses différentes familles adoptives n'avaient jamais eu de charme particulier. Elle croyait même se souvenir que les deux premiers étaient franchement moches. Le seul intérieur qu'elle avait jamais trouvé sympathique était celui de son instituteur de CM2. Déco virile et systématique. Diplômes encadrés, gravures d'armes anciennes, marines de toutes les époques. Elle buvait des diabolos menthe et mangeait des bretzels en l'écoutant lui dire qu'il fallait qu'elle s'accroche au tir parce qu'elle avait un vrai talent. Et qu'un vrai talent était un merveilleux cadeau de la vie. Il l'avait convaincue aussi d'autre chose: la discipline était une vertu première. Au tir, à l'école, dans le choix de ses fréquentations (avant Delcourt, elle n'avait jamais dérogé à la règle). Il avait deux enfants plus jeunes que Lewine et sa femme était gentille. En fait, l'appartement d'Alex était le seul qui lui convenait depuis celui de l'instituteur.

Elle sentit que ses paupières papillonnaient. Elle avait repéré la cafetière au voyant allumé dans la cuisine. Il n'en restait que pour une personne. Lewine hésita puis ouvrit les placards à la recherche d'une tasse et se servit. Elle chercha ensuite le café pour en refaire mais ne trouva rien. Elle pensa que Bruce était parti en chercher et revint au salon. Elle mit le CD avec la fille défoncée dans le lecteur et appuya sur

« play ». Musique plaisante. La chanteuse avait une jolie voix et le café était corsé.

Une porte était entrouverte. Lewine la poussa. Sa chambre. Toute simple. Un grand lit blanc. Une autre minichaîne stéréo, un ordinateur. Une lampe en forme de lanterne japonaise. Un jean sur une chaise. Des tableaux représentant des fleurs et des fruits comme on les dessinait dans les catalogues de plantes à l'ancienne. Il y avait une orchidée blanche. Lewine pénétra dans la chambre pour la détailler.

Une ombre dans le reflet de la vitre.

En rentrant chez lui, Alex aurait fait du bruit.

Inspiration, elle banda sa ceinture abdominale. Bras d'homme l'enserrant. Épaules, poitrine bloquées. Odeur d'alcool. Elle fléchit sur ses jambes pour le déstabiliser, envoya un coup de coude et un cri concentré. Grognement. Il l'injuria : « Petite putain ! » Puis se mit à rire. Et encore : « Sale petite putain ! » Et frappa latéralement. Claque violente dans les dents. Elle sentit l'odeur du sang dans sa bouche. Il agrippa son chemisier et tira. Déchirement. Ricanement. Il lui rabattit son vêtement sur la tête.

Au fond de son ventre, une peur de mort remua, animal réveillé après une éternité. Le type sentit sa faiblesse, l'emprisonna encore de ses deux bras sous le noir du tissu. Sa respiration lâchait. Elle revit l'entrepôt. Le temps qui se diluait. La nuit comme un gouffre en spirale qui n'en finissait pas. Puis les heures de lumière électrique : murs blancs et roses, fenêtres calfeutrées. L'homme. L'homme gros. Avec le bas sur la tête. La voix maquillée par un dispositif.

Elle se vit qui sautait par la fenêtre. Et courait en sang. Cette force en elle.

Lewine se pensa tigre de lumière, retrouva le centre de gravité de l'homme, courba son corps pour le cueillir, souleva avec toute la force du ventre et du mental, balança le corps vers le lit en expirant.

Boucan de ressorts qui explosent. Atterrissage d'un type en veste de tweed froissée. Pantalon de velours, cheveux blonds comme décolorés. Elle dégaina et dit :

— Mains sur la nuque. Tu te relèves lentement.

Il se retourna en rigolant : une gueule bronzée de type bossant dans la pub ou les médias. Fatigué et en pleine forme, ivre et lucide, content et blasé. Il se laissa tomber sur le lit et rigola à gorge déployée. Saoul comme une barrique.

— Mains sur la nuque. Tu te relèves lentement, j'ai dit.

Elle recula et ajusta son angle de tir vers les couilles du gars. Ça marchait quelquefois, surtout quand elle les fixait avec son visage impassible.

— Martine Lewine ? Fred Guedj ! J'suis content de vous voir !

— Tes mains sur la nuque.

Il s'exécuta en ricanant. Elle lui dit de se pencher contre la porte et le fouilla. Pas d'arme.

— On va au salon.

— Où il est mon copain Bruce ? J'veux lui dire que j'ai rencontré Martine Lewine, celle qui veut pas que je l'interviewe.

Elle lui fit signe de se poser sur le canapé. Songea à la tasse de café qui avait sali la moquette et le dessus-de-lit. Fred Guedj rota en se frottant l'estomac.

— Vous m'avez sonné, capitaine Lewine. Quelle santé !

Silence de Lewine assise sur une chaise et qui le tenait en joue. Il s'allongea, marmonna :

— Ce con qui laisse toujours sa clé sur le compteur à gaz, elle y était plus, et je suis rentré quand même. (Il se redressa avec une grimace et parla fort :) J'ai cru que vous étiez sa dernière conquête. J'ai voulu mettre de l'ambiance. On couchait avec la même bonne femme avant. Autant que ça recommence !

Elle vit son visage changer de couleur. Il se cassa en deux et vomit sur la moquette. Puis il tomba dans les pommes. Lewine rengaina son arme, mit Fred Guedj sur le dos et alla ouvrir la fenêtre.

Bruce entra alors qu'elle était occupée à nettoyer la flaque de vomi avec du papier ménager.

— Qu'est-ce qui s'est passé ?

— Il m'a sauté dessus par-derrière. Il est complètement bourré.

En chemisier déchiré et soutien-gorge noir, son papier souillé en main, la lèvre inférieure tachée de sang, elle gardait son calme. Il y avait une ancienne et grosse cicatrice en Y entre la bande noire du soutien-gorge et la peau blanche de son ventre ferme.

Le mobile de Bruce sonna. Le collègue de Patrick Gauvin avait l'air affolé :

— J'essaye de vous joindre depuis un moment mais votre ligne est toujours occupée. Frédéric Guedj est dans votre immeuble.

— Merci, je suis au courant.

— Je m'en doute parce que je viens de vous voir rentrer chez vous. Je vous ai couru après mais vous ne m'avez pas entendu. Franchement, je perds un peu le fil.

— Ne vous inquiétez pas, tout baigne. Vous interrompez la filature jusqu'à nouvel ordre.

*

Ils avaient déposé Guedj à l'hôpital Saint-Antoine et venaient de se garer sur le parking du Sheraton où se trouvait toujours la voiture d'Élodie Daugier. Sanchez effectuait les relevés en compagnie de Bello.

Martine Lewine avait une intuition qui demandait vérification. Elle avait imaginé que la cassette pouvait se trouver dans l'autoradio de la victime. Ils avaient dû faire la route jusqu'à l'aéroport parce que Sanchez ne répondait pas à l'appel, son mobile ne pouvant pas capter le réseau hertzien dans un parking. Mais ce trajet ne dérangeait pas Bruce ; il lui avait même donné une petite idée.

Sanchez avait vu dans le lecteur une cassette de format standard. Bruce enfila des gants et la sortit de l'appareil : les grands tubes de James Ingram. Il trouva ce qui l'intéressait dans le réceptacle sous l'autoradio. La seule minicassette du lot et la marque habituelle.

— Brillant, dit-il en fixant Lewine.

— J'essaie de penser dans sa tête, répondit-elle.

Sanchez fit remarquer qu'il aurait fini par la trouver et que leur déplacement n'était guère nécessaire. Bruce lui donna une tape amicale dans le dos en lui disant qu'il aimait toujours revenir sur les lieux des crimes et glissa la cassette dans un sachet en plastique avant de l'empocher. Il salua les techniciens puis fit signe à Lewine de le suivre. Lorsqu'il fut certain qu'on ne pouvait plus les entendre, il lui demanda :

— Comment pense-t-on dans la tête d'un tueur de femmes quand on en est une ?

— Je suis un flic, souviens-toi.

— Je ne voulais pas être désobligeant, Martine.

Ils se regardèrent un moment puis Bruce se dirigea vers l'ascenseur. Il y pénétra, appuya sur le bouton d'ouverture jusqu'à ce que Lewine arrive, le visage plus fermé que jamais. Bruce alla à la réception demander les clés du 37. Ils reprirent l'ascenseur en silence. Le commandant ouvrit la porte et laissa Lewine entrer la première. Les techniciens de l'IJ avaient ouvert les rideaux avant de partir et un soleil rasant donnait des reflets dorés à la chambre beige qui aurait pu être agréable en d'autres circonstances. Lewine se tourna vers lui et attendit. Il referma la porte, jeta un coup d'œil aux bandes adhésives qui délimitaient l'endroit où s'était trouvé le corps et alla à la salle de bains.

Bruce posa ses mains sur la vasque de pseudo-marbre, guettant l'arrivée de Lewine dans le miroir. Elle se tint un instant dans l'embrasure de la porte. Il pensa que son visage pouvait laisser glisser toutes les émotions du monde. Il s'écarta et lui dit :

— Fais comme moi et regarde-toi dans le miroir.

Elle obéit. Il se plaça derrière elle. Il la dépassait d'une tête, alors il se pencha légèrement et posa ses mains sur ses épaules.

— Je l'imagine se tenant comme toi, dit-il doucement à son oreille. Il s'est débarrassé de ses vêtements et se prépare mentalement à ce qui va suivre.

Elle se contenta de soutenir le reflet de son regard. Il poursuivit :

— C'est sûrement un pratiquant d'art martial. (Il posa sa main sur son ventre, pas de mouvement de recul ; il remonta un peu, sentit un infime raidissement.) Il maîtrise son corps. Il maîtrise également sa colonne d'air. Il cherche en lui l'énergie nécessaire. Peut-être s'admire-t-il aussi, fier de son corps, machine à tuer.

Il leva la main et vint poser l'index sur la lèvre inférieure de Lewine, légèrement enflée grâce aux bons soins de Fred Guedj. Il attendit un peu que son regard s'humanise et reprit :

— Il parle peut-être tout seul. Il se récite une incantation. Ou répète celle qu'il va exiger de la femme qu'il compte tuer.

Martine Lewine entrouvrit la bouche. Il sentit son souffle léger malgré la tension. Il continua :

— Il pense qu'un jour tout ce que contient sa boîte crânienne pourra être transféré dans un corps artificiel. (Sa main quitta les lèvres pour remonter jusqu'à la tempe afin que l'index effleure l'endroit où la peau protège le dense réseau des nerfs.) Il se réjouit en pensant à ce moment. Et sort de la salle de bains.

Bruce recula, prit Lewine par la main et l'entraîna vers la chambre. Il la lâcha au milieu de la pièce, la fit pivoter pour qu'elle lui tourne le dos. Avant de l'empoigner brutalement aux épaules et de hausser le ton :

— Il frappe cette femme, la viole, la tue.

Elle se retourna comme une flèche, lui saisit le poignet droit. Il sentit l'étau de sa main. Il dit :

— Sagnac m'a avoué que tu avais insisté pour qu'il te sélectionne.

— C'est vrai.

— Pourquoi ?

— Parce que je veux entrer à la Crime.

Elle relâcha la pression. Il pointa l'index vers sa poitrine, un pan du chemisier noir déchiré dépassait du blouson fermé à demi.

— Tu es un bon flic, Martine. Et tu sais te battre. Tu n'avais pas besoin de fricoter avec ce mec.

— Je lui ai simplement dit que j'étais faite pour le job.

— Faite pour le job : ça veut dire quoi au juste ?

— Que j'ai les qualités requises.

— Tu ne crois tout de même pas que je t'ai fait tout ce cinéma pour entendre ça ? (Elle soupira et le fixa en silence.) Sors-toi un peu les tripes de temps en temps, Lewine. Ça te fera autant de bien qu'à moi.

— Tu sais sûrement déjà ce qui m'est arrivé il y a cinq ans. N'importe quel psy m'aurait jetée. Sagnac n'est pas comme les autres.

— En effet. C'est un joueur. Du genre malsain.

— Je l'ai vu comme mon ticket d'entrée et je n'ai pas cherché plus loin.

— Dommage.

— Qu'est-ce que tu comptes faire ?

— À propos de quoi ?

— De moi.

— Tu fais partie du groupe Bruce, Lewine. Jusqu'à nouvel ordre. Mais arrête un peu de me prendre pour un con.

— Je ne t'ai jamais pris pour un con.

— C'était une façon de parler.

Bruce alla s'asseoir sur le lit et alluma une cigarette. Il regarda l'écran gris de la télévision un moment avant de se tourner vers elle et de lui dire :

— J'ai un truc très personnel à te demander. Enfin, très personnel, au point où on en est…

— Vas-y.

— La cicatrice sur ton ventre, ça date de cette époque ?

— Oui. Et je n'ai pas que celle-ci. J'ai sauté par la fenêtre du deuxième étage. Une fenêtre fermée.

— Eh bien… je veux que tu me racontes tout.

Lewine eut une mimique fataliste, alla s'asseoir face à lui sur le fauteuil et commença. Tout au long de son récit, Bruce eut le sentiment qu'il la voyait comme dans un film défilant sur un écran. Il ne l'interrompit pas.

Elle fait son jogging dans le parc de Saint-Cloud, un dimanche matin vers sept heures. Elle compte faire ses huit à dix kilomètres habituels à un bon rythme. Croise d'autres joggeurs. Un des gardes-chasse, un gérant de la ferme rénovée et transformée en musée qui se trouve au croisement des sentiers. Des visages familiers. Lewine court à Saint-Cloud, deux fois par semaine depuis des années. Sa course s'arrête sous une haute futaie. Une piqûre brûlante dans le dos, elle chancelle et voit le sentier venir à elle, sent qu'on la soulève sous les bras. La forêt s'efface et le corps de Lewine glisse dans un gouffre. Elle en sort pour se réveiller dans une salle vide. Elle est nue.

Le lieu a été préparé pour elle. C'est un local d'environ cinquante mètres carrés. Rose et blanc tel le ventre d'un animal monstrueux. À peine chauffé. Les fenêtres sont bâchées. Des néons restent allumés en permanence. Ses mains sont emprisonnées par des menottes. Ses chevilles par des bracelets d'acier soudés à des chaînes scellées dans le mur. Les bruits sont étouffés. Elle appelle jusqu'à se casser la voix. Elle a froid et faim. Elle urine sur le sol. Des heures passent, des jours. Elle se recroqueville parfois et s'endort. Elle perd la notion du temps. À un moment donné, elle cesse d'appeler parce que sa langue est devenue sèche comme un buvard. Elle se dit qu'elle va mourir.

Elle se réveille dans le noir, se redresse, cherche le mur pour s'y coller. Écoute. Silence. Et tout à coup, elle entend des pas, appelle : « Qui êtes-vous ? Parlez ! » Tout a gagné en intensité. Même sa propre voix qui semble ne plus lui appartenir. Et la respiration de l'homme. Qu'elle perçoit comme s'il lui soufflait dans les oreilles.

Tout à coup, accélération sur elle. Des mains sur elle, qui la palpent. Elle se débat, elle frappe un corps gras qui revient sans cesse et encaisse ses coups sans réaction apparente et souffle comme si ses poumons étaient faits d'une matière nouvelle. À cette époque, elle a commencé le kung-fu mais n'a encore rien compris. Rien intériorisé. Il finit par la laisser. Elle tremble de tout son corps, a envie de vomir de dégoût et de peur. Le silence est revenu, elle reprend le contrôle de sa respiration et d'elle-même. Puis écoute, devient tout oreilles.

Soudain, elle l'entend marcher vers le fond de la pièce. Déclic. La lumière s'allume. C'est un gros porc immonde complètement nu avec un bas sur la tête. Et un drôle d'appareil autour du cou qui modifie le son de sa respiration. Il va et vient, s'arrête de temps à autre pour la regarder. Elle se décide à parler, à dire d'une voix calme qu'elle est flic. Il ne répond pas ; ça n'en finit pas. Elle parle, elle parle. Elle finit par le supplier de lui donner à boire. Il lui apporte une bouteille d'eau et des biscuits salés qui ressemblent à des croquettes pour animaux. Elle mange et boit. Il va lui chercher un pot de chambre et s'en va.

Pendant plusieurs jours, l'homme ne prononce pas une parole. Il la nourrit de temps en temps. Il lui libère momentanément les jambes. Ça lui arrive à intervalles irréguliers, une de ses habitudes incompréhensibles.

Un jour, pour la première fois, il parle. Après l'avoir détachée, il articule : « Danse ! Danse ! Danse ! » La voix est grimée. L'appareillage lui donne une sonorité métallique. Les *s* chuintent de manière grotesque. Elle a presque envie de lui rire au nez mais en même temps elle a peur. Peur comme jamais dans sa vie.

Elle ne l'entendra pas dire autre chose. « Danse ! Danse ! Danse ! »

Elle finit par obéir et tourne devant lui. Elle se met à accélérer ses mouvements pour calmer le froid. Petit à petit, jour après jour, elle attend ces moments où il lui rend l'usage de ses jambes et où elle peut réchauffer ses muscles par le mouvement. Quand il la fait danser, il varie la lumière comme s'il était le régisseur d'un show.

Passent les heures de nuit artificielle, en alternance avec les heures de veille forcée sous les néons. Elle ne sait jamais quand il va apparaître. Son geôlier sait déstabiliser. Elle a compris dès le début que son but est de casser les repères comme un Viêt-cong, un Khmer rouge, un nazi. Il veut briser l'ego d'une femme. En faire un jouet. Une poupée qui danse. Il ne veut rien d'autre. C'est vraiment un gros porc qui essaie de jouir d'elle après qu'elle a fini de manger, n'y arrive pas si ce n'est avec ses mains bouffies.

Un jour, il la libère une fois de plus et lui ordonne de danser. Elle fonce vers la fenêtre close. Elle met toute la gomme au risque de s'assommer contre la fenêtre bâchée. Ou bien de la défoncer et de se briser les membres, la colonne vertébrale, de sauter dans le vide et de mourir quinze ou vingt mètres plus bas.

La fenêtre explose dans un fracas. Elle se sent tomber dans le noir et hurle. Elle se fait très mal en atterrissant. Croit ses chevilles brisées. Se relève. Elle court dans une zone d'entrepôts déserts une nuit de novembre, complètement nue, en sang, ayant perdu la notion du temps, les membres ankylosés par une captivité dont elle ne peut même plus évaluer la longueur.

— C'est Bertrand Delcourt qui m'a ramenée à Paris.

— Qui ça ?

— Le steward que tu as croisé dans le terminal 2. Il revenait de l'aéroport, seul dans sa voiture. Il a d'abord accéléré en me voyant dans les phares puis il a ralenti et fait marche arrière. Il m'a emmenée à l'hôpital. Ensuite, il est revenu me voir souvent. On est restés ensemble.

— Pourquoi ?

— Ça s'est fait comme ça. Il était gentil et beau garçon.

— J'y crois pas.

— Il est fasciné par ma force. Ou ce qu'il considère comme de la force. Moi, j'avais besoin d'une béquille. Je n'ai jamais accepté de voir un psy.

— Et maintenant ?

— Et maintenant quoi ?

— Qu'est-ce que tu fous avec lui ?

— J'attends que ça s'arrête. Mon instinct me dit que ce n'est pas encore l'heure.

— La vision de l'autoradio, c'est aussi une histoire d'instinct ?

— Tu as admis que j'étais un bon flic.

— Pour l'instant, je te regarde surtout comme une femme qui en a bavé et qui s'en est sortie au-delà de toute logique.

— Quelle différence ça fait ?

— Je ne sais pas encore.

— Eh bien, tu vois, on n'est pas si différents.

18

Alex Bruce déposa Martine Lewine devant le Monoprix des Champs-Élysées pour qu'elle puisse s'acheter un T-shirt en remplacement de son chemisier noir. Elle devait ensuite se rendre dans les locaux d'Europe 1, rue François Ier, pour une dernière émission-débat à dix-huit heures qui bouclait en principe sa tournée médiatique.

Cheffert attendait Bruce à la PJ. Quand il le vit passer dans le couloir, il le suivit jusqu'à son bureau et ferma la porte derrière lui.

— J'ai trouvé du matériel porno tendance hard chez le capitaine Lewine.

Bruce encaissa sans montrer de réaction. Il se revit debout devant le miroir du Sheraton, ses mains posées sur les épaules de Lewine. Il lui avait semblé alors qu'elle s'ouvrait imperceptiblement, qu'il pouvait lire en elle au-delà de la barrière de ses yeux gris et de ses lèvres closes. Elle lui avait même raconté son agression. Il était sûr qu'à part Delcourt il était le seul à qui elle en avait tant dit. Et pourtant.

— Quel genre ? finit-il par demander.

— Cravache, bracelets de cuir avec chaînes, combinaison en latex, strings masculins en cuir, revues japonaises pornos.

— Des filles saucissonnées ?

— Ouais, et des mecs. Très artistique. Qu'est-ce que tu en dis ?

— Dans l'immédiat rien, Victor. Parce qu'il faut que je digère tout ça.

— Il m'a fallu un peu de temps aussi. Ensuite je suis allé à l'aéroport me renseigner sur les dates de présence en France de Bertrand Delcourt.

— Et ?

— Et ça colle parfaitement. Le steward était sur le territoire au moment des onze meurtres.

— Ça devient chaud, là.

— Pas qu'un peu.

— On prévient Delmont.

— Bonne idée, patron.

En sortant d'Europe 1, Lewine prit le métro à Franklin-Roosevelt. Elle voulait rentrer chez elle pour dormir une heure ou deux. Elle n'avait pas éprouvé un tel besoin de sommeil depuis des mois. Lewine enleva le Ruger SP de l'étui de ceinture, le posa sur la table de chevet après avoir vérifié la sécurité et s'allongea sur le dos tout habillée. Elle s'endormit comme une masse. Le téléphone la tira d'un sommeil peuplé d'ombres d'où le visage de Fred Guedj était le seul à émerger. Faisait-il partie de son rêve ou n'était-il que le souvenir d'une réalité aussi tangible que désagréable ?

— Allô ! Martine !

— Oui, Bertrand.

— Je t'appelle avec le téléphone de l'avion. C'est génial, non ?

— Qu'est-ce qui se passe ?

— Maintenant qu'on est entre nous, tu peux me raconter toute l'histoire ! Une de mes collègues m'a dit que l'hôtesse au sol avait été assassinée. C'est ton serial qui a fait le coup ?

— On n'en sait rien pour le moment.

— Le fameux secret professionnel, c'est ça ?

— Ouais, c'est ça.

— Officiellement, je rentre après-demain mais en fait, je serai là demain vers quinze heures. J'ai un battement d'une paire d'heures à Narita avant de reprendre le prochain avion. Je me suis arrangé incognito avec un autre steward. Ce sera crevant, mais j'ai une occasion super et je veux que tu m'accompagnes. On est invités à une fête dans un entrepôt à Saint-Denis. Ça va durer toute la nuit et peut-être même plus.

— Tu plaisantes ou quoi ?

— Non mais attends ! Ne te fâche pas. Écoute-moi jusqu'au bout et ensuite tu décideras. Un de mes potes m'a proposé de venir. Il se trouve que c'est dans la ZAC de Saint-Denis-La Plaine. Une maison de disques. Des mecs qui produisent des groupes très underground. Pas loin de l'endroit où... on s'est rencontrés. Moi, j'y vois un hasard magnifique.

— T'es complètement frappé.

— Mais non, Martine ! C'est un signe du destin. Je crois qu'il faut y aller. Qui sait ? Tu apprendras peut-être quelque chose sur ce qui t'est arrivé. Ou alors ça t'aidera à te libérer.

Martine Lewine songea qu'il y avait un moyen imparable de se libérer. Larguer une bonne fois pour toutes le steward. Elle réfléchit cependant et finit par se dire que le hasard magnifique était surtout une coïncidence trop étrange. Et qu'il fallait creuser.

— C'est qui ton copain ?

— C'est pas lui qui organise. Il est un invité parmi d'autres.

— Qu'est-ce qu'il fait dans la vie à part danser dans les ZAC ?

— Des petits boulots, je crois. Il rêve de devenir auteur de chansons. Oh ! il faut que je raccroche, un passager veut téléphoner. Alors, tu viendras ?

— D'accord. On se retrouve chez moi.

— Non, j'y vais directement depuis l'aéroport. Mon pote vient me chercher.

— Qu'est-ce que tu vas faire là-bas dans l'après-midi ?

— Il y aura des gens intéressants, des musicos. Je vais leur donner un petit coup de main pour la préparation. Je te téléphonerai une fois là-bas.

— Tu n'as pas l'adresse ?

— Pas encore.

— Bon. Entendu. J'attends ton appel.

— Je crois que je t'aime, capitaine Lewine. Ciao !

Martine Lewine raccrocha à son tour. La dernière phrase de Delcourt lui restait en tête. Il l'avait prononcée d'une voix particulière. Comme s'il s'agissait d'un gag. Pudeur ? Connerie ? Difficile de faire le tri. Elle s'était souvent demandé si c'était bien le hasard qui avait fait débouler la voiture de Bertrand Delcourt avenue du Président-Wilson, cette nuit de novembre 1995. Hasard magnifique. Elle en était venue petit à petit à entrer dans ses jeux sadomaso. C'était elle qui attachait, sanglait, fouettait, exigeait. Mais dans le fond qui était vraiment ligoté dans cette histoire ? Elle repensa à l'attitude de Delcourt à l'aéroport quand il avait rencontré Alex. Cette animosité presque palpable. Qu'est-ce que Delcourt n'aimait pas chez le commandant Bruce : l'homme ou le flic ?

Elle se tourna vers son radio-réveil. Elle avait dormi à peine vingt minutes. Vingt minutes de perte de conscience et le monde de ses songes semblait déjà revenir à la surface. Très lentement. C'était comme de devoir tirer sur un bout de tissu effrangé, coincé dans une porte métallique. Il fallait le saisir puis œuvrer délicatement mais avec persévérance. Elle était sûre que l'agression de Fred Guedj avait déclenché le processus. Alex l'avait peut-être senti lui aussi. La salle de bains, le miroir, leurs deux bustes l'un derrière l'autre. C'était une invitation à plonger dans le psychisme de Vox et, par la même occasion, un électrochoc. Qu'il exigeait d'elle. Le commandant Alexandre Bruce exigeait. Contrairement à Bertrand Delcourt qui ne lui avait jamais rien demandé en référence à son passé. Quelle était la meilleure attitude ?

Elle débrancha le téléphone de l'appartement, éteignit son mobile, le remit dans la poche de son blouson et décida de se rendormir en pensant au visage trop bronzé de Guedj et à celui peut-être faussement innocent de Delcourt. Elle visualisa la futaie verte du parc de Saint-Cloud et la salle organique de Saint-Denis. Réalisa pour la première fois qu'il était question de sainteté et que ce n'était pas un lien plus idiot qu'un autre. Elle se souvint du serial killer belge qui abandonnait les membres dépecés de ses victimes dans des endroits aux noms symboliques. La rue du Pêcher ? L'allée des Mensonges ? Elle ne savait plus. Martine Lewine croisa ses mains sur sa poitrine, s'imagina en gisant du Moyen Âge et laissa glisser.

Elle courait seule sur une allée brune, constituée d'une matière qui copiait la masse végétale des feuilles d'automne. Les arbres longilignes de la futaie étaient faits de cette même substance synthétique. Elle entendit des pas derrière elle, s'arrêta, se retourna. Se vit, clone d'elle-même filant sur ses propres traces, posant ses pieds dans les mêmes empreintes. Elle eut un geste vers cette nouvelle Martine Lewine. L'autre ne la voyait pas, inspirait, soufflait régulièrement. Tout à coup, le clone tourna sur la gauche, s'engouffra dans le magma brun qui l'absorba.

Lewine reprit sa course vers un horizon jaunâtre troué par les rayons d'un soleil artificiel. Allait-elle courir seule à l'infini dans le même paysage ? Fallait-il faire comme le clone et bifurquer pour sortir du jeu ? Soudain, elle vit celui qu'elle attendait. Il venait de sortir du magma et prenait la piste devant elle. Elle distinguait son dos épais, ses bras et cuisses ballottant de graisse. Il portait son bas sur la tête mais celui-ci se terminait en une longue houppelande de lutin. Elle accéléra, tendit la main pour saisir le bout de houppelande qui voletait devant elle sans jamais toucher le sol.

Sur sa droite un arbre prit feu comme une torche, puis un autre, puis un autre. Elle porta sa main à sa bouche pour ne pas respirer l'odeur de la forêt qui s'embrasait. Fumée et fleurs entêtantes mêlées. Ses yeux et sa gorge devinrent douloureux. Devant elle, le rideau de flammes avala le corps du gros porc.

Lewine ouvrit les yeux et le vit assis en face du lit. Il souriait, les avant-bras posés sur les accoudoirs du fauteuil. Les mains jointes. Une cigarette se consumant entre l'index et le majeur droits. Pas d'arme visible.

Lewine saisit son revolver, défit la sécurité et braqua Armando Mendoza.

Il ne se départit pas de son sourire, leva les mains lentement et dit :

— Hé, capitaine ! Je viens en paix. Pas d'angoisse !

— Qu'est-ce que tu fous chez moi ?

— Je vous ai vue à la télé et entendue à la radio. Ça m'a vachement impressionné. Vous arrivez à intéresser tout le monde avec cette voix que vous avez.

Elle se releva, l'arme bien droite, lui ordonna de quitter le fauteuil et de se pencher contre le mur, mains et jambes écartées. L'odeur du rêve venait de lui comme s'il s'était aspergé d'eau de toilette au jasmin. Elle le fouilla de la main gauche, souleva le coussin du fauteuil à la recherche d'une arme éventuelle puis recula. Elle lui dit de se rasseoir et de garder les mains sur la nuque.

— Et puis ce que vous dites est intéressant. Quand on sait parler, on a beaucoup de pouvoir finalement. Moi, par exemple, depuis que je me suis débarrassé de mon accent, les gens m'écoutent plus qu'avant. À quoi ça tient, hein ?

— Comment t'es entré ?

— En bidouillant la serrure.

— T'aurais pu sonner.

— J'ai sonné ! Vous étiez en train de roupiller comme une bûche. Avant j'avais même téléphoné mais ça sonnait occupé ou ça répondait pas. Au lieu de vous secouer et de risquer de me prendre une beigne ou un pruneau, j'ai préféré vous souffler la fumée de ma clope dans les bronches.

— Et tout ça pour quoi ?

— Vous vous souvenez de la fois où vous m'avez coffré ? Suite à l'histoire d'Amelia ?

Lewine se contenta de le dévisager. Le proxo maso avait plus de barbe que de cheveux et portait cette fois un costard gris en soie sur une chemise noire et une cravate chamarrée dans les tons mauves. Ses lunettes de soleil posées sur le front, il souriait toujours de toutes ses dents. Il reprit :

— Hein, vous vous souvenez ? Je vous ai toujours dit que c'était pas moi qui l'avais tabassée et je le maintiens. Bien que je passe en jugement la semaine prochaine.

— Ou justement parce que tu passes en jugement la semaine prochaine.

— J'ai pensé à une intervention de vous, j'admets, mais attendez la suite. Je me suis renseigné. C'est bien cet enfoiré de Louis, le patron du Bora Bora, qui m'a vendu. Amelia, c'est une de ses femmes. Elle a eu affaire à un drôle de client, un cinglé. Et après ça,

Louis a eu l'idée de me faire mettre au trou à la place du micheton parce qu'il avait envie de faire chier Roberto depuis longtemps.

— C'est qui Roberto ?

— Un Bolivien que Louis peut pas encadrer pour des histoires dont j'ai rien à battre.

— Et quel rôle tu joues là-dedans ?

— Louis a pensé que j'avais pas de couilles et que je vous vendrais Roberto en échange de ma liberté. Il s'est gouré. Et c'est pour ça que je passe en jugement la semaine prochaine.

— Tout ça ne me dit toujours pas ce que tu fais chez moi.

— Amelia m'a appris que le type qui l'avait tabassée s'était vanté de s'être fait une femme flic un jour. Il lui a raconté que cette femme avait sauté par la fenêtre et il a dit un truc vicelard du genre : « Fais la même chose si tu veux pas recevoir une danse. » Ils étaient au quatrième, elle a préféré prendre sa dérouillée. Ensuite, Louis a forcé Amelia à aller vous voir. Une pute allant porter plainte aux flics, vous y avez cru ?

Sauter par la fenêtre. Recevoir une danse. Danser. Mourir.

— Et toi, pourquoi je te croirais ?

— Tout le monde pense maintenant que je suis un mec fier qui ne bave pas aux flics. Tant mieux. On sera les seuls vous et moi à savoir que je peux causer quand ça m'arrange. C'est tout bénéfice.

— Tu crois que j'ai besoin d'un type comme toi, Mendoza ?

— Tous les flics du monde ont besoin de types comme moi. Si Amelia retire sa plainte, je vous donne Louis. Il deale de la coke avec Roberto mais maintenant il veut faire cavalier seul. Depuis peu, il a une planque en Normandie, une baraque où il récupère la dope en provenance du Havre. Du gros business, parole d'homme.

— À quoi ressemblait le cogneur d'Amelia ?

— Pas à moi. Je vous le jure, capitaine. À part ça, c'est tout ce que je sais.

— Qu'est-ce que tu lui as fait à Amelia pour qu'elle te raconte tout ça ?

— Amelia est une fille qui a compris que son homme est un trou du cul même pas capable de la protéger. Ça lui a ouvert les yeux. Il va falloir que Louis mette le paquet s'il veut garder son personnel.

— Je parie que tu es candidat pour une création de poste.

— Ça m'est passé par la tête mais j'ai d'autres soucis en ce moment.

*

Alex Bruce et Victor Cheffert sortirent du bureau de Delmont avec l'ordre de ramener Lewine à la PJ, de l'interroger discrètement et de vérifier la date de retour de Delcourt. Ils tentèrent de joindre Lewine à son domicile et sur son mobile sans succès. Cheffert dit qu'il n'y avait aucun risque qu'elle ait repéré son passage rue Clapeyron. Bruce rétorqua qu'elle finirait bien par rentrer chez elle, ne serait-ce que pour y dormir. Il appela Air France et se fit confirmer que Delcourt était bien en route pour Tokyo Narita et serait de retour à Roissy après-demain vers vingt et une heures. Bruce repensa soudain à la cassette restée dans sa poche et proposa à Cheffert de l'écouter. Ils s'installèrent dans le bureau du commandant. Ce dernier enfila ses gants, sortit la cassette du sachet en plastique, la glissa dans le magnétophone et regarda Cheffert. Le capitaine soupira et dit :

— C'est la première fois qu'on sait exactement ce qu'il y a sur la bande avant de l'entendre.

Bruce hocha la tête. Il essaya de ne pas penser au visage d'Isabelle. À son corps abricot au bord de la piscine à Formentera. À son rire et à sa façon de lire les romans à haute voix. Il eut l'impression de réentendre distinctement son échange avec Maïté Joigny : « Une histoire d'amour entre une femme virtuelle et un chanteur en chair et en os, elle trouvait ça fascinant. – Un robot ? – Non, une créature cybernétique. Faite sur ordinateur à partir de milliards de données. Un ectoplasme mathématique. » Alex Bruce prit une inspiration comme Isabelle Castro avant de sauter dans la piscine et appuya sur « play » :

— L'univers... est... une machine ! L'univers est... une machine ! L'univers est une machine !

19

Lewine songea d'abord à interroger Amelia. Elle savait qu'elle tapinait rue de Provence. Elle réfléchit encore puis décida de procéder par ordre : il fallait d'abord obtenir des Stups ou de la Mondaine qu'ils opèrent une descente chez Louis. Le patron du Bora Bora et ex-employeur d'Armando Mendoza devait être mis au frais avant qu'Amelia retire sa plainte et accepte de donner une description de son agresseur. Lewine ne connaissait personne dans ces deux brigades mais se doutait qu'Alex Bruce y avait ses entrées. Fallait-il lui demander d'intervenir ? Elle pensa que ça pourrait lui plaire. Lui qui la poussait à crever l'abcès. Même accaparé par l'affaire Vox, il ne refuserait pas. Sors-toi un peu les tripes de temps en temps, Lewine ; ça te fera autant de bien qu'à moi. Il était plus de vingt heures mais Alex était sûrement encore à la PJ. Dans le cas contraire, elle ferait un détour par la rue Oberkampf. Elle s'était demandé à plusieurs reprises s'il vivait avec quelqu'un. C'était le moyen de satisfaire sa curiosité.

Au moment de descendre au parking prendre sa moto pour se rendre quai des Orfèvres, Lewine réalisa soudain qu'avec le chambardement causé par le meurtre de l'hôtesse, elle n'avait pas relevé son courrier depuis hier matin. Sa boîte aux lettres contenait deux factures, une lettre de la Sécu et une enveloppe de taille moyenne en papier kraft sans inscription. Elle l'ouvrit et trouva une cassette de format standard emballée dans du papier bulles. Soixante minutes. Marque japonaise. Lewine glissa l'enveloppe dans la poche de son blouson en espérant n'avoir pas gâché trop d'empreintes potentielles et remonta chez elle. Elle enfila des gants en vinyle, glissa la cassette dans son magnétophone et écouta :

« Danse ! Danse ! Danse !

— J'en ai marre, espèce de taré !

— Danse ! Danse ! Danse !

— Qu'est-ce que tu veux à la fin ? hein ? Qu'est-ce que tu veux, espèce de sous-merde, gros porc impuissant !

— Danse ! »

Le vide à présent. Dans sa tête, sur les murs et la table de la cuisine. Et presque un manque de la présence de Bertrand. Ou d'Alex. Oui, d'Alex Bruce. Et dans la mayonnaise qui prenait sa tête, de l'instit de CM2. Le magnéto continuait de tourner mais il n'y avait plus rien sur la bande. Cette force que j'ai en moi, pensa Lewine. Cette force.

*

Alex Bruce et Victor Cheffert pénétrèrent dans l'appartement de la rue Clapeyron en faisant appel à un serrurier. L'artisan leur ouvrit en sacrifiant les deux serrures existantes. Il en installa une nouvelle et donna la clé à Bruce. Le commandant et le capitaine firent le tour de l'appartement. Bruce repéra le téléphone débranché, une vague odeur de cigarette et les effluves d'un parfum masculin ou androgyne qui n'avait rien à voir avec celui de Lewine. Il se souvint qu'elle ne fumait pas et que le steward était à

Tokyo. Recevait-elle d'autres hommes pendant son absence ? Que leur faisait-elle ? Qu'attendait-elle d'eux ?

Bruce trouva l'appartement fonctionnel. Lewine y vivait mais ne l'habitait pas. Ça sautait aux yeux. Il y avait une série de photos de Bruce Lee encadrées dans la cuisine et c'était à peu près tout pour la touche personnalisée. Dans la chambre, il repéra son matériel de gym, les poids et haltères bien rangés, le lit fait au carré comme dans une chambrée militaire.

— Tu sais d'où elle vient, toi ?

— Du commissariat du 8e, répondit Victor Cheffert en souriant. Sinon pour le reste, c'est mystère et compagnie.

Bruce appela le patron de Lewine, le commissaire Dantrenave. Ce dernier expliqua sans détour ce qu'il savait après que le commandant lui eut expliqué la situation. Ils eurent une longue conversation. En raccrochant, Bruce dit à Cheffert :

— Elle est de la Ddass. Il n'y a guère que là ou à l'armée qu'on apprend à faire son lit comme ça.

— Ça explique pas mal de choses peut-être, non ?

Le commandant s'assit sur le lit. Le capitaine se pencha pour tâter le matelas et dit :

— Si seulement les plumards pouvaient parler ! Ils sont pleins de rêves ensevelis et de souvenirs inavouables.

Bruce se tourna vers la porte du placard et demanda :

— C'est là-dedans qu'elle garde son matériel ?

— Tu veux voir ?

— Non.

Victor Cheffert déballa un Carambar, lut la blague, fourra le papier d'emballage dans sa poche et attendit que son patron sorte de son silence.

— Dantrenave affirme que ses états de service sont excellents. Il dit qu'après son agression, elle a eu l'air de prendre les choses en main. Elle lui a toujours donné l'impression d'être très solide psychologiquement.

— Ils se sont fatigués pour retrouver le gars ?

— Bien sûr. Mais rien à faire. L'avenue du Cimetière est une impasse désertée la nuit. Aucun témoin à part Delcourt qui n'a vu que Lewine hallucinée sur l'avenue du Président-Wilson. Il ne s'est pas attardé dans le coin et l'a emmenée fissa à l'hôpital. Le lendemain, la salle où on la séquestrait était vide. Aucune empreinte. C'est resté en l'état pendant longtemps jusqu'à ce que le local soit remis en location.

— Qui est le propriétaire ?

— Pendant longtemps, ça a appartenu à un vieux de Saint-Denis. À sa mort, la ville en a hérité et a confié la location à un cabinet de gérance.

— J'arrive mal à croire qu'on n'ait déniché aucun témoin.

— Les collègues de Lewine ont quadrillé la ZAC de Saint-Denis-La Plaine, les rares troquets du coin, interrogé des dizaines de personnes qui ont toutes vu des gros lards dans les parages. Rien d'étonnant : il y a des quais de déchargement avec des camionneurs et des mastards qui trimballent des caisses toute la journée. Aucun d'eux n'avait un pedigree de pervers.

*

Lewine coupa le contact de la moto et jeta un coup d'œil au flot des voitures sur l'avenue du Président-Wilson. Un flot qui contrastait avec l'ambiance de l'avenue du Cimetière. Elle repéra l'interphone éclairé au portail de l'entrepôt et une petite caméra. Douze sociétés se partageaient le périmètre : import-export, design industriel, distribution de meubles exotiques, garde-meubles, studio *Beyond Humanity*, entreprise de fret.

Lors de son dernier passage, environ deux ans plus tôt, les trois quarts n'existaient pas. Elle repensa à l'invitation dont avait parlé Bertrand Delcourt. « C'est dans la ZAC de Saint-Denis-La Plaine. Une maison de disques. Des mecs qui produisent des groupes très underground. Pas loin de l'endroit où on s'est rencontrés. » Elle appuya sur la sonnette de *Beyond Humanity*.

— Oui ? demanda une voix d'homme jeune.

— Capitaine Lewine de la Brigade criminelle. Ouvrez, s'il vous plaît.

— OK ! Deuxième étage, répondit l'homme sans hésitation.

Déclic de la porte que Lewine poussa. Elle reconnut l'entrée grise, l'escalier à rampe métallique à droite et le monte-charge à gauche. Il y avait deux ou trois sociétés par étage. Les gars de *Beyond Humanity* avaient sûrement repris la pièce rose du gros porc. La dernière fois, des peintres terminaient la nouvelle déco d'une société de matériel informatique. Ambiance grise et bleue. Elle hésita, se dit qu'Alain Sagnac et elle n'avaient réussi qu'à réveiller le gros porc. Elle avait eu la prétention de prêter main-forte au commandant Bruce dans l'arrestation du voleur de voix. Elle s'était sentie humiliée tout à l'heure en écoutant celle de son répugnant geôlier. Cette voix, intacte, qui avait fait remonter toute sa honte d'un seul coup malgré les années. Lewine ne pouvait pas demander à qui que ce soit de faire le ménage dans sa vie et surtout pas à Alex. Elle avait besoin de pouvoir le regarder en face. Et non plus dans ce miroir qu'il lui tendait et où elle ne voyait que le reflet de son visage, cette belle gueule franche aux yeux de marin.

Elle prit l'escalier. Au deuxième, les lettres dorées de *Beyond Humanity* surplombaient une porte noire blindée, équipée d'une serrure trois points, ouverte sur des murs blancs. Lewine sortit son téléphone mobile de sa poche pour l'éteindre – une sonnerie pouvait faire rater un interrogatoire bien enclenché. Elle réalisa qu'elle avait oublié de le remettre en fonction depuis le dernier coup de fil de Bertrand Delcourt et le glissa dans la poche arrière de son jean. Elle en avait cassé un lors d'une poursuite. Tombé de son blouson. Explosé.

— Il y a quelqu'un ? demanda-t-elle.

Pas de réponse. Elle sortit le Ruger SP de son étui, défit la sécurité et le tint le long de sa cuisse, son bras décontracté, la pression minimum sur la crosse et la gâchette. Elle pensa rapidement à la cassette dans sa poche et se dit qu'elle allait la faire écouter aux gens du studio d'enregistrement. Des spécialistes du son, autant les utiliser. À moins qu'ils ne trafiquent dans tout autre chose.

— J'arrive ! Entrez, dit le jeune homme dont la voix semblait venir du fond de la pièce.

Lewine entra. Il n'y avait rien ni personne si ce n'était un gros Nagra posé par terre face au mur blanc du fond. Avant qu'elle réalise que la voix venait du magnétophone, une masse de plomb tomba du plafond et Lewine sombra dans le puits noir dont elle ne s'était jamais vraiment échappée. Bizarrement, sa dernière pensée fut que Delcourt lui avait peut-être menti en prétendant lui téléphoner depuis son Boeing 777.

20

— On va l'attendre ici, dit Alex Bruce occupé à domestiquer la cafetière entartrée de Martine Lewine.

Elle était équipée d'un filtre en papier ménager confectionné par Victor Cheffert : bien qu'il couvât une grippe, le capitaine n'avait pas perdu toutes ses ressources.

— Tu crois ? demanda ce dernier en parlant du nez. C'est ce soir que le commandant Logeais cuisine Sagnac. Tu ne veux pas y aller ?

— Surtout pas. Il est en de bonnes mains avec Martial Logeais. Et de toute manière, Sagnac n'a pas assez de couilles pour être Vox.

— Comme tu voudras, Alex.

— On appelle Martine sur son mobile à intervalles réguliers. Malgré le fourbi dans le placard, je sens quelque chose de net chez elle, Victor.

Bruce s'interrompit, la dosette pleine de cent pour cent arabica bas de gamme en suspension dans l'air. Il venait d'entendre la voix de Martine comme si elle parlait à l'intérieur de son crâne. « Mon instinct me dit que ce n'est pas encore l'heure. » Parlait-elle vraiment de ses relations avec Delcourt, à ce moment-là ? Cheffert attendait, le regard mouillé mais neutre, une expression peu convaincue dans le dessin de sa bouche. Bruce reprit :

— On va au moins lui laisser la chance de s'expliquer avec nous avant de l'emmener voir Delmont.

— Et si ça dure des heures ?

— Soyons optimistes.

— Qui te dit qu'elle ne s'est pas barrée à l'étranger avec l'aide de son petit copain le steward ?

— Pour quoi faire ? C'est un con.

— Si tu le dis ! Admettons qu'elle soit partie acheter des filtres à café et n'en parlons plus.

— Je prendrais bien du sucre avec le café au Sopalin. Et toi ?

— Moi aussi. Manque de chance, il n'y en a pas. Lewine est une as du kung-fu et de la gâchette mais pas une fée du logis.

Au bout de vingt minutes, le mobile de Bruce sonna. Il dit que c'était sûrement Lewine, décrocha et serra le petit appareil. La voix affolée de Tessa Robbins.

— Tu es où ?

— Barricadée dans ma salle de bains. Fred est entré de force avec le livreur de pizzas à qui il a cassé la gueule. Le jeune type est parti sans demander son reste. Les voisins n'osent pas intervenir. Alexandre, il faut que tu viennes. Il a une batte de base-ball et il est en train de bousiller tout l'appartement.

Il était assis en tailleur dans l'entrée, dans la position du samouraï avant le seppuku, sa batte de base-ball posée devant lui comme un sabre, le dos droit, les mains à plat sur les genoux. Fred Guedj avait toujours eu un talent naturel pour le théâtre. Il ne bougea pas quand Bruce avança vers lui et le contourna. Il avait les yeux fermés et souriait. Le commandant jeta un coup d'œil à travers la porte vitrée qui menait au salon dévasté.

— Ça va te coûter chaud, Fred.

— Il y a des plaisirs qui n'ont pas de prix, dit le journaliste en ouvrant les yeux.

— J'ai autre chose à faire que du baby-sitting à cette heure-ci. Il va falloir arrêter tout ça, une bonne fois pour toutes.

— Tu es trop raisonnable. Moi, je vais jusqu'au bout. Jusqu'au bout, mon vieux !

— Eh bien, cette déclaration tombe à point. C'est le terminus.

— Terminus ! Va te faire foutre. C'est moi qui décide quand mettre un terme !

— Et tu n'es plus bourré. Tu n'as même plus d'excuses.

— Bien sûr que si que je suis bourré !

Bruce réfléchit puis haussa la voix pour demander à Tessa à travers la porte où était la deuxième salle de bains. Elle le lui dit et aussitôt Bruce balança un coup de pied ajusté dans la mâchoire de Guedj qui partit en arrière, dans les pommes. Il le tira par les pieds dans un paysage de verre et de porcelaine fracassés. Guedj n'aurait pas assez de toute sa vie de fouille-merde audiovisuel pour payer la casse.

Du marbre blanc partout, un sauna et un magnifique miroir ancien, brisé en son centre par un impeccable swing. Guedj aurait mieux fait de se mettre au golf, il en a la gueule et le talent, pensa le commandant en ouvrant les robinets de la baignoire. Une petite merveille ronde et profonde avec aquapulseurs. Il chercha la bonne température, une tiédeur suffisante pour éviter au journaliste le choc thermique. Bruce menotta Guedj les bras dans le dos et lui envoya de l'eau au visage pour le ranimer. Il revint à lui en bafouillant :

— Es-pèce de… Espèce d'en-foiré !

Bruce empoigna les menottes et tira. Il le fit s'agenouiller devant la baignoire, referma sa main sur sa nuque. Puis il appuya et lui maintint la tête sous l'eau pendant une minute complète. Il relâcha.

— Eh, mais arrête, bordel ! Qu'est-ce qui te prend ?

— Même service. Quinze secondes de plus cette fois.

— Arrête ça ! Moi qui croyais que t'étais mon ami !

— Je suis ton ami, répondit Bruce.

Mais Guedj ne put pas répliquer parce qu'il avait de nouveau la tête sous l'eau pour deux minutes pile. Le traitement s'échelonna sur un quart d'heure. Le visage de Fred Guedj virait au bleu. Le commandant laissa aller et le corps du journaliste glissa lentement sur le tapis de bain. Bruce alluma une cigarette et le laissa se remettre. Quand les yeux bleus de Guedj le fixèrent enfin, son visage était ravagé mais calme. Bruce pointa l'index à la cigarette vers lui et dit :

— Écoute-moi bien, Fred.

— Je t'écoute.

— Tessa n'aura jamais d'enfant. Jamais. Tu m'entends ?

— De quoi tu parles ? Elle n'en veut pas !

— Elle ne peut pas en avoir. Un jour, elle sera seule. Parfaitement seule. Quand elle aura vieilli. Quand les types dans ton genre auront fini de lui tourner autour. À ce moment-là, tu seras un vieux débris en train de fantasmer sur une femme presque aussi craquante qu'elle mais bien plus jeune.

— Je ne savais pas.

— Mais tu ne le sais toujours pas. Je ne t'ai rien dit et tu n'as rien entendu, Fred. Ne t'avise jamais de lui parler de ça.

Guedj plissa les yeux comme un type qui ne comprend pas. Son visage avait déjà repris une teinte normale à part le menton qui virait au rouge brique. Il hocha la tête d'un air incrédule.

— Jamais. C'est bien clair ? reprit Bruce.

— Ouais, je crois que c'est clair.

Bruce tira une longue bouffée puis regarda sa cigarette. Il finit par relever la tête et dit :

— Quand j'en aurai fini avec l'autre taré, je t'emmène à Cuba.

— Qu'est-ce qu'on ira foutre à Cuba ?

— On boira du rhum. On ira au bordel tous les deux. C'est ça l'amitié virile, non ?

— Ouais, pourquoi pas ? Ça peut avoir de la gueule, Alex.

Alex Bruce revint à la PJ après avoir déposé Fred Guedj chez lui. Victor Cheffert parlait au téléphone. Il avait la voix rauque et le nez rouge. Bruce attendit qu'il raccroche et dit :

— Qu'est-ce que tu fous encore ici ? Tu devrais faire du body-body à ta bouillotte à l'heure qu'il est, et dans ton état !

— On trouve toujours quelqu'un de moins bien loti que soi. Sagnac sort du bureau de Martial Logeais. Au bord de la pneumonie. Le commandant m'a demandé de vérifier quelques-uns de ses alibis. Pour Judith, l'avocate et l'hôtesse, il est déjà innocenté. Et toi, qu'est-ce que tu fais là ?

— Besoin de bouger. Je suis venu voir si quelqu'un avait reçu un appel de Martine.

— Nada ! Toujours pas rentrée chez elle et son mobile reste branché sur répondeur. En revanche, une jeune fille est venue te demander. Elle a laissé une enveloppe à ton intention qu'elle a tenu à déposer elle-même en lieu et place.

— Quelle fille ?

— Une jolie brune que tu ne m'as bien sûr jamais présentée. Elle a détaillé ton bureau exigu comme si c'était le Taj Mahal.

Bruce téléphona à son domicile afin de consulter son répondeur. Lewine avait peut-être souhaité lui laisser un message personnel. La bande ne recelait qu'une déclaration laconique mais enthousiaste de Guedj au sujet de Cuba et de ses plaisirs. Bruce raccrocha, l'air déçu, puis avisa l'enveloppe. Il l'ouvrit pour découvrir un simple bristol et un texte rédigé d'une écriture régulière :

« *J'ai cueilli ce brin de bruyère*
L'automne est morte souviens-t'en
Nous ne nous verrons plus sur terre
Odeur du temps brin de bruyère
Et souviens-toi que je t'attends.

« Je suis passée mais c'était une erreur. Ce poème d'Apollinaire pour te dire adieu. Je t'aime.

Nathalie. »

Bruce glissa le bristol dans sa poche. Il se dit qu'il pourrait inviter Nathalie à Cuba avec Guedj. Ils boiraient du rhum. Ils n'iraient pas au bordel. À la place, ils joueraient à la belote à la terrasse des cafés. Fred Guedj tomberait amoureux de Nathalie petit à petit. Et vice versa. Il les laisserait en tête à tête et rentrerait seul à Paris. Dommage pour l'amitié virile. À moins... À moins d'inviter aussi Victor Cheffert.

21

D'où il était, couché sous l'armoire depuis plus de deux heures, il pouvait voir des moutons gris. Amassés sous le lit et la table de chevet. Accord parfait avec la pile de vaisselle puante dans l'évier et la crasse de la salle de bains. Le décor de la pute était au diapason de sa tête. En très mauvais état. Pour l'instant, occupée sûrement à chercher sa dose, elle tardait à rentrer chez elle. Mais elle y viendrait. Elle y viendrait à coup sûr. Les défoncés sont aussi répugnants que prévisibles.

Une figure lumineuse, géométrie en mouvement, dansa sur les lattes du parquet pendant quelques secondes. Le passage d'une voiture, la lumière des phares à travers les volets. Il était sept heures trente, le jour n'allait pas tarder à se lever. Vox pensa à la lumière des lampadaires qui passait par le soupirail de la cave où sa mère le forçait à dormir les nuits où son corps d'énorme salope réclamait l'aumône. Les nuits où des types innommables la faisaient parler, boire, crier, vomir sa vulgarité. Et lui, allongé sur sa paillasse, à les entendre jusqu'à chercher au plus profond de sa tête les moyens de distordre ces sons pour les vider de leur souillure. Il s'endormait toujours. Roulé en boule dans sa propre graisse. Celle qu'elle lui faisait ingurgiter jour après jour pour faire de lui un petit pachyderme domestique, une boule sur laquelle elle frappait, un tas de saindoux inoffensif sur lequel hurler sa haine de cette voix de sirène. Une magnificence qui n'allait avec rien de ce qu'elle était. Erreur cosmique, cette voix. Erreur cosmique.

Il avait pensé qu'elle était peut-être habitée par un extraterrestre ou qu'elle était un cyborg conçu dans un laboratoire. Et que sa vraie mère était morte, rayée de la carte par la fausse. Mais non. La réalité était la seule chose à accepter. Sa mère était cette créature. Cette créature était sa mère. Son père l'avait un jour engrossée par hasard. Et il était parti. Une intelligence supérieure. Un génie qui n'avait rien à faire avec la créature. Qui n'avait rien laissé, ni son nom, ni une photo. Ses gènes seulement. Cette intuition scientifique, cette fulgurance de la pensée, cette connaissance des plus grands secrets. Son héritage. Il était là, intact. Camouflé dans ce corps graisseux. Invisible, même pour la créature qui avait pour nom Amélie. A-mé-lie. Trois syllabes de douceur. Paradoxe mortel.

Il s'endormait donc, et ses plus beaux moments étaient ceux où il devenait une daurade brillante nageant dans un océan de silence. Le matin arrivait toujours et les coups et tout le reste. L'océan était alors à l'intérieur de lui. Rangé, plié, obscurci. Il se déploierait un jour. À dix ans, il l'avait parfaitement compris.

Pour l'instant, il ne fallait pas dormir. L'odeur l'aidait à tenir le coup. Et les lumières sur les lattes. Il y avait toujours dans l'univers visible des éléments utiles, des signes intéressants, de l'information en suspens. À gérer pour qui savait s'y prendre. Tout le temps.

Cliquetis des clés. Pas de client, à coup sûr, puisque avec une gueule comme celle qu'il lui avait fabriquée... Amelia, Amélie. Repérée sur son trottoir, au hasard. Une nuit, Amélie.

Même prénom, même peau blanche que la pouffiasse cosmique. Mêmes cheveux. Des serpents roux, brillants, doux sûrement. Gare aux illusions ! Une envie de la battre à mort, cette pute de la rue de Provence. Brûlé par une nécessité impérieuse, il était allé au supermarché acheter des bas. La caissière avait souri en voyant sa belle gueule et ce qu'elle imaginait être un cadeau à une fiancée. Caché dans les toilettes sur le palier, il avait attendu que la pute monte avec le client, avait attendu que la pute en finisse avec le client. Il s'était mis à rire tout seul, il sentait qu'il allait glisser comme le petit homme daurade qu'il avait été pendant des années, que ce serait facile. Facile comme tout. Quand le client avait fini sa petite affaire, il avait pénétré à son tour dans la chambre, son bas sur la tête.

Encore le cliquetis de la clé. Est-ce qu'elle allait enfin réussir à l'ouvrir, cette putain de porte ! Il avait besoin d'elle pour son histoire. Son histoire qui s'emballait. Il fallait assurer pour Bruce le flic.

Ouverture. Elle entrait enfin chez elle, la pute. Seule et peinarde pour sa dose. Elle arrivait sur ses chevilles bancales après avoir traîné sa carcasse inutile toute la nuit. Il voyait l'une de ses chaussures dont le talon chassait vers le sud, sa démarche de vieille viande et tout ça qui s'effondrait sur le lit. Les jambes écartées dans la pénombre et la main vers l'interrupteur, et très vite vers le tiroir où elle rangeait son matériel. La boîte en fer avec la seringue, le garrot, la cuillère, le briquet. Il l'entendit farfouiller, énervée.

Elle se piqua, soupira, s'allongea sur le lit sans même enlever ses chaussures.

Il attendit, regarda la jambe qui pendait et la main droite qui caressait le dessus-de-lit et s'y accrochait, s'y arrimait.

Il la laissa partir suffisamment loin pour qu'elle ne s'étonne pas de voir un homme sortir de dessous l'armoire. Il frotta son vêtement du plat de la main pour enlever la poussière tout en observant la tronche et le corps désossé de la fille. Un des yeux à moitié fermé, le nez comme une courge, une attelle au bras gauche et l'aiguille encore plantée dans le bras. Il n'avait pas de bas sur le visage cette fois. Il avança la main, lentement. Elle ne réagit pas. Il posa son doigt sur l'œil encore en état et pressa. Elle gémit, une jambe se releva mécaniquement. Retomba. Il appuya encore. Et il aurait pu lui crever l'œil sans qu'elle réagisse plus qu'une grenouille de labo à moitié morte. Il enleva sa main. Elle sourit bêtement.

— Tu es beau.

— Bien sûr, je suis ton ange gardien. J'ai plein de dope à te donner. Viens avec moi, Amelia.

Il lui tendit la main, elle la prit et se leva. Il l'attira vers lui. Il lui caressa même la joue, leurs deux têtes si proches l'une de l'autre qu'il voyait les points noirs sur son nez en courge. Et ses pupilles dilatées comme des astres. Vox ouvrit la porte, scruta le palier et tira doucement Amelia derrière lui. Ils descendirent l'escalier comme un couple d'amoureux.

Il pleuvait. Matin sale et gris. Les rares passants couraient se mettre à l'abri ou pressaient le pas. Un type attendait que ça se tasse sous un auvent de magasin et regardait ses pieds. Vox resserra la taille de la pute et ils marchèrent sur le trottoir brillant jusqu'à la rue Lafayette où il avait garé la 305 volée la nuit dernière, à Aubervilliers. Elle s'effondra sur le siège, pattes écartées encore. Mollusque sans manière, sans projet, sans intérêt. Il mit le contact, brancha les essuie-glaces qui se mirent à couiner. Ça la fit rire et elle avança la main vers le pare-brise, se mit à imiter leur mouvement.

— Avec ce que je vais te donner, tu seras heureuse pour l'éternité, dit-il en posant sa main sur sa cuisse.

Il sentit les muscles, les tendons de cette jambe. Il pensa aux cartilages, aux veines, aux articulations comme si ses doigts étaient dotés de capteurs aussi visuels que tactiles et qu'il visualisait une portion de corps de cyborg. Le futur allait être une merveille. Il lui fallait tenir le coup. Encore un peu.

*

Victor Cheffert venait d'ingurgiter deux comprimés d'Antigrippine avec le café de la bouteille Thermos et jouissait de la fièvre dont il avait toujours apprécié les effets. Il lui semblait alors qu'ils étaient plusieurs à partager le même corps et que ces cerveaux associés donnaient à l'existence des couleurs plus intéressantes. Il regarda sa montre : dix-sept heures vingt. Il but encore un peu de café. Garé devant l'Institut médico-légal, il attendait depuis une demi-heure que Bruce sorte de l'autopsie d'Élodie Daugier. Il était venu le chercher pour pouvoir lui communiquer de vive voix les dernières informations de Sanchez.

« Pourquoi la vie des ampoules est-elle si fragile ? Réponse : parce qu'elle ne tient qu'à un fil ! » Cheffert soupira puis fit une boulette du petit papier et la glissa dans sa poche. Dans le rétroviseur, il vit Alex Bruce qui s'arrêtait sur le trottoir pour téléphoner. Il comprit qu'il tentait encore de joindre Martine Lewine. Le commandant raccrocha après avoir composé deux fois le numéro et repéra facilement la voiture. Il prit le temps d'allumer une cigarette et lorsqu'il releva la tête, Cheffert lui trouva une gueule magnifique. Intense, amaigrie et solennelle.

Bruce s'installa dans la voiture sans un mot, entrouvrit la fenêtre à cause de la fumée et jeta un coup d'œil à son adjoint qui se mit à tousser. Le commandant écrasa sa cigarette dans le cendrier avant de remonter la fenêtre. Puis il regarda droit devant lui. Cheffert fit de même pour vérifier qu'il n'y avait rien de notable à observer et rompit le silence :

— Marc Sanchez m'a donné les résultats. Corde de violoncelle Jargar. On a aussi tracé ton appel téléphonique anonyme. Il provenait bien du Sheraton. Vox sur toute la ligne. Mais là encore, il y a une surprise.

— Laquelle ?

— Depuis le Sheraton, on a aussi appelé l'appartement de Lewine.

— Martine m'a expliqué que son numéro de téléphone était presque identique à celui d'une brasserie. Elle a cru à une erreur.

— Eh bien, ça n'en était pas une, Alex. Sagnac avait raison : Lewine et lui ont réussi à appâter Vox. Et toi, quoi de neuf ?

— Le légiste vient de me confirmer qu'il n'y a pas eu viol.

— Si le salaud se met à muter comme les virus, ça va devenir coton.

Cheffert se tourna vers la vitre pour éternuer. La sonnerie de son téléphone sembla lui vriller le crâne. Il décrocha. La voix de Delmont était aussi chaude qu'un kilo de glace pilée. Cheffert écouta puis raccrocha sans un mot. Il se dit qu'il avait peut-être bel et bien bénéficié de la révélation Carambar et qu'il s'en serait bien passé. Il se tourna vers Bruce qui le regardait d'un air intrigué :

— Tu en tires une tronche, Victor !

— Le patron vient de m'appeler parce qu'il n'arrivait pas à te joindre.

— Évidemment, j'avais coupé mon téléphone pendant l'autopsie, dit Bruce en remettant le mobile en fonction. Qu'est-ce qui se passe, vieux ?

Cheffert remonta ses lunettes sur son nez et dit en détournant la tête :

— On vient de retrouver deux restes de cadavres totalement calcinés dans une 305 fracassée contre un arbre. Dans le Parc départemental de La Courneuve. C'était une voiture volée hier à Aubervilliers. Il y avait un Ruger SP dans l'habitacle.

Victor Cheffert se tourna vers Alex Bruce et lui vit ce regard rare. Celui qu'il n'avait eu que deux ou trois fois depuis leurs six ans de cohabitation. La dernière remontait à l'inculpation du fiancé qui ne voulait pas lâcher l'ours en peluche. Il reprit :

— Après vérification, c'est l'arme de service du capitaine Lewine.

22

Le lendemain, place Mazas, Cheffert et Bruce écoutaient Sanchez devant la carcasse noire de la Peugeot 305.

— La seconde vitesse était enclenchée. La voiture roulait donc lentement quand elle a atteint l'arbre. Seul l'habitacle a brûlé. Or, dans l'hypothèse d'une fuite d'essence consécutive au choc de l'accident, le moteur aussi aurait dû prendre feu.

— Un accident simulé ? intervint Bruce.

— Tout juste. Il y a des traces de plomb dans les cendres. Pour moi, les corps ont été aspergés d'essence.

— Qu'est-ce qu'il en reste ?

— Cinq grammes d'os et deux dents de sagesse. Je considère qu'on a du bol vu l'intensité de l'incendie.

— Je vais demander le diagramme dentaire de Bertrand Delcourt et de Martine Lewine à leurs dentistes respectifs, dit Bruce d'une voix neutre.

— Et moi, je préviens notre expert en odontologie pour qu'il arrête tout ce qu'il a en cours et planche pour toi, répliqua Sanchez.

Cheffert et Bruce passèrent le reste de la matinée à chercher les chirurgiens-dentistes de Bertrand Delcourt et Martine Lewine. Cheffert partit donner les documents en main propre à l'expert odontologiste de l'Institut médico-légal avant d'aller dans la foulée interroger le chef de cabine de Delcourt.

Alex Bruce se rendit chez Martine Lewine. Il ouvrit la porte avec sa clé et refit le tour de l'appartement. Il s'attarda dans la salle de bains, hésita puis déboucha le flacon d'eau de toilette posé sur la vasque. Le parfum discret de Martine Lewine. Celui qui lui avait donné l'impression d'avoir affaire à une fille saine et sportive lors de leur première rencontre. Il alla ouvrir l'une des deux fenêtres du salon. Devant lui, la façade triste d'une administration. Structure en métal et verre, quelques stores tirés, gris sale. Il y avait mieux comme paysage de rêve. On voyait les employés au travail. Une réunion, un type au téléphone qui faisait des grands gestes, une femme devant un ordinateur. Bruce se pencha : un promeneur laissait son chien chier au milieu du trottoir.

Un espace vert se déployait devant l'immeuble. Des chênes montraient leurs têtes jaunes encore tachées de vert et qui bruissaient. Il pleuvait toujours. Le vent refoulait crachin et odeur végétale vers le visage du commandant. Il imagina Lewine, debout à sa fenêtre, la nuit, humant les arbres frémissants. Au loin, la circulation bourdonnait. Il regarda le feuillage bouger jusqu'à ce qu'un bruit de train l'interrompe. Une longue coulée métallique qui se dilua vers le nord et finit par mourir.

Bruce referma la fenêtre et le bruit du vent se transforma. Les rafales fouettaient les façades et s'engouffraient dans les interstices de l'immeuble. Il refit le tour de l'appartement. Pas de livres de fiction. Seuls quelques ouvrages concernant la police judiciaire et le droit pénal. Des cassettes vidéo aussi : le dessin animé *South Park*, les films de Bruce Lee. Et des films d'action américains de bonne qualité. Un point de plus pour Lewine ; Bruce les appréciait aussi pour leur rythme imbattable. Il alla à la chambre et s'assit sur le lit en fixant le placard. Il y avait un cendrier vide sur la table de chevet.

Bruce alluma une cigarette, en tira quelques bouffées, la posa sur le cendrier, enfila ses gants et ouvrit le placard. Il trouva le matériel dans un sac de sport : quatre bracelets en cuir noir munis de chaînes, une cravache en cuir tressé et un vêtement en latex noir. L'étiquette indiquait size XXL. Il le déplia. C'était une combinaison moulante à quatre ouvertures. Deux pour les yeux, une pour la bouche, une pour le sexe. Elle se fermait dans le dos avec un scratch.

Il tourna la tête vers le lit et imagina Delcourt allongé sur le dos, revêtu de sa combinaison, les membres écartés et enchaînés aux montants de bois. Et Martine Lewine, debout, en sous-vêtements noirs, la cicatrice rose en Y barrant son ventre plat, la cravache en main. Cette même expression vide sur le visage. Sa bouche aux lèvres pleines à peine entrouvertes comme lorsqu'il l'obligeait à le fixer dans le miroir du Sheraton.

Bruce étala la combinaison au milieu du lit pour qu'elle forme un X. Il recula pour juger de l'effet. Et si le scénario était différent ? Fallait-il imaginer Lewine nue, sanglée, et Delcourt déguisé en Fantômas d'opérette brandissant la cravache et la flagellant en cadence ? Qui était le bourreau de l'autre ? Et jusqu'où pouvait aller l'escalade dans un jeu amoureux devenu fou ? Jusqu'à l'incendie d'une voiture. Avant un parcours semé de meurtres de femmes.

Est-ce que Delcourt était Vox ? Et si oui, pourquoi avait-il appelé Lewine depuis le Sheraton ? Elle avait prétendu avoir été réveillée par quelqu'un qui voulait réserver une table chez Charlot Roi des Coquillages. Non, pas exactement en fait. Bruce se souvenait qu'elle avait dit : « Le téléphone a sonné il y a cinq minutes. Ça arrive quelquefois : mon numéro est le même que celui de Charlot Roi des Coquillages à un chiffre près. » En fait, elle n'avait jamais précisé que son interlocuteur avait parlé. Avait-elle inventé cette histoire parce qu'elle savait que l'appel depuis le Sheraton serait tracé ? Dans ce cas, son « mensonge » témoignait d'une présence d'esprit singulière puisque Bruce venait de la réveiller.

Si Vox avait éprouvé le besoin d'appeler Lewine après le meurtre de l'hôtesse, c'est qu'il avait bel et bien mordu à l'hameçon. Et entendu la voix de Lewine. Cette voix différente. Cette voix incendiaire.

Joigny avait dit quelque chose comme : Delphine Seyrig et Isabelle Castro sont mortes, il ne reste plus que Jeanne Moreau. Elles étaient capables en lisant l'annuaire du téléphone de capturer l'attention de leur auditoire. Lewine aussi. Il s'apercevait que sa voix lui manquait. Cette profondeur qu'elle avait en elle et qui contredisait le visage lisse, les yeux gris et froids. Cette force. Cette puissance qu'elle avait lorsqu'elle dressait son Ruger SP et touchait la cible dans un seul mouvement coulé. Il savait que pour y arriver il fallait des années de pratique qui vous faisaient petit à petit trouver l'équilibre parfait et subtil entre le physique et le mental. La même maîtrise que celle des pratiquants de kung-fu. Elle avait d'ailleurs réussi à envoyer Guedj au tapis. Un bon gabarit pourtant, Fred Guedj. Même saoul.

La sonnerie de son mobile l'interrompit. Victor Cheffert avait rencontré le chef de cabine de Delcourt, une femme d'une cinquantaine d'années. Le steward avait atterri à Roissy hier, par le vol de quinze heures. Soit un jour plus tôt que prévu. En fait, à peine arrivé à Tokyo Narita, il avait modifié son planning et échangé sa prise de poste avec un collègue. La supérieure de Delcourt ne semblait guère l'apprécier et le jugeait « immature ». En partie à cause d'une attitude « trop flirteuse » à l'égard des hôtesses. L'une d'elles avait eu une discussion avec le steward entre Tokyo et Paris. Le jeune homme rentrait plus tôt que prévu pour se rendre à une soirée organisée par une maison de disques.

— Tu as eu l'adresse ? demanda Bruce.

— Non, l'hôtesse n'en savait pas plus. Mais en rentrant de Roissy, j'ai réalisé que l'endroit où la voiture avait flambé était sur le trajet de l'aéroport.

— J'y ai pensé aussi, dit Bruce après un temps.

— Tu es où ?

— Chez Martine.

— Tu veux que je vienne ?

— Non, ça ira. On se retrouve demain à la PJ. Si tu as besoin de me joindre cette nuit, appelle-moi sur mon mobile.

— Pourquoi ? Tu restes rue Clapeyron ?

— N'oublie pas que le serrurier m'a confié les clés de son appartement, Victor.

— Je n'oublie pas. T'es sûr que tout va bien ?

— Mais je vais beaucoup mieux que toi, mon vieux. Ta grippe a l'air bien accrochée. Tu ferais mieux de la soigner avec autre chose que du caramel. Salut.

Bruce glissa son téléphone dans sa poche puis plia la combinaison de latex et la remit à sa place. Il tenta de repérer un numéro de série sur les bracelets. Sans succès. La cravache fut plus parlante : elle avait été achetée chez Hermès. Sellier chic, luxe absolu. Ça ne collait pas avec la déco de l'appartement, les vêtements passe-partout de Lewine, les films d'action américains et Bruce Lee. Avec *South Park* peut-être. Et encore. Bruce s'attaqua aux papiers d'identité. Un passeport vieux de quatre ans lui apprit qu'elle était née à Paris 12e, le 20 juillet 1964. Sur la photo, elle avait une coiffure différente et des cheveux plus clairs. Un air de terroriste allemande. Il y avait quelques diplômes de tir, un cahier de comptabilité avec les bordereaux de carte bancaire et les relevés de carnets de chèques. Le capitaine Lewine menait le train de vie normal d'une fonctionnaire de police. Aucune trace d'achat chez Hermès.

Bruce téléphona à Sanchez qui officiait chez Delcourt avec son équipe et lui demanda de chercher la facture ou le ticket de carte bancaire correspondant à l'achat de la cravache. Il reprit ensuite sa propre investigation et s'intéressa aux placards. Il trouva des sous-vêtements en coton très simples et qui sentaient l'adoucisseur à la lavande, des vêtements de sport, de bonnes chaussures de course, un lecteur de cassettes fixé à une ceinture. Lewine courait en musique. Sur de la *dance* anglaise essentiellement. Bruce ouvrit toutes les boîtes. Pas de trace d'enregistrement suspect. Chaque cassette correspondait à son emballage d'origine.

Il retourna au salon étudier la petite collection de CD rangée à côté de la chaîne stéréo. Vivaldi, Mozart, Jacques Brel, Miossec. Et deux autres qui tranchaient dans le lot: *Kaleidoscope* de Jam & Spoon et *Big Calm* de Morcheeba. Les deux disques qu'il écoutait tout le temps en ce moment. Bruce remarqua les étiquettes de prix qu'on n'avait pas décollées. Les deux boîtiers étaient neufs. Il réfléchit en regardant la fille blonde sur le CD *Kaleidoscope*. Son visage impassible avait quelque chose de celui de Lewine. Il se souvint qu'avant que Fred Guedj ne l'agresse, elle était restée seule rue Oberkampf et que les deux CD traînaient toujours sur la table basse, à portée de main.

Il ouvrit *Kaleidoscope,* le glissa dans le lecteur et sélectionna son titre favori: *Guiding light*. Un son de basse progressif. Un rythme puissant. Bruce ferma les yeux.

On the darkest night
When I'm deafened by the sound of silence
Will you be my guiding light, be my guiding [light
And save me

Il rouvrit les yeux et fixa le mur blanc devant lui. Il imagina Martine Lewine dans la nuit la plus sombre, assourdie par le bruit du silence de sa geôle ventre rose et qui l'appelait au secours. Il porta machinalement sa main à son holster. Il n'avait que son Manurhin. Il n'avait que ça pour descendre les marches de l'enfer. Ça et sa cervelle. Sa cervelle qui semblait fonctionner sur un mode inconnu depuis qu'il avait vu l'habitacle ravagé de la 305. Était-ce la voix de Lewine qui l'appelait depuis l'au-delà ? Ou celle d'une femme qu'il avait toujours attendue sans le savoir. Une femme morte ou une femme vivante, prisonnière d'elle-même ou véritable séquestrée ? Il lui sembla que le visage de Tessa perdait de ses contours et que celui de Martine se substituait petit à petit à lui. S'il écoutait ses tripes, elles lui disaient que Lewine était vivante, que ses yeux brillaient de honte, de peine ou d'espoir, que ses lèvres pleines formaient les mots « Sauve-moi, sauve-moi, sauve-moi ! ». Et cette voix imaginaire de Lewine qui s'était inscrite dans sa mémoire indépendamment de sa volonté était à la fois une douleur et un bonheur.

23

— « *Acclamer* : Du latin *acclamare*. Pousser des cris marquant la joie ou l'approbation. La foule acclame le triomphateur. Acclimatation : Action d'acclimater. »

Assise en tailleur, le dictionnaire de poche posé sur les genoux, elle lisait en marquant d'infimes pauses entre les entrées, distinguait par de subtiles variations tonales les mots de leurs définitions. Il l'écoutait avec délectation, appréciait jusqu'au son du frottement de l'index et du pouce de la main droite sur le papier bible au moment où elle tournait la page, la rabattait sur la précédente. Son pouce traçait alors une oblique à la fois vive et caressante pour aller se replacer à côté des trois lettres capitales de la page de droite. Elle avait terminé les pages 23 et 24, la zone appelée ACA, en était au milieu de la deuxième colonne d'ACC. La dernière page était intitulée ZYM. C'était comme un mot magique qui leur ouvrirait les espaces infinis d'une nouvelle existence.

Vox avait calculé qu'avec une moyenne de quatre minutes par page, il lui faudrait environ huit jours pour lire l'intégralité du dictionnaire à condition qu'elle s'y adonne quotidiennement seize heures. Il était sûr qu'elle en avait la capacité : c'était une forte nature. Le sirop opiacé l'aiderait. Elle effectuerait sa lecture dans un état agréable. Elle se laisserait emporter par le sommeil le reste du temps. Il la réveillerait pour chaque séance.

Il lui avait acheté un pull et des chaussettes de laine pour qu'elle ait chaud et que sa voix ne chevrote pas. Par la fente de ses lèvres souples, les mots roulaient en perles. Il appréciait que son visage soit si inexpressif. Ainsi, l'essentiel n'était pas pollué. Elle avait accepté tout de suite de lire, compris immédiatement qu'elle n'avait pas le choix. Elle avait écouté ses instructions, bu la moitié de la bouteille de sirop, ouvert le *Littré* et commencé sa lecture sans aucune hésitation. Il savait qu'en son absence elle continuerait d'obéir et lirait jusqu'à l'épuisement. Elle avait bien compris que c'était une nécessité sur laquelle il ne transigerait pas. Elle avait bien noté qu'il vérifiait les bandes. Martine Lewine était la femme la plus intelligente qu'il ait jamais rencontrée.

Il portait son bas sur le visage ; il avait son appareillage pour modifier la voix. Elle avait eu un drôle de regard quand elle l'avait vu avancer, le corps si musclé, parfait dans sa nudité de statue. Il offrait à son regard cette beauté gagnée au prix de nombreuses années d'effort. Il ne regrettait pas d'avoir sorti de ses archives cet extrait où elle hurlait « gros porc impuissant ». C'était magnifique, ce choc des époques. Aujourd'hui, cette femme réalisait qu'il ne fallait pas se fier aux apparences. C'était le tout début de son initiation. Elle finirait par comprendre qu'il lui offrait de renaître en sa compagnie et lui ouvrait le passage. Pour l'instant, elle ne l'avait pas encore pleinement accueilli, reconnu. Peu importait, ils avaient l'éternité pour cela.

Il aimait cette femme profondément. Il n'y avait qu'elle qui pouvait porter ce nom sacré. Femme. Flamme. Dame. Lame. Quand elle en serait à ces mots-là dans le dictionnaire, il viendrait l'écouter en direct comme maintenant. Il viendrait jouir de cette puissance qui l'avait subjugué dès le premier instant. Je t'aime, Martine Lewine. Je t'aime intensément. Tu es la seule pour moi et nous vivrons pour l'éternité. Au diapason du supra-univers.

Il avait essayé de la posséder charnellement cinq ans auparavant. C'était une erreur. Il lui avait fallu de longs mois pour comprendre que ce n'était pas cela qu'il voulait d'elle. Ce qu'il voulait vraiment, c'était fusionner avec Martine Lewine. Marier leurs deux consciences pour devenir un être complet et donc parfait. Le seul moyen était de donner la mort à son corps de guerrière et de mortelle en ayant pris soin auparavant de sauvegarder sa voix, le véhicule de sa conscience. Lui faire prononcer tous les mots existants pour qu'ils puissent par la suite dialoguer. Le dictionnaire. Une si belle idée. Si simple.

Abandonner son corps n'était pas un sacrifice. Seuls les imbéciles imaginaient leur existence comme quelque chose de matériel et d'établi. Ils oubliaient que nous n'étions faits que de particules subatomiques allant et venant, apparaissant et disparaissant à une vitesse inconcevable. Ils oubliaient que nous étions tous à quatre-vingt-dix-neuf pour cent constitués de vide. Des objets ténus évoluant dans un monde étrange échappant aux règles du bon sens. Des objets ténus et pourtant… Le nombre de neurones de chaque humain était à peu près égal à celui des étoiles dans la Voie lactée.

Vox s'assit en tailleur à trois mètres d'elle, imagina un axe de symétrie lumineux qui les inscrirait dans le périmètre de la pièce rectangulaire. Grâce au mur construit sur toute la longueur du local, personne ne pouvait deviner l'existence de cette cache : un mètre cinquante de large sur huit mètres soixante-dix de long, isolation phonique, chaînes encastrées, éclairage et caméra reliés à l'extérieur. Pour l'aération, c'était un peu juste. Il avait mis un petit ventilateur près du panneau coulissant qu'il laissait ouvert une heure ou deux quand c'était possible. Pour les murs, plus de rose cette fois. Il avait opté pour un capitonnage beige, de la couleur exacte de sa propre complexion. Il choisirait la même nuance pour sa peau synthétique. Il choisirait aussi une reproduction presque identique de leurs beaux corps biologiques. Musclés et aguerris comme ceux des animaux supérieurs.

— «*Accoiser*: Rendre coi, calme, tranquille. Accoisez tous les mouvements de votre intérieur pour écouter cette parole. *S'accoiser.* Ce verbe, en usage au XVIIe siècle, est tombé en désuétude. *Accolade*: Embrassade en jetant les bras autour du cou…»

Elle ne bougeait pas. Hiératique dans sa pose. Femme au-delà des âges et des époques. Il ferma les yeux, prit appui sur ses bras tirés en arrière et renversa légèrement la tête pour s'immerger dans l'onde de sa voix. Merveilleuse Martine Lewine. Somptueuse Idoru.

*

« On ne dit pas les Rurusses mais les Tchétchènes. »

Alex Bruce relut la blague une deuxième fois puis fit une boulette avec le petit papier de Carambar abandonné par Cheffert lors de leur première visite et poursuivit l'investigation de la poubelle. Il y trouva le *France-Soir* d'avant-hier, le ticket de caisse Monoprix pour le T-shirt. Un emballage de plat surgelé et une boîte de cerises au sirop qui témoignaient du peu d'intérêt de Lewine pour la cuisine. Une boîte de bière mexicaine et enfin une bouteille en plastique de Gatorade. Une boisson pour l'effort sportif. Et pour un dernier jogging.

Il remit les ordures dans la poubelle. En se lavant les mains dans l'évier, il vit le reflet de son visage dans la vitre. Il se trouva l'air reposé bien qu'il ne se soit accordé que quelques heures de sommeil. Le jour se levait et il avait dormi dans le lit de Martine Lewine. Ou plutôt sur le lit, tout habillé. Le réceptacle à souvenirs inavouables. Dès le réveil il avait appelé la place Mazas et l'expert en odontologie lui avait dit que le bout de mâchoire et les deux dents correspondaient en tous points au diagramme dentaire de Bertrand Delcourt.

Bruce revint au salon et se pencha pour voir encore le feuillage des chênes qui bougeait doucement. Un ballon orange avec une tête de citrouille grimaçante était coincé dans le plus gros des arbres. Bruce se dit qu'il aimait décidément bien la vue depuis cet appartement malgré les bureaux gris de l'autre côté de la rue. Il essaya encore une fois de saisir une donnée qui affleurait mais restait cachée. Coincée comme le ballon d'Halloween. Son téléphone mobile sonna. Sanchez avait retrouvé la facture Hermès. Elle concernait bien une cravache en cuir tressé d'un montant de mille cinq cents francs, achetée dans la boutique du Faubourg-Saint-Honoré. La date de l'achat était le 16 juillet de cette année. Bruce comprit que Bertrand Delcourt avait acheté la cravache à Martine Lewine pour son dernier anniversaire. Tout laissait présager qu'elle en était l'utilisatrice et que c'était elle qui fouettait Delcourt et non l'inverse. « On est restés ensemble. Ça s'est fait comme ça. Il était gentil et beau garçon. J'attends que ça s'arrête. Mon instinct me dit que ce n'est pas encore l'heure. »

Alex Bruce réalisa qu'il avait faim. Il descendit au café du coin manger un jambon-beurre et boire un café. Il regarda les infos à la télévision en compagnie de deux habitués qui fonctionnaient déjà au petit blanc mais commentaient l'actualité avec détachement. Le présentateur ne mentionna pas la voiture incendiée à La Courneuve. Bruce payait l'addition quand son mobile sonna une nouvelle fois. Cheffert était arrivé au domicile de Delcourt pour prêter main-forte à Sanchez et venait de faire une découverte. Sa voix était plus rauque que jamais et il ne pouvait s'empêcher de renifler.

— Écoute ça ! dit-il. (Bruce tendit l'oreille.) « Ne... regarde... pas le visage de l'I-do-ru. Ne regarde pas... le visage de l'Idoru. Ne regarde pas le visage de... l'Idoru. »

— Qu'est-ce que c'est ? demanda Bruce.

— Peut-être bien la dernière incantation de Vox. On vient de retrouver toutes les cassettes des meurtres planquées sous une latte de parquet dans la chambre de Bertrand Delcourt. Et la télécommande du lecteur de CD d'Isabelle Castro, en prime.

— Qu'est-ce que l'histoire de l'Idoru vient faire avec le reste... dit le commandant comme pour lui-même.

— On a aussi retrouvé le roman de William Gibson dans sa bibliothèque maigrelette. Entre un Patricia Cornwell et un Mary Higgins Clark. Et ça non plus, ça ne colle pas.

24

Bruce s'installa au salon et glissa la cassette avec la voix de Kassidy qu'il gardait toujours sur lui dans le lecteur. Il l'écouta attentivement puis lut à haute voix la phrase sur l'Idoru. Il était bien d'accord avec Cheffert. Ça ne collait pas. L'accumulation des phrases précédentes créait une histoire de spéculation scientifique tandis que la « dernière incantation de Vox » était empruntée à la création littéraire. Il se leva et alla à la fenêtre pour que le balancement des arbres l'aide à réfléchir. Au bout de la rue, il vit arriver le camion à benne verte des éboueurs.

Maïté Joigny avait dit qu'Isabelle Castro était fascinée par cette histoire de femme virtuelle mais l'animatrice radio n'avait peut-être pas découvert William Gibson toute seule. Vox y était sans doute pour quelque chose. Cependant, même si Delcourt était Vox, la présence d'un livre de science-fiction branché faisait tache au milieu des ouvrages grand public que recelait sa « bibliothèque maigrelette ».

Plusieurs théories étaient envisageables, largement aussi dingues que celle d'une passion amoureuse entre un chanteur et un ectoplasme mathématique. Entre autres, celle d'un couple diabolique, celui de Lewine et Delcourt. Un amour noir en escalade trouvant son carburant dans le meurtre. Vox à deux voix.

Mais le visage de Martine Lewine ne mentait pas ce matin au Sheraton. De ça, il était sûr. Il se dit soudain qu'il aurait pu la prendre dans ses bras. Un homme et une femme dans une chambre d'hôtel. Si près l'un de l'autre. Elle lui avait raconté son histoire mais s'il l'avait enlacée, que serait-il arrivé ? N'aurait-elle pas prononcé encore une phrase, ou un simple mot qui aurait tout changé ?

Un bruit soudain le tira de ses pensées. Une dégringolade métallique mourut lentement comme le bruit des trains. Bruce se leva d'un bond. Il venait de comprendre qu'il avait entendu le vide-ordures. Il n'avait pas pensé que l'immeuble pouvait en être équipé. Il descendit l'escalier quatre à quatre et fonça au sous-sol. Une poubelle verte était placée sous le conduit. Il se pencha. Vide. Il reprit l'escalier et courut vers le portail en verre. Un éboueur tirait la poubelle vers le camion. Bruce lui cria d'arrêter en montrant sa carte d'officier de police.

Lorsqu'il en renversa le contenu sur le trottoir et commença à fouiller, l'éboueur, un grand blond à moustaches retournées aux pointes, le considéra d'un œil de philosophe. Il y avait des sacs en plastique de toutes les couleurs, pour la plupart aux armoiries des supermarchés du quartier. Le commandant trouva la cassette audio, de format normal cette fois, de marque TDK, la seule à ne pas être mise en sac (hormis trois bouteilles de champagne). Il se redressa tout sourire en essuyant la cassette sur son pantalon.

— Ah ! j'aimerais bien l'entendre cette bande, dit l'éboueur. Ça a l'air drôlement palpitant !

— Vous seriez déçu, répondit Bruce.

— Vu votre air content, j'crois pas.

Un fond sonore. Comme une opacité qui n'avait rien à voir avec les ambiances bien « propres » offertes par Vox. Une voix d'homme retentit. Étrangeté immédiate. Elle semblait résonner dans une pièce vide et rebondir sur des parois ouatées qui finissaient par l'absorber. Le ventre rose. Bruce visualisa un homme avec un appareillage grimant la voix comme dans *L'Affaire Thomas Crown* lorsque Steve McQueen engage des voleurs et veut garder l'anonymat. Quant à la voix de femme, c'était celle de Martine Lewine. À n'en pas douter.

« Danse ! Danse ! Danse !

— J'en ai marre, espèce de taré !

— Danse ! Danse ! Danse !

— Qu'est-ce que tu veux à la fin ? hein ? Qu'est-ce que tu veux, espèce de sous-merde, gros porc impuissant !

— Danse ! »

Danse ! Danse ! Danse ! ou le dernier mantra en vogue. Est-ce que Sagnac y trouverait aussi la « résonance infinie du Verbe originel » ? Bruce alluma une cigarette, tira une bouffée et l'écrasa en se disant qu'il prenait la fâcheuse habitude de fumer le matin. Il regretta de ne pas avoir de caramel métaphysique sous la main et réfléchit. La cassette avait été jetée directement au vide-ordures. Pourquoi ? Lewine la possédait-elle depuis plusieurs années et avait-elle voulu brusquement s'en débarrasser ? Ou bien... l'avait-elle récupérée d'une manière ou d'une autre, sans savoir de quoi il s'agissait ? En la réécoutant, elle avait pu ressentir un choc, sentir son passé remonter à la surface d'un seul coup. Il se souvenait d'avoir dit à Cheffert qu'elle était comme un puits. Secrets inavouables. Tellement inavouables qu'elle avait éprouvé le besoin irrationnel mais violent de jeter la cassette. Dans le trou noir du vide-ordures. Et peut-être bien dans le feu de l'action, en sortant de chez elle. Mais pour aller où ? Pas pour mettre les voiles comme le pensait Cheffert ; Lewine ne pouvait pas être du genre à fuir ses responsabilités.

Sensation légère du côté du plexus. C'est toujours ce que le commandant ressentait lorsqu'il savait d'instinct être sur la bonne voie. Il téléphona à Jean-Pierre Maréchal, un de ses collègues du SDECE qui s'occupait de reconnaissance vocale. Ils convinrent de se retrouver dans un café en face de la gare Saint-Lazare. Maréchal commanda un demi et Bruce un café. Le commandant voulut glisser la cassette dans le petit magnétophone qu'il venait d'acheter à la Fnac mais Maréchal l'arrêta d'un geste et dit :

— Avant tout, il faut que tu saches qu'on a très peu de chances d'identifier la voix de ton bonhomme. Si on tient compte ne serait-ce que des paramètres d'enregistrement et de transmission, on entre déjà dans un embrouillamini infernal. Là-dessus, rajoute toutes les techniques de modification de la voix, électroniques et naturelles, et tu comprendras ta douleur.

— Je ne m'attends pas à ce que tu me sortes son empreinte vocale. Et je sais déjà que le type s'est équipé d'un appareillage et qu'il parle dans une pièce insonorisée. Mais je sais aussi que tu es un as, Jean-Pierre. La reconnaissance vocale a des implications en matière de défense nationale et de renseignement. Je me doute bien que vous n'êtes pas payés à vous tourner les pouces, tes collègues et toi.

Jean-Pierre Maréchal ne réussit pas à dissimuler un petit sourire flatté. Il but une gorgée de bière et d'un geste indiqua à Bruce qu'il pouvait lancer la bande. À la fin de l'écoute, il lui demanda de la repasser puis utilisa un écouteur pour capter une troisième fois le son, directement dans le magnétophone. Maréchal fit un peu durer le plaisir, content du regard intense de Bruce qui venait d'allumer une cigarette pour en tirer deux bouffées et l'écraser dans le cendrier.

— Ce que je peux te dire, Alex, c'est que ton bonhomme – si c'est un homme, ce qui reste à prouver – a un petit problème d'élocution. Et ça n'a rien à voir avec le chuintement qui, lui, tient à l'appareillage.

— Quel genre de problème ?

— Un bégaiement. Il essaye de le planquer en répétant toujours le même mot. On peut parier qu'il s'est entraîné avant. Mais l'hésitation, même si elle est très subtile, est là. Je te le garantis. C'est un bègue. Qui essaie violemment de se dominer. Et qui y réussit.

Le commandant Bruce faisait face au lieutenant Félix Mandelot dans son bureau du commissariat du 8e. Le jeune homme était allé lui chercher le dernier dossier sur lequel son équipe, menée par le capitaine Lewine, avait travaillé. Il s'agissait du dossier « Amelia Di Santano ». D'office, Mandelot avait apporté un café sucré. Maintenant, le lieutenant était occupé à téléphoner à quelqu'un qui avait toutes les chances d'être un indic à propos d'une histoire de voitures maquillées dans un garage de l'arrondissement.

Bruce avait lu le dossier deux fois en détail. Il releva le nez et attendit que Félix Mandelot ait raccroché avant de demander :

— Si je comprends bien, Amelia Di Santano est une prostituée toxicomane. Le capitaine Lewine l'a arrêtée en février dernier pour recel et consommation à la suite d'une rafle dans le 8e. Et la fille est revenue la voir spontanément, il y a trois semaines, pour porter plainte. Un client l'avait tabassée.

— Exact.

— Dis-moi, Félix…

— Oui ?

— Tu avais déjà vu une pute déposer plainte contre un client ? Qui plus est une pute tapinant dans le 9e et déposant plainte au commissariat du 8e.

— Non, commandant.

— Moi non plus. Ça n'a pas étonné le capitaine Lewine ?

Mandelot sourit comme s'il remuait quelques bons souvenirs. Il dit :

— Martine ne s'étonne pas facilement. Elle se doutait bien que la pute était venue la voir parce qu'elle était une femme flic. A priori plus motivée qu'un collègue masculin pour intervenir.

— Tu sais ce qui lui est arrivé il y a cinq ans ?

— À la pute ?

— Non. À Martine ?

— Oui, je sais. Et… je pense que ça a joué. Elle était effectivement toujours très motivée lorsqu'il s'agissait de coffrer les cogneurs de femmes.

— Là où ça se complique, c'est qu'on trouve aussi une cogneuse de mecs dans le dossier.

— Ah oui ! Morticia. Encore une Bolivienne mais dans le genre dominatrice. Un sacré numéro. Frappante mais pas très causante.

— Pourquoi, à ton avis ?

— Je crois qu'elle ne s'intéresse qu'à son business. Son « cul boutique », comme disent les putes africaines, et je ne sais pas comment on appelle ça en Bolivie. Morticia ne sait pas grand-chose. Je n'en dirais pas autant d'Armando Mendoza.

— Un client de Morticia et le type contre qui Amelia a porté plainte, c'est ça ?

— Tout à fait. Comme vous le voyez, c'est une affaire de famille.

— On sait où le trouver cet Armando ?

— Bien sûr. Le seul problème, c'est qu'il jacasse beaucoup mais parle finalement assez peu.

— Est-ce qu'il est bègue ?

— Non. Pourquoi ?

— Pour rien. Bon, si Armando Mendoza nous crée des difficultés, ça va être coton. Parce que le temps presse.

— Commandant, qu'est-ce qui est arrivé au juste à Martine ?

— Rien de nouveau par rapport à ce que je t'ai dit tout à l'heure au téléphone, Félix. Personne ne sait où elle est.

— Eh bien, Mendoza, on va se le faire à deux si vous voulez bien.

La suspension à halogène éclaira violemment un vaste lit rond tendu de draps rouges en soie. La couverture en fausse peau d'ocelot avait glissé sur la moquette noire. Vêtu d'un pyjama bleu électrique, Armando Mendoza se redressa d'un bond. Son crâne rasé fit un piédestal à la fille en guêpière de cuir rouge sur la photo grandeur nature encadrée en doré derrière lui. Alex Bruce réfréna une grimace et Félix Mandelot dit en désignant le décor de la pointe de son pistolet automatique :

— On savait que t'avais un goût de chiotte, mon gros. Ça se confirme.

Les yeux ronds, Mendoza fixa tour à tour les gants en vinyle de ses deux interlocuteurs et le mufle en acier du Manurhin. Mandelot ajouta :

— Hé ouais ! C'est un six-coups chambré en 357 Magnum. Tu aimes ?

— Depuis quand vous braquez les gens chez eux ? lâcha le Bolivien. Je parie que vous avez pété la serrure en plus. C'est complètement illégal. Et pourquoi est-ce que vous portez des gants ?

Bruce s'assit au bord du lit et alluma une cigarette. Mendoza le toisa puis écarta les bras dans un geste expressif à l'adresse de Mandelot. Tout le monde comprit qu'il semblait demander : « Et celui-là, c'est qui ? » Puis le Bolivien cligna des yeux et ajouta :

— Hé ! mais vous êtes le flic de la télé. Celui qui court après le serial killer.

— Exact.

— Ben alors, qu'est-ce que vous me voulez ?

— À ton avis ?

— J'en ai aucune idée !

— Cherche un peu mieux, dit Bruce en tirant le drap.

Dormir dans la légèreté de la soie mais avoir les pieds douillets. C'était le choix qu'avait fait Mendoza. Ses chaussettes étaient d'un gris étonnamment neutre.

— Je vois vraiment pas !

— Tu devrais savoir qu'il n'est pas recommandé de toucher à un flic, ajouta Bruce.

— Quel flic ?

— Le capitaine Martine Lewine. Que tu connais bien.

— Ouais, je vais passer en jugement à cause d'une plainte qu'elle a enregistrée. Et malheureusement pour moi, y a pas de lézard. Elle est du côté des flics et moi des ripoux, tout est clair. J'ai pas touché à Lewine comme vous dites. Et Lewine a rien touché de moi. Archi-clair, je vous dis.

D'un geste, Mandelot fit signe au Bolivien de se lever. Il souleva son oreiller puis celui des invitées. Il émit un sifflement et dit :

— Un Smith et Wesson modèle 49 Bodyguard ! Petit gabarit, poids plume, calibre 38. Facilement dissimulable. Tu choisis mieux tes flingues que tes fringues, mon gros.

Le lieutenant enleva les cartouches du magasin et les glissa avec l'arme dans un sachet en plastique qu'il fourra dans sa poche. Il ouvrit le tiroir de la table de chevet pour découvrir un petit paquet de poudre blanche, un miroir et une paille.

— Ça aussi, c'est complètement illégal, dit-il. Et très nocif pour tes neurones. Mais il t'en reste sûrement quelques-uns qui vont te permettre de nous raconter deux ou trois bricoles.

Mendoza poussa un gros soupir, s'assit en tailleur sur le lit et commença à se tripoter les orteils à travers les chaussettes grises.

— On n'a pas tout notre temps, mon gros !

— Elle ne veut pas intervenir pour la plainte, hein, c'est ça ? Elle vous a dit que je savais pour Roberto. Et vous venez prendre les infos. Et allez donc ! Vous voulez serrer gratis ce serpent à sonnette de Louis !

Au passage, Bruce nota que les *s* du Bolivien sonnaient tout différemment de ceux du « gros porc » de Lewine. Pas de chuintement, ni de subtile hésitation. Il laissa le lieutenant Mandelot rétorquer :

— Armando, je savais pas que ta chaîne était cryptée. Tu veux bien traduire ?

Le Bolivien se fit prier encore un peu et lâcha un morceau qui semblait à peu près tenir la route. L'histoire était la suivante. Mendoza avait proposé ses services d'indic à Martine Lewine en échange du retrait de la plainte d'Amelia Di Santano. Il n'avait pas agressé sa compatriote. Celle-ci était tombée sur un drôle de client, amateur de claques et de défenestration de flics. D'abord réticente, bien qu'émue par le rapport entre le récit de Mendoza et sa propre mésaventure, Lewine avait pesé le pour et le contre avant d'admettre que la proposition tenait la route. Manque de bol, peu de temps après cet entretien fructueux, une fille de la rue de Provence apprenait à Mendoza la disparition d'Amelia. Sueurs froides et gros tracas. Après avoir essayé sans succès de joindre Lewine, le Bolivien s'était décidé à limiter pour un temps la fréquentation de son plumard en soie (et même de sa vie en général) à son seul revolver.

Armando Mendoza enfila un manteau de cuir à col de fourrure sur son pyjama bleu et une paire de baskets rouges. Bruce utilisa encore une fois les services du lieutenant Mandelot pour l'aider à l'embarquer quai des Orfèvres. Une fois sur place, il confia Mendoza aux bons soins du commandant Martial Logeais. Alex Bruce partit ensuite voir Victor Cheffert.

Il trouva le capitaine en pleine discussion avec Marc Sanchez. Le procédurier lui dit qu'il tombait à point pour profiter de leurs dernières réflexions.

— Un détail m'obsède depuis le début, reprit Sanchez. Le fait que dans la 305 on n'ait retrouvé les fragments dentaires que d'une seule victime.

— Et qu'est-ce que tu en dis ? demanda Bruce en allumant une cigarette.

— Je suis sûr que les corps ont été aspergés d'essence. Mais on peut imaginer que le meurtrier a arrosé copieusement une victime mais n'a pas déversé d'essence sur la tête et le tronc de l'autre, en l'occurrence Bertrand Delcourt. Tout ça pour nous permettre de l'identifier.

— Et s'il laisse derrière lui le Ruger SP de Lewine, c'est parce qu'il veut que l'on pense que c'est elle, continua Bruce. En réalité, il s'agit de quelqu'un d'autre.

— Ce qui collerait bien avec ce style « maîtrise totale de la situation » auquel Vox nous a habitués jusque-là, enchaîna Victor Cheffert.

Alex Bruce se souvint de *Vol au-dessus d'un nid de coucou* qu'il avait vu des siècles auparavant. Jack Nicholson y jouait le rôle d'un dingue à l'asile. Parmi ses copains malades mentaux, un Indien impassible. Il exprimait sa joie avec la tronche de Buster Keaton en déclarant : « Mon cœur s'envole comme un faucon. » C'est bien ça, se dit Bruce en restant assis sans plus bouger un cil : mon cœur s'envole comme un faucon.

— Le seul problème, ajouta Marc Sanchez, c'est que Lewine a pu aussi orchestrer sa propre disparition.

— Et si on réfléchissait tout différemment ? proposa Bruce. J'ai une prostituée qui a disparu. Une certaine Amelia Di Santano impliquée dans la dernière affaire de Martine au commissariat du 8e.

— Tu la vois dans la bagnole à la place du mort ? demanda Cheffert.

— Je la vois d'autant mieux qu'elle a été tabassée par un type qui s'est vanté « de s'être fait une femme flic ». Une flic qui aurait sauté par la fenêtre.

— Les coïncidences s'accumulent, admit Cheffert.

— Il faut savoir que Martine est entrée en contact avec Amelia dès février dernier pour une affaire de dope. Elle a été agressée juste avant que Martine intègre notre équipe. Et maintenant, Martine et la pute ont disparu.

— Ce qui nous permet de conclure que les deux affaires sont liées, dit Cheffert avec un grand sourire.

— Quelles affaires ? demanda Marc Sanchez.

— La séquestration de Martine Lewine et l'affaire Vox, dit Bruce.

Victor Cheffert déballa un Carambar et jeta le papier dans la corbeille en oubliant de lire la blague.

C'est bien la première fois que ça lui arrive, se dit le commandant en lui adressant un clin d'œil.

25

Bruce souleva la bouteille de whisky. Fred Guedj n'avait laissé que de quoi s'offrir un dernier verre. Il se servit, mit Morcheeba en sourdine. Il était près de vingt-trois heures. Il venait juste de rentrer chez lui après avoir retourné le problème dans tous les sens avec Victor Cheffert alors que Marc Sanchez déclarait forfait dès le premier round. Ça n'avait pas été du temps perdu.

Si les deux affaires étaient liées, Vox et le gros porc devenaient en principe une seule et même personne. Et Martine Lewine n'était plus la dernière victime mais la première. À ce stade de leurs réflexions, Victor Cheffert avait émis une évidence : « Je ne comprends pas comment il a réussi à séduire ses victimes avec le physique du Bibendum. » Et c'était bien là le hic. Les deux hommes étaient repartis dans une nouvelle séance et Bruce avait fini par émettre une théorie intéressante : « Le désir profond de Vox est la métamorphose. Imagine un gros bègue qui, à force de volonté, réussit à se bâtir un physique et une voix. — Ouais, ça me plaît cette idée de métamorphose. — Son étape ultime, c'est l'androïde. Avec conscience humaine incorporée. — Alors Martine avait raison : tout ce qui restera de son ancienne condition humaine sera une vibration, celle de la voix. — Exact, Victor. La voix qui soutient le pouvoir du Verbe, lequel ouvre les portes de la connaissance. — Très joli, ce que tu viens de dire, Alex. — J'ai trouvé ça dans une encyclopédie électronique à propos de la religion védique. Om ! Om ! Om ! Tu connais ? C'est un mantra. — Vaguement. — Danse ! Danse ! Danse ! c'est un peu la même chose, Victor. – Si tu le dis, Alex. »

Alex Bruce et Victor Cheffert avaient ensuite téléphoné à une quarantaine d'orthophonistes pour en dénicher un qui aurait eu un bègue obèse comme patient ces cinq dernières années. Une piste sinueuse qui s'était interrompue en soirée faute de praticiens et reprendrait le lendemain. Il y avait eu un dernier épisode avant la levée du camp. Quand un OPJ avait téléphoné pour dire qu'on avait retrouvé la moto de Lewine à Roissy, dans le parking du Terminal 2. Cheffert avait regardé Bruce sans rien dire. Il était clair que le capitaine imaginait Lewine très loin du méridien de Greenwich.

Bruce continuait de réfléchir. Il avait ingurgité deux aspirines et le whisky répondait à une tentative de relaxation du corps et de dopage des neurones. Jusque-là, ça semblait fonctionner. Vox venait de passer à un autre mode. Il accélérait le rythme au point de ne plus choisir les voix correspondant vraiment à ses goûts. L'histoire de l'Idoru laissait supposer que s'il rêvait de se dématérialiser et de voir son esprit transféré dans un robot immortel, il désirait aussi commencer sa nouvelle existence avec une compagne digne de lui. Et si c'était Martine Lewine, elle avait toutes les chances d'être encore vivante. Jusqu'au moment du transfert des cerveaux.

Bruce avait besoin de sommeil mais se dit qu'il aurait bien du mal à fermer l'œil. Il termina son whisky et alla tout de même se coucher. Il se releva au bout de cinq minutes et se connecta sur le Net à la recherche d'informations sur l'orthophonie des bègues. Si le thème ne débouchait sur rien, il pourrait toujours se brancher sur la révolution cybernétique. Un sujet inépuisable.

*

« Un homme se présente chez le médecin: "Voi-voilà-doc-doc-docteur, je bébé, je bégaie." Alors le médecin: "Bien, nous zaza, nous zalons a-a-arran, arranger ça!" » C'était très bon cette histoire de bègue au moment où Alex en pointait un dans le décor. Victor Cheffert sourit au petit papier jaune et rouge avant de le lisser sur son genou et de le mettre dans la poche de sa veste en peau de mouton retournée. Il était garé rue du Faubourg-Saint-Denis, tout près du domicile de Julien Kassidy. Ça lui était arrivé trois fois ce mois-ci, et il n'en avait encore rien dit à Alex. Avant de rentrer retrouver Catherine et les enfants, il avait attendu dans cette rue avec en tête quelque chose qu'il n'arrivait pas bien à cerner. Le parfum de Ludivine sur la peau en sueur de Carla Dubrovny y était pour beaucoup mais pas seulement. Cette initiative instinctive avait eu du bon. Cheffert avait pu voir à deux reprises Kassidy quitter son domicile et se diriger vers le métro. Au bout d'une demi-heure, le comédien n'était toujours pas rentré chez lui. Le capitaine s'était alors dit qu'il ne pouvait pas se permettre la même chose. Contrairement à Kassidy, il avait des obligations familiales.

Cette nuit, Cheffert avait appelé Catherine pour lui dire qu'il était avec Alex et s'attarderait plus que prévu. Elle avait bien pris la chose. Catherine était une jolie femme toujours de bonne humeur. Victor Cheffert remonta le col de sa veste et dégagea l'écharpe qui lui couvrait le nez pour boire un peu de café à sa bouteille thermos. Il n'attendit qu'une quinzaine de minutes.

Vêtu de noir, son bonnet de marin enfoncé jusqu'aux oreilles, Julien Kassidy sortit du passage Brady et se dirigea vers le métro Strasbourg-Saint-Denis. Cheffert le regarda s'éloigner dans le rétroviseur. Il attendit cinq minutes puis sortit de voiture.

Le passage sentait le curry. Au fond, quelques restaurants indiens étaient encore ouverts. Cheffert leva le nez vers la verrière. Elle était trouée ici et là. Sans doute l'œuvre de quelques alcooliques amateurs de lancer de bouteilles. La nuit venue, le quartier se peuplait de spécimens plus ou moins dangereux. Le jour aussi d'ailleurs. Cheffert se souvenait que c'était dans ce passage couvert qu'habitait une petite vieille, étranglée avec la laisse de son chien plus de dix ans auparavant par Thierry Paulin, le serial killer spécialisé dans la grand-mère.

Le capitaine appuya sur la sonnette. Via l'interphone, Carla Dubrovny se contenta d'un « oui ? » laconique. Voix claire, un peu traînante. Pas le genre de Vox. Cheffert déclina son nom et son grade. Elle dit : « Ah ! vous êtes le policier de la dernière fois. Celui qui m'a donné deux claques. » Puis, contre toute attente : déclic de la porte qui se débloque. Cheffert entra dans le hall, passa une main dans sa chevelure, remonta ses lunettes sur son nez et gravit l'escalier.

La nuit était froide et l'appartement mal chauffé. Elle avait troqué son peignoir années cinquante contre une robe de chambre en lainage d'où dépassait un pyjama en pilou boutonné jusqu'au cou. Il s'attendait à ce qu'elle lui parle d'heures légales et de droit des particuliers mais elle n'en fit rien. Elle se contenta de rentrer dans son appartement et de laisser ouvert. Il entra à son tour, ferma la porte. La télé marchait en sourdine. Une interview sous-titrée d'Anthony Hopkins par un barbu à lunettes. Cheffert dressa l'oreille. Il parlait de son rôle d'Hannibal le

Cannibale. Carla Dubrovny éteignit la télévision et s'assit sur un fauteuil à côté d'un mannequin sans tête, revêtu de ce qui pouvait bien être une tenue de soubrette du XVIIIe siècle.

Dubrovny aurait pu lui dire qu'elle travaillait aux costumes d'une dramatique télé quelconque mais elle n'en fit rien non plus.

— Vous n'auriez pas un truc fort à boire ? s'entendit demander Cheffert.

— De la tequila ?

— C'est parfait. Vous en prenez aussi ?

— Pourquoi pas.

Oui, pourquoi pas ? se dit-il en la regardant ouvrir le bar. Elle leur servit deux rasades généreuses et but une gorgée en le fixant. Il lut quelque chose dans son regard qui n'allait pas s'éterniser. Il fit un pas vers elle, posa son verre sur la télé et la saisit aux épaules. Elle se laissa faire. Il prit donc son verre et le mit à côté de l'autre. Cette fois, il lui caressa les cheveux et posa ses lèvres dans son cou pour retrouver l'odeur de la dernière fois. Il l'embrassa tout en dénouant la ceinture de la robe de chambre. Elle l'aida à la débarrasser du pyjama en pilou et il retrouva vite ce corps blanc, ces seins en forme de pomme, ce nombril parfait, cette touffe blonde. Victor Cheffert s'agenouilla, remonta ses lunettes sur son nez et enfouit sa tête entre les jambes de Carla Dubrovny tandis qu'elle glissait sa main dans ses cheveux.

*

Alex Bruce éteignit son ordinateur et regarda l'heure. Minuit trente-sept. Il était trop tard pour appeler Cheffert et pourtant il fallait qu'il le joigne. Bruce se leva et alla boire un verre d'eau à la cuisine. Adossé au réfrigérateur, il alluma une cigarette puis pesa le pour et le contre. Il n'avait jamais dérangé Victor Cheffert à son domicile après vingt-deux heures. Il était très embêtant de devoir commencer. C'était comme de se mettre à fumer le matin. Un problème d'escalade. Il imagina Victor et Catherine endormis, corps en chien de fusil, quand la sonnerie de l'interphone retentit dans l'entrée. Bruce tourna la tête machinalement.

— Ouvre, Alex ! C'est Victor.

Il avait un regard inhabituel et son haleine sentait l'alcool. Il alla directement s'asseoir sur le canapé et attendit que Bruce s'installe face à lui dans son fauteuil. Le commandant lui dit :

— Tu tombes bien. Il fallait que je te parle.

— T'as appelé chez moi ? demanda Cheffert d'un air inquiet.

— Non, mais j'allais le faire.

Cheffert poussa un soupir de soulagement et enleva sa veste. Ensuite, il croisa les bras et regarda le mur.

— Je me sens sale.

— Eh bien, va prendre un bain.

— Ah oui, tiens ! C'est une bonne idée.

Cheffert alla à la salle de bains. Bruce l'entendit actionner les robinets et arriva pendant que le capitaine disposait ses vêtements en tas sur le couvercle des toilettes. Bruce constata que son dos était musclé, qu'il avait la taille fine et de très belles fesses pour un intellectuel. Pendant que le capitaine s'installait dans la baignoire, le commandant ouvrit le placard à la recherche d'un gant de toilette.

— Bleu, rose ou jaune ? demanda-t-il.

— Jaune. Ça ira bien avec mon foie de coyote, répondit Cheffert avant de se laisser glisser sous l'eau.

Bruce s'assit sur le bord de la baignoire et lâcha le gant qui sombra lentement avant de se poser sur le genou droit de Cheffert. Il se souvint que son adjoint tentait d'arrêter de fumer, noya le bout de sa cigarette dans la baignoire et la jeta à la poubelle. Le commandant se souvint aussi qu'étant petit, il demandait à son grand-père de compter pendant qu'il gardait la tête sous l'eau dans la baignoire rose. C'était les vacances d'été dans la petite maison d'Hagondange. Son meilleur score était cinquante-sept secondes. Il n'avait pas oublié ce chiffre parce que le grand-père disait que ça correspondait à l'année du lancement du Spoutnik. « Le premier satellite artificiel de la Terre et le début des emmerdements », aimait préciser le vieux sidérurgiste.

La tête du capitaine émergea, les lunettes dégoulinantes. Bruce les enleva pour les essuyer avec une serviette-éponge avant de les poser sur le lavabo. Il se dit qu'en le voyant en flou, Cheffert aurait moins de difficultés à lui raconter ce qu'il avait sur le cœur. L'intuition était bonne. Au bout d'un moment, son regard de myope dans le vague, le capitaine dit :

— J'ai baisé Carla Dubrovny. Et ça s'est passé exactement comme je rêvais que ça se passe. Fantastique.

— T'as peut-être rêvé justement.

— Malheureusement, non. C'est la première fois que ça arrive, Alex.

— T'as mis un préservatif ?

— Bien sûr, mais ils n'en font pas pour la culpabilité.

— On ne peut pas tout avoir.

— T'as pas une clope ?

— Non.

Bruce sortit de la salle de bains, alla fumer une cigarette à la fenêtre puis s'allongea sur le canapé en attendant que Victor Cheffert sorte du bain. Quand le capitaine revint au salon, il lui dit :

— J'ai trouvé un Kassidy sur le Net. Michael Kassidy, plus exactement. Spécialiste des neurosciences, employé par une firme de recherche en cybernétique implantée à Baltimore, Neutronics Entreprise. Il a une cinquantaine d'années et a rédigé une pléthore d'articles sur le fonctionnement du cerveau, les machines pensantes et l'intelligence artificielle.

— Et moi, j'ai trouvé des somnifères dans le tiroir de la table de chevet de Carla Dubrovny. Avec ça, difficile de certifier que son mec passe toutes ses nuits avec elle.

26

Alex Bruce venait de téléphoner aux États-Unis à Jason Dougherty, un agent du FBI rencontré lors d'un congrès à Washington et avec lequel il avait sympathisé. L'agent Dougherty était un gaillard aussi volumineux que réservé. Il écouta attentivement le commandant lui parler de Michael Kassidy et des circonstances de l'enquête puis, sans faire plus de commentaires, promit de rappeler au plus vite. Bruce appela ensuite l'état civil de la ville de Créteil où était né Julien Kassidy et demanda au fonctionnaire de service de faire une recherche. Au bout d'une heure, il fallut se rendre à l'évidence. Les registres municipaux ne recensaient aucun Julien Kassidy né le 5 février 1965. Bruce faillit raccrocher puis eut soudain l'idée de demander au fonctionnaire de faxer les noms de tous les enfants nés ce jour-là à la Brigade criminelle. Quand le fonctionnaire rétorqua qu'il l'appellerait demain pour voir si c'était possible, Bruce haussa le ton pour parler d'urgence exceptionnelle. Il obtint les renseignements en deux heures et étudia la liste avec Cheffert. Il y avait cinq enfants nés à Créteil le 5 février 1965 dont trois filles qui furent éliminées d'office. Restaient en piste Bastien Vergnot, fils de Fabienne

Tessard et Patrick Vergnot. Et un Jules Coignard, né à l'hôpital de Créteil, de père inconnu et dont la mère s'appelait Amélie Coignard.

— Difficile de s'appeler Jules Coignard quand on est comédien, dit Cheffert qui semblait déjà avoir repris du poil de la bête.

— C'est vrai que Julien Kassidy ça sonne mieux, surtout pour doubler des séries américaines, répondit Bruce.

L'appel de Dougherty arriva en début d'après-midi. Le professeur Michael Kassidy était né à Boston en 1952. Marié depuis 1973 à la même femme, père de trois enfants, il avait toujours résidé aux États-Unis. Kassidy avait intégré la prestigieuse Université de Californie à Berkeley en 1969, à peine âgé de dix-sept ans, grâce à une bourse octroyée par une fondation ayant reconnu sa précocité intellectuelle. Le scientifique était considéré par ses pairs comme l'un des plus éminents cognitivistes actuels et le public le connaissait via ses émissions télévisées et ses ouvrages de vulgarisation sur le fonctionnement du cerveau. Cheffert fit un rapide calcul:

— Si Michael Kassidy est le père de Jules Coignard, il n'est pas seulement précoce intellectuellement. L'année de sa naissance, il n'avait que treize ans.

— Et aujourd'hui, il n'en a que quarante-huit mais en paraît dix de plus parce qu'il est barbu, chauve et lunetté, ajouta Bruce. J'ai vu sa photo sur le Net.

— Tu avais raison, on ne peut pas tout avoir, dit Cheffert en redressant ses lunettes.

— Puisque Michael Kassidy n'est pas le père inconnu, je crois qu'on va se mettre sur la piste d'Amélie Coignard.

Le dernier domicile connu d'Amélie Coignard était une maison de retraite, les Grands Saules, à Franconville. Le directeur expliqua aux deux policiers qu'Amélie Coignard avait vécu trois années dans son établissement sans jamais recevoir une seule visite si ce n'était celle de l'assistante sociale. Elle était atteinte de la maladie d'Alzheimer mais n'était pas morte d'une dégénérescence du cerveau. Dans les six derniers mois de sa vie, elle avait pris la fâcheuse habitude de retourner dans son ancien domicile, une maison bordant le bois de Montigny qu'elle avait vendue à un peintre au moment de son entrée aux Grands Saules. Elle se croyait encore propriétaire et l'artiste la retrouvait régulièrement devant la télévision, installée dans son meilleur fauteuil. Elle répétait qu'elle était chez elle et voulait qu'on la laisse en paix, restait prostrée devant les Guignols et refusait de quitter son fauteuil.

Le nouveau propriétaire avait fait appel à la gendarmerie à deux reprises puis directement à l'administration des Grands Saules pour qu'on vienne déloger la vieille femme. Un jour, on avait retrouvé Amélie Coignard égorgée dans son ancienne maison. Elle était assise dans son fauteuil devant la télévision allumée. L'artiste peintre allait et venait au premier étage en riant à gorge déployée et sous l'emprise du LSD. Après une expertise psychiatrique, il avait été déclaré responsable de ses actes et emprisonné aux Baumettes où il était toujours incarcéré malgré ses dénégations constantes. Il n'avait jamais voulu admettre sa culpabilité.

L'affaire s'était déroulée il y a quatre ans. L'assistante sociale qui suivait les pensionnaires et avait connu Amélie Coignard était toujours en poste. Bruce et Cheffert retrouvèrent Marthe Lambrésie à son domicile de La Frette-sur-Seine. C'était l'heure du dîner. L'assistante sociale n'avait pas oublié la vieille dame assassinée mais gardait peu de souvenirs de leurs conversations. Les programmes télé et la vie des pensionnaires étaient apparemment les seuls sujets qu'elles avaient abordés. Amélie Coignard appréciait les ragots plus que les gens et évitait les contacts, leur préférant la solitude de sa chambre. Marthe Lambrésie était sûre d'une chose : elle n'avait jamais mentionné l'existence d'un fils. Amélie Coignard avait à peine dépassé la soixantaine mais les prémices de son mal se manifestaient déjà au moment de son arrivée dans la maison de retraite et il lui arrivait fréquemment de perdre le fil de la conversation. « Vous souvenez-vous de sa voix ? » avait demandé Cheffert. « Maintenant que vous m'en parlez, oui. Sa voix, c'était peut-être la seule chose vraiment remarquable chez elle. Avec le recul, je dois même avouer que c'est à cause de cette belle voix que je passais un peu plus de temps avec Amélie qu'avec les autres pensionnaires. Je ne m'en étais pas rendu compte jusqu'à ce soir. C'est troublant. »

Bruce avait laissé son numéro de téléphone mobile à Marthe Lambrésie, lui demandant de le rappeler si elle repérait une autre confidente de la vieille Amélie. L'assistante sociale accueillit la proposition d'un air dubitatif mais promit de faire son possible.

— Je suis sur les rotules, dit Cheffert en décapsulant une boîte de bière.

— Écoute ça, dit Bruce, levant le nez du procès-verbal qu'il était en train de relire : « Bertrand Delcourt m'a dit qu'il avait voulu rentrer vite à Paris pour pouvoir aller à une fête organisée par une maison de disques dans une zone industrielle. » Tu te souviens de cette déposition ?

— C'est celle d'une hôtesse qui était sur le dernier Tokyo/Paris de Delcourt.

— Je suis presque certain qu'il y a un studio d'enregistrement ou une maison de disques dans l'immeuble de la ZAC où Martine a été séquestrée.

— Comment tu sais ça ?

— Avant de casser la gueule à Sagnac, j'ai fait un peu de tourisme.

— Qu'est-ce qu'on attend, allons-y !

— Il est près de vingt-deux heures, Victor.

— Je suis trop crevé pour pouvoir dormir de toute façon.

— Et Catherine ?

— Je lui ai promis qu'après l'affaire Vox, je l'emmènerai en vacances au soleil.

— T'es déjà allé à Cuba ?

Bruce éteignit les phares et engagea lentement la voiture de fonction dans l'avenue du Cimetière éclairée par des lampadaires au sodium dont l'un montrait des signes de faiblesse. Il créait un effet d'intermittence donnant au lieu l'allure d'un décor vibrant, conçu sur ordinateur. Dans ces conditions, difficile de repérer une lumière derrière les hautes fenêtres de la façade. Bruce se gara devant le porche et coupa le contact.

— « Un fou se tient en haut d'une grande échelle avec un livre. « Que fais-tu ? » lui demande un passant. « Je fais des études supérieures. » » Je crois que je vais arrêter de bouffer ces machins, dit Cheffert en glissant la boulette de papier dans le cendrier.

— Elle n'est pas si mal cette blague. Elle a un côté poétique.

— Ouais, c'est comme nous. Il faut être poète pour imaginer qu'on va dénicher quelque chose ici.

— Moi, je ne crois en rien. Si ce n'est qu'il faut creuser ce qu'on a sous la main parce qu'on n'a plus le choix. Et tant que nos piles ne sont pas à plat.

— Quelquefois je crois aux signes, Alex. Les autres pensent que je suis un intello mais ils se gourent. Je suis un instinctif un poil mystique, en fait. C'est pour ça que j'ai couché avec Carla Dubrovny. Parce que j'ai senti que c'était là qu'il fallait plonger.

— Et peut-être aussi parce que t'en avais foutrement envie.

— Ouais, les deux. T'as pas une clope ?

— Non.

Cheffert vaporisa une solution en spray sur le digicode qu'il éclaira avec une lampe de poche. Quatre touches saturées d'empreintes digitales. 5, 8, 3, 6.

— Elles fonctionnent peut-être par paires verticales, dit-il. Un choix fréquent. Les gens aiment les mémorisations visuelles ou les dates célèbres. Je tente le coup de haut en bas et de droite à gauche : 36 et 58.

Déclic. Le porche s'ouvrit.

— Je suis ravi de faire équipe avec un instinctif un poil mystique, dit Bruce en poussant le porche.

Ils gravirent l'escalier dans le noir et sans bruit jusqu'au deuxième. Sur le palier, deux portes : celle du monte-charge et celle de *Beyond Humanity*. Bruce réalisa soudain que c'était le titre d'un des livres de Michael Kassidy qu'il avait enregistré inconsciemment en surfant sur le Net. Il y avait un rai de lumière sous la porte.

Cheffert éclaira son propre visage à la lampe de poche pour que Bruce puisse le voir articuler en silence : « Qu'est-ce qu'on fait ? »

Pour toute réponse, le commandant frappa trois coups sur la porte métallique. Quelques secondes de silence puis des pas qui se rapprochaient. La porte s'ouvrit sur Julien Kassidy en manteau noir et bonnet de marin. Bruce et Cheffert reculèrent d'un pas et dégainèrent leurs Manurhin en même temps. Bruce ordonna :

— Les mains loin du corps ! Tu ne bouges plus.

Kassidy leva d'abord les yeux au ciel et les bras suivirent lentement.

— Commandant, capitaine ! C'est pas vrai !

— Qu'est-ce que tu fous là, Kassidy ?

— Et vous ?

— Recule.

Il obéit, tandis que Cheffert balançait un coup de pied dans la porte. Il pénétra le premier dans le local en pointant son revolver dans toutes les directions. Bruce entra à son tour. La pièce était blanche et vide, si ce n'était un téléphone et une chaise près de la fenêtre centrale. Bruce remit son revolver dans son holster et fit signe à Cheffert de fouiller Kassidy. Le capitaine s'exécuta rapidement puis rengaina à son tour.

— Je t'ai posé une question. Tu réponds.

— Un type m'a appelé dans la soirée. Il m'a donné l'adresse de la maison de disques en me disant qu'il y avait un casting pour le prochain clip de Noir Damage. Il se trouve que c'est un groupe que j'aime bien.

— Et tu t'es rendu seul, en pleine nuit, avenue du Cimetière dans une zone industrielle déserte.

— On voit que vous ne connaissez pas ce milieu.

— Et toi ? Tu sais qui tu es ?

— Mais qu'est-ce que vous racontez ? C'est vous qui avez monté ce plan ou quoi ?

— On te demande qui tu es. Julien Kassidy ou Jules Coignard ? intervint Cheffert.

Kassidy se mit à sourire. Un sourire tordu. Il dit d'une voix blanche qui n'allait pas avec ce rictus :

— Ce que vous faites tous les deux, ça s'appelle du harcèlement.

— Tu es un suspect, Kassidy, reprit Bruce. On a le droit de soulever tous les recoins de ta vie si ça nous paraît nécessaire. On vient d'ailleurs d'y trouver un cadavre. Celui de ta mère.

Le visage de Kassidy changea d'expression pour exprimer l'offuscation la plus sincère. Bruce trouva l'interprétation magistrale et retint son envie de lui mettre une claque du même acabit. Le sourire bizarre revint et le comédien dit :

— La porte était grande ouverte. Je suis entré, il n'y avait personne. Allez-y, fouillez-moi. Cherchez une clé !

Victor Cheffert s'exécuta, récupéra un paquet de Lucky Strike, une boîte d'allumettes, un couteau suisse, un portefeuille et un trousseau de clés. Il alla les essayer une à une sur la serrure trois points. Aucune ne correspondait. Il regarda dans le paquet de cigarettes puis fouilla le portefeuille et lui rendit le tout. Kassidy prit le temps d'allumer une blonde. Bruce remarqua que ses mains ne tremblaient pas. Le comédien ajouta d'une voix calme :

— Vous brûlez d'envie de me frapper, commandant. Alors allez-y si c'est pour cette raison que vous m'avez fait venir ici. Mais avant il faut que vous sachiez une chose. (Bruce attendit, le visage imperturbable. Kassidy laissa passer un temps et ajouta :) Mon avocat dit que j'ai de quoi vous créer des ennuis. Le capitaine Cheffert a forcé Carla à avoir des relations sexuelles avec lui. Vous êtes au courant ? Il paraît qu'à la Crime, on ne chipote pas avec les questions d'éthique. Surtout depuis que les médias se sont pris de passion pour celui que vous avez baptisé Vox, commandant.

27

Une fois chez lui, Bruce déposa son blouson sur le canapé et alluma la cigarette dont il avait eu envie pendant tout le trajet avec Cheffert. Il resta planté au milieu du salon en pensant à Martine Lewine. Puis il alla à la cuisine, ouvrit le réfrigérateur, prit une boîte de bière et la décapsula. Il était si tard ou si tôt que même sa rue dormait à poings fermés. Bruce se dit qu'il n'avait jamais bu de bière à quatre heures du matin. Elle avait d'ailleurs un goût bizarre; il en avala encore une gorgée puis abandonna la boisson sur le lave-vaisselle.

Après le départ de Julien Kassidy, il avait appelé Marc Sanchez pour lui demander de venir faire les relevés. En arrivant, le procédurier l'avait regardé comme s'il venait de lui servir une blague de potache: faire des relevés dans une pièce parfaitement blanche et presque vide. Une chaise, un téléphone. Pas besoin de faire chauffer la Superglu. Les techniciens s'étaient tout de même mis au travail. Ça n'avait pas duré longtemps. Bruce avait demandé à Sanchez de bloquer la serrure trois points pour que l'on puisse tirer la porte du local sans la refermer. Sanchez avait utilisé une matière synthétique bleue à l'aspect de pâte à modeler.

Bruce avait déposé son adjoint chez lui après un trajet presque silencieux. Quand le capitaine était descendu de voiture en lui offrant son regard d'intello, le commandant avait failli lui dire : « Hé, Victor, ça te dirait d'aller au bordel à Cuba quand toute cette histoire sera finie ? » Mais il s'était contenté de lui sourire et c'était bien mieux comme ça. En garant la voiture dans le parking de la PJ et avant d'appeler un taxi pour rentrer chez lui, Bruce avait trouvé un emballage Carambar sur le siège où était assis Victor. « En 1940, on ramena les cendres de Napoléon II, raconte l'instituteur. — Ah bon, dit Nicolas, je ne savais pas qu'il était mort dans un incendie. » Dommage, s'était-il dit. Ça aurait eu beaucoup de gueule si Cheffert l'avait déballé juste avant la découverte de la 305 et des cadavres carbonisés.

Le commandant avait consulté sa messagerie électronique. Un appel alambiqué de Nathalie. Un court message d'un orthophoniste signalant l'existence d'un institut toulousain spécialisé dans les problèmes vocaux, ceux des chanteurs notamment. L'orthophoniste avait laissé un téléphone. Bruce le composa à tout hasard et écouta un répondeur annoncer des horaires d'ouverture normaux. Il raccrocha, alla à la salle de bains dans l'intention de prendre une douche et se rendit compte qu'il avait toujours son blouson sur le dos comme s'il n'était qu'en transit chez lui et attendait un appel et l'occasion de se remettre en mouvement. Alors qu'il se débarrassait de son blouson d'un geste brusque, son téléphone mobile s'échappa de la poche pour sombrer dans la cuvette des toilettes. Bruce tenta de lui redonner vie avec un séchoir à cheveux mais le petit appareil avait rendu l'âme. Il se surprit à éprouver une très légère tristesse. Incongrue mais bien réelle. Elle tenait sans doute au fait que l'appareil était programmé pour afficher « au revoir ! » chaque fois qu'on le déconnectait.

En se déshabillant, Bruce repensa au chien robot inventé par les Japonais et à l'affection possible pour une machine cybernétique. Il y pensa encore sous la douche mais la chaleur finit par l'assommer. Le commandant enfila son pyjama dans un état de demi-conscience et s'endormit comme s'il glissait sur un toboggan de glace noire.

L'assistante sociale appela alors qu'il était en train de se raser. Elle venait de retrouver une pensionnaire qui affirmait avoir fréquenté Amélie Coignard. « Mais elle prétend connaître tout le monde, même Patrick Poivre d'Arvor. À vous de faire le tri. » Il y eut un blanc comme si Marthe Lambrésie attendait plus que des remerciements, une invitation à dîner par exemple. Avant de raccrocher, elle lui dit de ne pas hésiter à la rappeler, à n'importe quelle heure, pour les nécessités de l'enquête. Bruce essuya la mousse à raser qui maculait le combiné et termina sa toilette en vitesse avant de téléphoner à l'administrateur des Grands Saules. Ce dernier l'avait mis en contact téléphonique avec sa pensionnaire.

La vieille dame lui raconta une bonne partie de sa vie dont certains passages plusieurs fois. Elle avait un fils de son âge qui habitait à l'étranger. Une île équatoriale où on avait l'impression de respirer du coton humide. Elle ne pouvait pas s'y rendre par peur de ne pouvoir supporter ce climat. Les détours furent nombreux jusqu'à Amélie Coignard.

« Il n'y a que moi qui lui causais, les autres ne l'aimaient pas. Moi, ça m'était égal. Je m'entends bien avec tout le monde. — Comme vous, elle avait un fils, je crois ? — Ah, non. Pas comme moi. Pas du tout comme moi, monsieur l'inspecteur. — Comment, alors ? — Mon fils est gentil comme tout. On s'entend très bien. Mais entre Amélie et le sien, c'était autre chose. Le gosse lui créait des problèmes. Et j'ai mon idée là-dessus. — Quelle idée, Madame ? — La vieille Amélie n'aimait personne. Personne, vous m'entendez ? Son fils, elle m'a dit qu'il mangeait comme quatre, qu'il avait du mal à parler. Un jour, des gens de la mairie sont venus le chercher. Elle a été soulagée. Oui, elle m'a dit qu'elle avait été soulagée, inspecteur. La vieille Amélie n'aimait personne et personne ne l'aimait mais moi, ça m'était égal. Je m'entends bien avec tout le monde. Et l'écouter parler, ça me passait le temps. »

Il était plus de neuf heures. Le commandant appela l'institut de Toulouse. On le mit en relation avec un otorhinolaryngologiste spécialisé dans le traitement des troubles du langage. Il expliqua que ces problèmes étaient avant tout liés à l'audition. Des techniques de rééducation appropriées pouvaient rendre une voix normale à la plupart des bègues. Ceux capables de parler normalement à voix haute lorsqu'ils étaient seuls étaient cependant les plus favorisés. Le spécialiste lui cita le nom de plusieurs comédiens célèbres, affligés au début de leur carrière d'un bégaiement qu'ils avaient appris à surmonter grâce « à un entraînement de maîtrise corporelle globale ». Bruce évoqua alors le rôle de la voix maternelle. Le spécialiste déclara :

— Quand il ne baigne plus dans le liquide amniotique, le bébé est encore immergé dans son souffle. Plus tard, la mère le nourrit de lait mais aussi de sons. La voix maternelle a une influence considérable sur son développement. Une maladie, une perturbation peuvent bloquer l'épanouissement de la phonation de l'enfant. Dans notre institut, nous pouvons faire des prodiges pour rendre une voix à un handicapé du langage en lui faisant prendre conscience de son corps, mais cela exige de lui une discipline de fer.

Il était déjà dix heures quarante-cinq. Bruce appela Cheffert à la Brigade et lui demanda d'interroger tous les notaires de la région entre Saint-Denis et Pontoise pour dénicher celui d'Amélie Coignard. Le commandant joignit la mairie de Saint-Denis et obtint le numéro de téléphone de la société qui gérait la location du local de *Beyond Humanity*.

En l'absence de son patron, la secrétaire de l'Agence de l'Est Parisien se montra hésitante avant de parler de la maison de disques. Bruce réussit à lui faire dire que le propriétaire dont elle ne connaissait pas l'identité s'était désintéressé de son local au fil des années jusqu'à oublier de régler les quittances de gérance. Il devait avoir une « belle force d'inertie » parce que le directeur de l'agence avait fini par lâcher l'affaire. Plus tard, on avait reparlé du local de la ZAC, lorsque des inspecteurs s'étaient présentés « pour l'histoire du kidnapping de la femme policier ». Suite au scandale, un adjoint au maire était venu voir le directeur pour exiger une solution et éviter l'installation de squatters. La secrétaire ignorait comment son patron s'y était pris avec le propriétaire mais la location avait redémarré. Le local avait été loué pendant deux ans à une société informatique puis, après leur départ pour Pontoise, à *Beyond Humanity*. La secrétaire se souvenait du nom du collaborateur de l'agence qui avait signé le contrat de location : Jean-Max Batisti. Il avait démissionné récemment de son poste parisien pour retourner en Provence.

Bruce retrouva Jean-Max Batisti dans une agence immobilière de Gardanne. « Un gars typique du music business, blond décoloré, diamant à l'oreille, vêtements si larges qu'on aurait pu en mettre deux comme lui dans son pantalon. » L'agent immobilier se souvenait du jeune homme de *Beyond Humanity*, mais son patronyme lui échappait et il n'avait pas conservé de photocopies. Quant au propriétaire, c'est un « petit vieux de Saint-Denis qui n'avait pas l'air bien futé » et qui était décédé un mois avant que Batisti n'émigre vers le Sud. Apparemment, il n'avait pas d'héritier ou avait déshérité sa progéniture puisque la mairie avait repris la gestion du local. Bruce se souvint des propos du commissaire Dantrenave : le patron de Lewine qualifiait, lui aussi, le propriétaire de petit vieux.

Le commandant appela ensuite le tribunal de commerce. Peine perdue, le nom de *Beyond Humanity* n'apparaissait dans aucun registre. Au moment où il raccrochait, le téléphone sonna. Cheffert parla de l'étude de maître Éric Sfaz, installé à Enghien. Le notaire avait compté Amélie Coignard parmi ses clients mais son clerc ne souhaitait rien révéler par téléphone. Bruce dit à Cheffert qu'il se rendait sur place et lui téléphonerait dès qu'il aurait du nouveau.

Maître Sfaz était en rendez-vous. Bruce fut accueilli par le clerc. Ce dernier accepta d'ouvrir le dossier Coignard après que le commandant eut précisé le rapport avec l'affaire Vox. La vieille Coignard avait bien vendu sa maison de Cormeilles-en-Parisis, à l'orée du bois de Montigny, à un artiste peintre du nom de Damien Roque. Elle n'avait jamais fait mention d'un héritier.

— Vous souvenez-vous de quelque chose de particulier à propos de cette transaction ?

— L'aspect un peu particulier, c'est que l'acheteur a fini par trucider l'ex-propriétaire.

— Bien sûr, mais à part ça ? Réfléchissez. N'importe quel détail peut avoir son importance.

— Non, je ne vois pas.

— Dites ce qui vous vient sans filtrer. Tout ce qui vous vient.

— Eh bien, des détails cocasses, il y en a beaucoup parce qu'elle était déjà malade et tenait quelquefois des propos étranges. Je devais lui répéter les textes plusieurs fois. C'était assez laborieux.

Le commandant réfléchit un moment. Le clerc le regardait aimablement en tapotant un maroquin de beau cuir avec un stylo Mont-Blanc. Il semblait satisfait de l'intermède mais guère prêt à lui accorder une réelle importance. Bruce lui demanda soudain :

— Elle était seule à décider malgré son état ?

Le clerc avala sa salive. Bruce comprit qu'un détail cocasse remontait. Comme une claque en pleine figure. Il rougit légèrement et dit :

— En effet, quelque chose me revient. Elle avait signé une procuration. Sur la fin.

— À qui ?

— À un cousin. Il portait le même nom qu'elle mais son prénom m'échappe. Désolé.

Le ton du clerc devenait plus sec. Il n'appréciait pas de se faire épingler. Bruce adopta aussitôt une attitude décontractée et conciliante. Il abaissa les épaules, s'enfonça un peu plus dans son siège, sourit et dit :

— Ce que vous venez de m'apprendre est très important. Mais encore une chose. Est-ce que vous décririez cet homme comme un petit vieux qui n'avait pas l'air bien futé ?

— Je n'aurais pas osé. Mais maintenant que vous le dites : oui ! sans hésitation. Entre nous, il n'était pas atteint par Alzheimer, celui-là. Mais plutôt par la dive bouteille. Si vous voyez ce que je veux dire. Et, si vous voulez mon point de vue très personnel…

— Oui, allez-y.

— Cette famille Coignard, je la qualifierais de dysfonctionnelle comme disent les psys.

— À part le cousin et Amélie, vous aviez rencontré d'autres Coignard ?

— Non, mais la façon dont ces deux-là se parlaient était assez éloquente. Une espèce de brutalité primaire…

Ils furent interrompus par l'arrivée de maître Sfaz. Le notaire serra la main du commandant avec empressement et lui dit qu'il l'avait vu plusieurs fois à la télévision. Bruce voulut savoir si Amélie Coignard possédait d'autres biens immobiliers. Le notaire lui apprit qu'au moment de la vente de la maison et de son entrée aux Grands Saules, il lui avait demandé si elle envisageait d'autres ventes. Elle avait évoqué un local commercial lui venant de son père. En location depuis sa mort, plus de quarante ans auparavant. Amélie Coignard avait dit qu'elle réfléchirait mais sa maladie avait rapidement limité leurs contacts. Bruce demanda au notaire de vérifier l'adresse du local et Sfaz lui confirma qu'il s'agissait d'un vieil entrepôt à Saint-Denis-La Plaine.

En sortant de l'étude, Alex Bruce prit la direction de la ZAC et décida d'appeler Victor Cheffert une fois sur place. Il dut se garer sur l'avenue du Président-Wilson. Deux camions bloquaient la rue du Cimetière. Des hommes déchargeaient des caisses de meubles en provenance de Jakarta. Bruce put pénétrer dans l'entrepôt sans composer le code : la porte était grande ouverte et un homme calait des caisses dans le monte-charge. Bruce faillit lui donner la description de Kassidy et lui demander s'il l'avait aperçu mais le déménageur se mit à enguirlander deux jeunots qui n'allaient pas assez vite à son goût. Le commandant monta au deuxième étage. Il poussa la porte qui résista. On avait enlevé la pâte bleue de Sanchez.

Bruce alluma une cigarette en regardant la pancarte à lettres dorées clouée au-dessus de la porte. *Beyond Humanity*. Au-delà de l'humanité. Il avait lu des passages des ouvrages de Michael Kassidy sur le

Net et des extraits de ses conférences. Le spécialiste des neurosciences était probablement un adepte du *great breakthrough*. En tout cas, il faisait dans la prospective. Dans sa conception d'un futur relativement proche – une trentaine d'années – on retrouvait tous les thèmes évoqués par Valérie Cassin.

Dans des laboratoires souvent guère plus grands qu'une cuisine, des hommes cherchaient les secrets de la vie artificielle. Pour Michael Kassidy, les récents progrès de la médecine laissaient présager qu'ils défrichaient une voie prometteuse. Les prothèses connaissaient des progrès remarquables : on évoquait déjà des cornées synthétiques reliées au cerveau qui permettraient aux aveugles de discerner les formes. Un chercheur américain avait réussi à greffer un implant sur un paralytique et l'homme pouvait par la force de la pensée inscrire de courtes phrases sur l'écran d'un ordinateur. Le cerveau était encore l'objet le plus complexe du monde. Mais plus pour longtemps. Les fondations étaient prêtes pour des machines assemblées molécule par molécule grâce au développement des nanotechnologies. Et pour ce qui était d'abandonner nos pauvres corps de mortels, tout n'était finalement qu'une question de perception.

Michael Kassidy était formel : « Tout ce que vous voyez, touchez, ressentez n'est que ce que votre cerveau perçoit. La réalité est tout autre. » Nous croyons voir des objets. En fait, ce sont les photons projetés ou reflétés par ces objets que nous voyons. En touchant notre rétine, ce flux de lumière provoque des réactions chimiques permettant à notre cerveau de décoder l'information et de la recomposer pour former une image. Une image entièrement fabriquée. Et il en va de même pour ce que nous sentons et entendons. Nous ne sommes pas en contact direct avec le monde réel mais avec celui de nos sensations.

Michael Kassidy l'affirmait : « Notre cerveau peut être considéré comme une machine de réalité virtuelle. »

Photons, rétine, perception. Alex Bruce réalisa qu'il venait justement de capter un détail insolite. Le point sur le *i* de *Humanity* semblait sortir du panneau. Il leva le bras pour l'atteindre et extirpa un cylindre de bois creux qu'il retourna. Il contenait une clé. Bruce enfila un gant pour la récupérer. Il se pencha au-dessus de la rampe afin d'écouter ce qui se passait au rez-de-chaussée. Les livreurs travaillaient toujours mais la querelle avait cessé. Bruce glissa la clé dans la serrure et la porte se débloqua. La même pièce immaculée. Meublée d'un téléphone et d'une chaise. Bruce referma la porte et avança. Ses pas résonnèrent bizarrement. La dernière fois qu'il avait interrogé Kassidy avec Cheffert, la porte était grande ouverte et l'appel d'air modifiait l'acoustique. Le commandant alla se placer au centre du local et prononça la première phrase qui lui passa par la tête : « Ne regarde pas le visage de l'Idoru. » Sa propre voix lui sembla étrangère.

Il observa les murs et le plafond à la recherche d'une faille, d'une crevasse. Rien. La salle était une perfection blanche. Le sol carrelé renvoyait une lumière pâle sous les halogènes en verre opaque. Bruce s'assit et alluma une autre cigarette. Intensité du grésillement de la flamme. Il éteignit l'allumette et la posa au centre d'un carreau. Il observa le contraste entre le petit corps calciné et la pureté de la céramique puis il laissa son cerveau sonder le monde. Son téléphone en panne n'était pas une si mauvaise nouvelle.

Seul au milieu d'une pièce vide, on ne percevait pas l'extérieur comme lorsqu'on était accompagné de trois techniciens de l'IJ et d'un adjoint. Bientôt, quelque chose se dénoua. « Quand son geôlier fait danser Martine Lewine, il varie la lumière tel le régisseur d'un show. » Le variateur était visible comme le nez au milieu de la figure. On n'avait pas fait tant de travaux que ça dans ce local depuis cinq ans : à croire que les informaticiens puis les propriétaires de *Beyond Humanity* avaient apprécié les effets de lumière choisis par le « gros porc ». Bruce actionna le variateur, essaya plusieurs ambiances, s'arrêta sur un éclairage feutré qui transformait les effets de brillance en aplats. Un peu comme des flaques de pluie fraîche sur un sentier forestier, entre chien et loup.

Bruce alla se rasseoir au centre de la pièce. Il se tourna tour à tour vers les quatre points cardinaux et scruta tout ce qu'il y avait à voir en essayant de gommer l'analyse rationnelle. Il se voyait un peu comme un type dans un musée étudiant avec passion un de ces tableaux monochromes et leur profond mystère. Il refit le même mouvement rotatif plusieurs fois et finit par discerner un effet de brillance moins soutenu dans le coin opposé au duo chaise/téléphone. Il se leva, jambes engourdies, esprit toujours flottant, mit le variateur sur la position maximale et s'agenouilla au-dessus de l'endroit repéré. Rien qu'un beau carrelage bien posé.

Bruce sortit son stylo-bille de la poche de son blouson et tapota les carreaux, les uns après les autres puis un peu plus loin du point central. La différence de son était subtile. Pour la percevoir, il fallait s'attarder dans le local, s'habituer à son étrange acoustique. Bruce enleva le capuchon de son stylo et le fit glisser sur le joint gris pâle du carrelage. Il repéra une brisure. Posa la pointe du stylo, appuya. Le joint bougea. Il put l'extirper délicatement comme une baguette. Il continua le travail et dégagea quatre dalles. Un carré de quatre-vingts centimètres de côté. Autant dire un passage pour un corps svelte. Bruce souleva les carreaux sans bruit. Un fin treillage métallique posé sur des chiffons tassés. Il enleva le tout.

Les chiffons se révélèrent être des polochons. Apparut un étroit passage tapissé de linoléum et qui allait en ligne droite vers la cloison, sur à peu près deux mètres cinquante. Le commandant n'avait pas de lampe de poche. Il alla à la porte, la referma et descendit l'escalier à la recherche des livreurs. Le chef avait réussi à doper la cadence à tel point que les deux camions étaient déjà repartis. Il vit un homme en vêtement de travail dans une camionnette qui démarrait en marche arrière. Il lui fit signe, appela. L'homme freina et Bruce lui demanda s'il avait une lampe de poche. L'homme fit signe que non et redémarra. Bruce hésita puis retourna dans le local.

Il s'agenouilla au bord du trou, puis se pencha, pensa appeler. Mais Martine était peut-être à l'intérieur, en vie, avec ou sans Vox, et la situation pouvait basculer d'une minute à l'autre. Il avait fait très peu de bruit en dégageant le passage. Il décida d'être aussi silencieux en s'y engageant.

Alex Bruce passa les bras, la tête puis les épaules. Il y avait juste assez de place pour ramper, le dos frottant, les coudes glissant lentement sur le linoléum. Bientôt le passage devint un boyau noir. S'il avançait d'une vingtaine de centimètres, son corps tout entier passerait sous la cloison. Il prit une inspiration et s'enfonça encore. Ses mains heurtèrent une paroi. Il la palpa. Une plaque de métal lisse. Il poussa aussi fort qu'il put mais la plaque resta bloquée. Bruce se dit qu'il aurait mieux fait de passer pieds en avant pour se donner plus de chances de défoncer l'obstacle. Il glissa la main à droite. La plaque était plus large que le boyau. À sa base, il sentit qu'elle coulissait dans un rail. Il allongea le bras le plus possible, palpa, trouva enfin une prise, sûrement un crochet soudé et tira fort vers lui. La plaque finit par coulisser dans un bruit léger. Il écouta. Le silence lui sembla soudain affaire d'épaisseur. Puis une odeur fétide lui fouetta le visage. Pendant une seconde, il pensa à ce qu'il ferait s'il la découvrait morte. Via le nerf optique et au-delà des émotions, son cerveau recomposerait automatiquement une image. Réalité virtuelle, réalité cruelle. Et Bruce avança.

28

Son corps glissa sur du tissu. Il était dans le noir absolu. L'odeur fétide occupait un bon volume métrique. L'information lui permit de se dire qu'il avait assez d'espace pour déplier son corps. Lentement, il se redressa et leva le bras sans rencontrer d'obstacle. Un pas en arrière. Le plus lentement et silencieusement possible. Il s'arrêta. Le noir était parfait mais pas le silence. Alex Bruce pensa à un bruit de centre du monde. Un son qu'il n'avait jamais entendu. Ou alors avant de naître. Il se remit en mouvement, pivota, avança la main droite et effleura bientôt une paroi de la même matière que le sol. Au jugé, l'endroit où il se trouvait ne faisait même pas deux mètres de large. Bruce colla son dos à la paroi et progressa latéralement. Il balaya l'espace avec sa jambe plusieurs fois. Le vide.

Il atteignit un coin, s'arrêta. Au bout d'un moment, il fut certain qu'on respirait dans ce lieu. Centimètre par centimètre, il s'approcha de ce corps respirant, se pencha. Quelqu'un dormait. Ou quelqu'un gisait évanoui. Il voulait que ce soit elle mais dans cette odeur fétide, il ne pouvait pas reconnaître son eau de toilette. De sa peau, il savait peu de chose en fait.

Sa tête heurta un objet. Il se garda de bouger. Sentit l'objet revenir, effleurer sa joue. Caresse synthétique. Il leva le bras, toucha une sphère lisse, remonta. Elle était fixée à un câble. Il redescendit la main vers la sphère, sentit une touche, appuya.

La pièce s'éclaira progressivement. Martine Lewine était vêtue d'un gros pull de laine et d'un jean. Elle était recroquevillée sur le sol, les yeux mi-clos. Il s'agenouilla et posa sa main sur sa joue. Elle ne réagit pas. Il se pencha, colla son oreille contre sa bouche, écouta sa respiration.

Il se redressa et regarda autour de lui. L'espace étroit où il venait de pénétrer faisait environ huit mètres de long. Des murs revêtus d'une matière matelassée beige. À côté de Lewine, un gros livre. Il pensa aux Veda comme dans un flash et avança. Ce n'était qu'un dictionnaire de poche avec un marque-page glissé vers la fin.

Il y avait un pot de chambre en plastique, un bol avec ce qui ressemblait à des croquettes pour animaux. Un jerrican transparent. Il le saisit et respira au goulot. Pas d'odeur particulière. Deux boîtes à chaussures. Elles contenaient chacune une dizaine de bouteilles de sirop à la codéine. Douze étaient vides. Il avait déjà rencontré des défoncés qui utilisaient des sirops opiacés, pas étonnant que Martine soit dans le cirage.

Un petit ventilateur et un magnétophone professionnel équipé d'un micro extérieur étaient posés à côté de la trappe. Le magnéto était vide mais il y avait une pile de bandes vierges sous cellophane posée contre sa carcasse noire. Bruce leva la tête : dans le coin droit au-dessus de Lewine, l'œil éteint d'une petite caméra le fixait. Fils encastrés. Elle devait se commander depuis le local et être reliée à l'interphone. Bruce prit le visage de Martine Lewine entre ses mains, observa ses yeux. Les pupilles étaient si contractées qu'elles disparaissaient presque dans le gris de l'iris.

— Martine, c'est Alex. Tu m'entends ? Martine, réveille-toi !

Il y eut un glissement. Léger et vif. Celui du panneau ! Claquement. Cliquetis de verrou. Tout devint noir. Le commandant dégaina, se dirigea au jugé vers le panneau et tira deux fois. Bruit de ferraille, les détonations semblèrent exploser dans son crâne. Douleur. Bruce remonta d'une main le col de son blouson sur ses oreilles, le tint serré et tira encore une fois avant de s'agenouiller et de chercher le panneau à tâtons. Il repéra les trois impacts des balles sur le métal, tira à bout portant les trois balles restantes en direction du verrou. Son barillet était vide. Il avait un étui en poche avec six balles. Il rechargea le barillet et tira encore. Il frappa le panneau avec ses pieds jusqu'à ce qu'il ait trop mal. Il pensa au micro. L'arracha puis attaqua les bords de la trappe. Bruce frappa pendant de longues minutes jusqu'à ce que le micro se fracasse. Il se servit du magnéto comme d'un bélier, frappa pendant longtemps puis s'adossa contre le mur ouaté, submergé par sa propre respiration. Il entreprit de contrôler son souffle, au-delà de l'odeur de poudre et d'excréments.

Il sentit son téléphone dans sa poche et le sortit pour appuyer sur la touche de démarrage. Il savait le geste inutile. La pile ne disposait plus d'une once d'énergie. Il retrouva son calme, réfléchit en écoutant la respiration régulière de Martine Lewine. Se dit qu'il avait fini par devenir Orphée. Mais Eurydice était restée en enfer parce qu'il s'était retourné pour la regarder. Ne regarde pas le visage de l'Idoru.

Vox avait remis en place les polochons, la grille métallique, les quatre dalles et les faux joints. Il était arrivé tout à l'heure pour la séance de lecture de Martine Lewine. Hier, elle s'était arrêtée à « guide ». Ou plutôt s'était endormie sur ce nom. Dommage qu'elle n'ait pas été capable de conclure en lisant jour et nuit, de boucler la boucle en prononçant zymotechnie. Quatre belles syllabes qui auraient glissé sur le velours de sa voix. Il ne les entendrait jamais. Tant pis. Il avait déjà admis que s'arrêter à « guide » avait quelque chose de profond. Et de prometteur, à y bien réfléchir. De toute manière, il avait déjà recueilli un matériel considérable. Martine Lewine était prête à mourir et l'Idoru à naître. Le hasard avait voulu que Bruce le flic pénètre là où personne ne devait pénétrer. Dans la chambre de désintégration symbolique. Ils allaient mourir tous les deux.

Il ne leur voulait pas de mal. Il ne pouvait tout simplement plus s'intéresser à eux. Deux organismes biologiques qui connaîtraient la souffrance et la mort. L'inéluctable condition humaine. L'esprit de Lewine était vivant sur les bandes récoltées qu'il portait sur lui, maintenues par sa ceinture. Le reste n'était qu'épisode.

Vox pensa à son père, le chercheur. Il était temps d'aller le retrouver et de lui dire qu'il était prêt à vivre l'aventure cybernétique. Depuis qu'il l'avait vu à la télévision le jour de ses onze ans, il avait su d'instinct et avec une certitude absolue que ce savant était son père. Il avait eu une révélation : une route existait et il devait l'emprunter. Il avait lu tous les livres scientifiques qu'il avait pu se procurer, avançant chaque jour un peu plus sur cette route difficile mais passionnante. Elle l'avait emmené dans les profondeurs de sa psyché, sur des territoires qu'il ne se serait jamais cru capable de traverser. Tous les sacrifices dont il avait eu la charge lui avaient ouvert un à un les arcanes de la conscience. Il était devenu un être au-delà du bien et du mal. Le fils déchu puis désigné puis initié.

Vox enfila son bonnet de marin et son manteau. Il ferma la porte derrière lui et descendit calmement l'escalier. Il y aurait encore quelques obstacles mais le pire était derrière lui, avalé par la chambre de désintégration symbolique. S'il ne commettait plus aucune erreur et utilisait efficacement la force qui brûlait en lui, il arriverait bientôt au but.

Bruce le flic avait perdu la partie contre Vox. En passant la porte de l'entrepôt, il abandonna le nom que le commandant Alexandre Bruce lui avait donné. *Game over*.

Julien Kassidy monta dans sa Ford Fiesta garée devant la porte de l'entrepôt et partit doucement en marche arrière. Il n'alluma ses phares qu'une fois dans l'avenue du Président-Wilson et prit la direction de Roissy. Son avion décollait pour New York à vingt heures cinquante. Ce matin, il avait utilisé ses vrais papiers pour acheter son billet dans une agence Air France. Les flics surveillaient Julien Kassidy mais avaient oublié Jules Coignard. Une fois à New York, il jetterait son passeport. Grâce à son père, ses faux papiers au nom de Julien Kassidy deviendraient authentiques. Là-bas, tout le monde connaissait Michael Kassidy. Un scientifique de renom n'aurait aucun mal à procurer une identité officielle à celui qui allait lui apprendre qu'il était son fils.

Kassidy roula en respectant scrupuleusement les limitations de vitesse et se gara dans le parking souterrain de l'aérogare. Il jeta son manteau, son bonnet, les clés de la chambre de désintégration symbolique et du local dans une poubelle. Il avança en direction de l'ascenseur et s'arrêta : il avait toujours bien aimé ce bonnet de laine. Il l'avait depuis… Depuis toujours. Il fit marche arrière, reprit le bonnet dans la poubelle et le glissa dans la poche de sa veste. Il prit ensuite l'ascenseur jusqu'à la salle d'enregistrement.

L'avion n'était pas retardé. New York, vol AF 258, 20 h 50, porte 22. Les conditions météorologiques étaient bonnes. Les journaux n'annonçaient pas de brouillard. Il était dix-huit heures trente. Une heure parfaite pour éviter les problèmes éventuels d'overbooking. Bertrand Delcourt lui avait expliqué que sa compagnie vendait fréquemment un même ticket à plusieurs passagers différents pour éviter les désistements et remplir ses avions à coup sûr. Il arrivait que des passagers restent sur le carreau mais en voyageant seul et en arrivant suffisamment à l'avance, on limitait ce genre de risques. On ne perdait jamais de temps à se connecter à des gens utiles. Depuis leur rencontre provoquée – dans un bar parisien –, Bertrand Delcourt avait été une mine d'informations. Julien Kassidy avait attendu de se forger un physique présentable avant de l'aborder. Puis il avait soigneusement bâti leur amitié synthétique au fil des mois. Le steward lui avait parlé maintes fois de Martine Lewine. Avait fini par lui dire qu'elle aimait l'amour violent. Kassidy n'avait pas été étonné. Martine Lewine était tout comme lui une nature indomptable et forte. Elle était l'Élue et il n'avait jamais regretté son choix.

Il s'avança jusqu'au guichet d'enregistrement, sortit son passeport et son billet de sa poche. Dans la file d'attente, les voyageurs faisaient une drôle de tête. L'hôtesse au sol manquait peut-être d'efficacité. Kassidy tendit l'oreille et comprit grâce aux conversations que le système informatique était tombé en panne. Les hôtesses devaient faire l'enregistrement manuellement. Un autre problème fréquent au dire de Bertrand Delcourt. Il était vraiment temps de quitter la France : un petit pays préhistorique comparé aux États-Unis. Malgré ces détails triviaux, la certitude qu'il décollerait ce soir ne le quittait pas. Cette certitude, il se rendit compte qu'il l'éprouvait depuis qu'il avait passé le porche de l'entrepôt et gagné son nom pour de bon. Julien Kassidy, fils de Michael.

Il sentit un regard sur lui, tourna la tête et vit l'adjoint du commandant Bruce qui le fixait. Kassidy prit une grande inspiration, rangea son billet et son passeport dans sa veste et partit tranquillement vers les toilettes.

Un seul type. En train de se laver les mains. Kassidy le dépassa et pénétra dans la dernière cabine. Il abaissa le couvercle, s'assit en croisant les jambes et laissa le loquet ouvert. Victor Cheffert arriva bientôt et ouvrit la porte d'un coup de pied. Une manie décidément. Kassidy la bloqua avant qu'elle ne lui cogne le genou. Il regarda le flic qui pointait son arme au niveau de son visage et lui faisait signe de sortir.

— Je pensais que c'était Carla qui vous plaisait, Cheffert. Mais je réalise que c'est moi finalement.

Il se leva et sortit en feignant la nonchalance, le temps de vérifier que les toilettes étaient vides. Descente sur les genoux, pistons d'acier, coup de pied dans le ventre. Le flic valdingua contre un lavabo mais resta debout. L'arme avait glissé sur le carrelage. Tout de suite ! Double coup de pied projeté. Manqué. Le flic sortit une bombe, tendit le bras et appuya sur la valve. Rayon d'action trop faible, pensa Kassidy. Et puis tout de suite, une idée limpide : la meilleure stratégie est de sortir de l'aéroport sans esclandre et de se débarrasser du flic ensuite. Julien Kassidy tomba à genoux, les mains sur les yeux, et se mit à gémir.

Victor Cheffert avait mis Kassidy à l'arrière de la Renault banalisée. Menotté, la chaîne passée dans la poignée installée au-dessus de la portière, il gardait les yeux fermés et semblait avoir son compte. Le spray à empreintes lui en avait mis plein la vue. Cheffert avait trouvé des bandes magnétiques dans une enveloppe coincée par sa ceinture. Il les avait posées sur le siège passager. Il tenait le téléphone d'une main, le volant de l'autre et fonçait à 150 sur l'A1 en direction de Paris. Il écoutait Marc Sanchez lui dire qu'une fois de plus, il avait ausculté le vide en compagnie de Bello et Solis. « Rien de notable chez *Beyond Humanity* hormis le fait que quelqu'un a enlevé la pâte que j'avais injectée dans la serrure. Il a fallu la défoncer à la perceuse et on n'a donc pas pu faire autrement que de tirer la porte derrière nous en partant. – En partant ! Vous n'êtes plus chez *Beyond Humanity* ? » avait lâché Cheffert. « Bien sûr que non ! J'en ai eu marre de faire le pied de grue. On est en route pour la PJ, et on vient d'ailleurs de passer la porte de la Chapelle », ajouta le procédurier sur un ton satisfait. Cheffert garda son calme et lui dit qu'il avait arrêté Julien Kassidy et arriverait quai des Orfèvres dans moins d'une demi-heure. Il comptait se frayer un chemin à coups de sirène dans le périphérique embouteillé. Sanchez précisa que personne n'avait de nouvelles d'Alex Bruce et qu'ils se retrouveraient sur place pour faire un point.

Cheffert appuya sur la touche « no » et jeta un œil dans le rétroviseur. Kassidy se tenait toujours à carreau, sa tête en appui sur ses bras tendus. Tout à l'heure, alors qu'il planquait avenue du Cimetière, il l'avait vu sortir de l'entrepôt pour monter dans une Ford Fiesta. Il avait hésité entre pénétrer chez *Beyond Humanity* ou suivre le comédien. Cheffert avait choisi la deuxième solution et téléphoné au procédurier pour qu'il vienne voir au plus vite ce qui se passait dans la maison de disques. Malheureusement, Sanchez n'avait pas daigné y faire de vieux os. Ce type prenait décidément trop d'initiatives. Comme la fois où il avait fait écouter la cassette à Mathieu Delmont chez Castro et ce, sans demander son avis à Bruce. De toute façon, il n'y en a pas beaucoup qui ont la classe du commandant, se dit le capitaine Cheffert.

Un étau se referma sur sa gorge. Il lâcha l'accélérateur, perdit le téléphone. Il agrippa le volant. Les jambes du dingue étaient des barres d'acier. Ses cervicales allaient péter ! Sa tête partit vers l'arrière, il se vit lâcher le volant. Mais tint bon. La voiture chassa sur la droite, manqua percuter une camionnette et Cheffert redressa, une peur horrible au ventre. Un bruit strident. Les jambes lâchèrent son cou. Cheffert sentit son corps partir vers le volant.

Il passa au travers parce que la voiture se dilua.

29

Bientôt, le temps commencerait à s'effriter. Ils entreraient très lentement dans un monde si noir et si dense qu'il finirait par se refermer sur eux. Cauchemarder calmement aidait Alex Bruce à ne pas perdre le fil. Il était là depuis plus de deux heures mais c'était tout ce qu'il pouvait évaluer. Pour l'instant, ils étaient toujours vivants et à peu près sains d'esprit, surtout lui. Il pouvait réfléchir et ne s'en privait pas mais ça ne débouchait sur rien de concret.

Il s'était allongé contre Martine Lewine et avait enfoui son visage dans son cou. Le nez dans sa chaleur, il oubliait un peu l'air rare et vicié de leur prison. Elle se retourna et se colla instinctivement contre lui. Pour ne pas s'endormir, il laissait sa main voyager sous son pull. Elle bougea encore et le commandant s'ajusta pour suivre le mouvement, rester lové contre elle. Il attendit un peu et se dit qu'il avait envie de toucher sa cicatrice, pour lire l'Y comme un aveugle. C'est ce qu'il fit, il palpa ses abdominaux, une pure merveille gagnée à force de volonté. Il revit le banc de musculation dans la chambre de la rue Clapeyron et le lit sur lequel il avait dormi.

Et puis Alex Bruce pensa à tout autre chose. À cette enquête et à ses méandres. Ses hommes et lui avaient passé des mois à remuer ciel et terre pour retrouver

Vox. Des centaines d'heures d'acharnement, de planques, d'interrogatoires. De l'action, du stress, du déplacement d'air. Et ce paradoxe tout à coup. Il avait trouvé Vox en freinant le mouvement. Comme la danse des particules qui se ralentit sous l'effet du froid et finit par s'arrêter. Comme un vortex à l'envers. De la spirale à l'immobilité. Il s'était assis au milieu d'une pièce vide pour regarder le monde autrement qu'avec son nerf optique, pour écouter avec tout son corps. Il avait rampé sous un plancher. Trois mètres à peine. Trois mètres pour atteindre une frontière au-delà de laquelle on débouchait dans un autre monde. Un monde entre la vie et la mort où retrouver une femme. Et maintenant, il réfléchissait contre elle, ses mouvements n'étaient plus que des caresses mais il cherchait encore. Comme il n'avait jamais cherché. Le commandant Alex Bruce, un homme d'action et de dossiers. Bien sûr.

Il quitta le ventre, glissa vers la courbe de la taille, goûta par tous les pores de ses doigts l'incroyable douceur de la peau d'une femme. Et découvrit que Martine Lewine avait un téléphone mobile dans la poche arrière de son jean. Le commandant se redressa pour l'extirper. Il prit une inspiration et essaya de se souvenir d'elle utilisant son mobile. Rien ne vint : elle ne l'avait jamais utilisé en sa présence. Il palpa la surface lisse du petit téléphone et finit par reconnaître la même géométrie que le sien, mort noyé dans des circonstances qui n'en devenaient que plus grotesques. Il espéra très fort que le mobile de Lewine s'était éteint parce qu'elle l'avait souhaité et non pas parce que les piles étaient à plat. Bruce appuya sur toutes les touches mais rien ne se produisit. Il continua de palper et se rendit compte que la pile du mobile avait été enlevée. Vox l'avait retirée avant de remettre le téléphone dans la poche de Lewine. Pour que, sans doute, elle puisse mesurer l'étendue de son isolement. Le geste était d'une cinglante perversité.

Bruce fourra l'objet inutile dans la poche de son blouson et se recoucha contre Lewine. Son nez retrouva le cou soyeux. Il se dit qu'il avait envie d'une cigarette mais que le lieu ne s'y prêtait pas, mit machinalement sa main à sa poche droite et se raidit sous l'effet de surprise en retrouvant une pile glissée là hier soir, au moment où son mobile donnait des signes de faiblesse. Elle était presque déchargée. Il devait rester de l'énergie pour alimenter un court appel. Sûrement moins d'une minute. Il ajusta sa pile sur le téléphone de Lewine. L'écran s'éclaira en vert pour poser une agaçante question : « Code ? »

Bien évidemment, le commandant ne le connaissait pas, ce code. Il éteignit le téléphone, le glissa dans son blouson et prit la jeune femme aux épaules. Il la souleva et la secoua doucement.

— Martine ! Martine ! Tu m'entends ?

Elle ne réagit pas. Ses épaules étaient aussi molles que son ventre était dur.

— Réveille-toi, Martine ! J'ai besoin du code de ton téléphone ! Le code !

Bruce la secoua longtemps sans succès, lui massa les tempes, lui caressa la tête, lui cria dans les oreilles. Puis il se décida à lui donner des claques. D'abord doucement puis plus fort. Elle gémit, il continua. Jusqu'à la limite. Il ne pouvait pas aller plus loin au risque de lui faire vraiment mal. Il pensa soudain à la cravache. Il défit la ceinture de son pantalon et commença à fouetter les fesses de sa compagne. Sur le jean, le cuir claqua sec. Il pouvait la frapper plus fort qu'au visage sans risquer de la blesser. Il ne s'en priva pas. Lewine se mit à gémir, se tortilla et grogna. Il l'entendit enfin qui criait. Une sorte de jappement animal. Il sentit qu'elle agrippait sa cheville droite. Elle tira et il partit en arrière. Le corps de Lewine atterrit sur son torse telle une masse de plomb. Elle le traita de gros porc. Une seule fois. Et lui balança un direct dans la mâchoire. Il grogna sous l'efficacité du coup puis se protégea et cria :

— Arrête, Martine ! C'est moi, Alex. Je suis venu te sortir d'ici mais j'ai besoin du code de ton téléphone. D'accord ?

Le code était le 421. Il aurait pu y penser. Il ne connaissait que trois numéros de téléphone par cœur. Celui de sa mère à Hagondange. Celui du mobile de Victor Cheffert. Et celui de Fred Guedj. Sur l'écran vert, la graduation indiquait que les piles étaient presque à plat. Il savait qu'il pourrait passer un coup de fil d'une vingtaine de secondes. Voire trente. Il allait falloir être économe de ses mots. Bruce composa le numéro de Cheffert. Avec la lueur de l'écran, il discernait le visage de Lewine. Elle était encore un peu dans le cirage mais ça allait. Ses yeux focalisaient de temps en temps. La sonnerie retentit plus de dix fois dans le vide. Bruce appuya sur « no » et composa le numéro de Guedj. Deux sonneries, trois sonneries…

— Allô !

— Fred, c'est Alex. Écoute-moi attentivement.

— Elle est sévère, celle-là ! T'essaies de me noyer, tu m'ignores pendant des jours et il faut que je sois à ta…

— Vox m'a enfermé avec Lewine dans une planque introuvable. *Beyond Humanity*, avenue du Cimetière, ZAC de Saint-Denis-La Plaine. Préviens Delmont. C'est derrière la cloison du fond. Il faut ramper sous le plancher à droite. Qu'ils apportent une scie à métaux ! Un panneau d'acier bloque l'issue. Tu m'entends, Fred ?

— Je suis tout ouïe.

— Alors remue-toi !

— J'hésite.

— Quoi ?

— Je savoure la sensation d'avoir ta vie entre mes mains.

— Les piles vont lâcher, Fred.

— Je veux un scoop, Alex. Vox pour moi seul.

— J'allais te le proposer.

— Tu me connais si bien, mon chéri.

— C'est pour ça que je t'ai appelé plutôt que de demander le numéro de la PJ aux Renseignements. Tu dégaines plus vite que nos standardistes.

— Tu ne connais pas le numéro de la PJ ? Cette blague !

— Jamais réussi à me le mettre en tête.

— Mais tu connais le mien. C'est touchant, en fait.

— On fraternisera une autre fois, d'accord ?

— Lewine va bien ?

— Pas trop mal.

— Y a intérêt ! Je compte sur elle pour mon portrait sur…

Les piles lâchèrent et la lumière verte mourut en emportant la voix de Guedj et le visage de Lewine. Alex Bruce l'attira vers lui. Elle trouva sa bouche et l'embrassa. Pour une femme dans le cirage, ce n'était pas trop mal joué.

30

Il avait fait une erreur. En conséquence, son père ne voulait pas qu'il décolle aujourd'hui. Michael Kassidy était un perfectionniste qui n'accepterait pas d'opérer la transmutation s'il n'allait pas jusqu'au bout de la procédure. Pas question de s'arrêter à « guide ». Il fallait aller jusqu'à « zymotechnie ». Boucler vraiment la boucle et faire s'éteindre les dernières voix qui avaient quelque chose à dire aux flics. Gommer toutes les traces. La réputation des Kassidy en dépendait. Le flic crevé avec la gueule en sang sur le volant était un signe à décrypter. La Renault pointait son capot vers Paris.

Il s'était débarrassé facilement des menottes grâce à ses pieds agiles. Il avait passé des années à se bâtir un corps de boa constrictor et d'orang-outan. Il pouvait tuer avec ses jambes et prendre des clés dans une poche en se servant de ses pieds comme s'il s'agissait de ses mains. Il avait enlevé ses chaussures et ses chaussettes avec ses dents. Avant ça, les menottes avaient amorti un peu le choc de l'accident. Il se sentait groggy mais ça allait passer. Ses facultés revenaient déjà, il regardait le paysage défiler à travers les vitres du taxi, la main posée sur l'enveloppe avec les bandes.

Il se revit traversant l'autoroute aussi vif qu'une antilope springbok. Il s'était forgé un corps de surhomme en prenant le meilleur des organismes biologiques les mieux adaptés à leur environnement. Il avait réussi à héler un taxi après être sorti de l'autoroute par la première bretelle. Elle n'était qu'à six cents mètres du lieu de l'accident. Il n'était pas blessé. Le taxi n'y avait vu que du feu. En parlant de ça, il avait eu le réflexe de piquer celui du flic avant d'abandonner la voiture. Six balles dans le barillet. Il ferait lire à Lewine la fin du dictionnaire puis les abattrait Bruce et elle avant de repartir à l'aéroport. Il achèterait un nouveau billet sur place et personne ne le reconnaîtrait. Pour éviter la panique, Cheffert s'était comporté exactement comme prévu. Il l'avait arrêté discrètement. Et ce con était venu seul. Sûrement parce qu'il en faisait une affaire personnelle. Comme si sa petite personne avait quoi que ce soit d'intéressant à offrir.

Kassidy fit arrêter le taxi au niveau de la rue Proudhon et continua à pied. Il ne regrettait pas d'avoir jeté son manteau. Il n'avait pas froid malgré le crachin. Son corps était comme galvanisé. Et son cerveau fonctionnait à plein régime. Son père avait raison. Il fallait toujours aller jusqu'au bout dans tout ce qu'on entreprenait. Jusqu'au bout pour un jour aller au-delà. *Beyond Humanity* ! Il ne regrettait pas non plus d'avoir jeté les clés. Il avait failli dire au taxi de l'emmener à Roissy pour les récupérer dans la poubelle puis il avait analysé les phrases du flic dans sa conversation au téléphone avant l'accident : leurs gars étaient revenus au local, avaient forcément cassé la serrure pour entrer et étaient sûrement repartis en la laissant ouverte.

Kassidy s'engagea dans l'avenue du Cimetière. La lumière orangée des lampes au sodium, la pluie oblique et scintillante, les murs en briques des entrepôts, le cimetière au fond du paysage, tout était en place pour une dernière scène qu'il aurait été dommage de rater. C'est au moment où il composait le 36 58 qu'il entendit une voiture s'engager dans la rue. Il se retourna et attendit un peu. C'était une voiture de la télévision (France 2, lut-il sur le capot), avec quatre hommes à l'intérieur. Kassidy poussa le porche de l'entrepôt et pénétra dans l'entrée. Il décida de reprendre son nom de Vox jusqu'à ce que tout soit nettoyé.

Vox appuya sur la minuterie et la cage d'escalier s'éclaira. Il monta jusqu'au deuxième étage, vérifia que les types prenaient l'escalier et se dissimula dans le monte-charge. Il eut une inspiration subite. Avec la minuscule paire de ciseaux de son couteau suisse, il fit trois trous à son bonnet et le passa sur sa tête. Et hop! une cagoule de terroriste. Puis il se tint immobile, la main sur la crosse du Manurhin, et regarda la scène à travers un espace dans les bandes en caoutchouc noir qui fermaient le monte-charge:

— Tu me fais un plan de Christophe en train de péter la serrure à la perceuse, dit un type trop bronzé et blond qui était bien sûr Frédéric Guedj. Ensuite, tu te colles à lui pour qu'on voie la scène à travers ses yeux.

— D'accord, dit le cameraman. Le public pénètre dans le local comme s'il venait d'ouvrir la porte lui-même. Et ensuite?

— Ensuite, travelling dans le local et on filme de manière assez classique les étapes de la délivrance de mon pote. Tu me prends en train d'enlever les dalles et tout le fourbi avec Christophe.

— Et quand est-ce qu'on se décide à appeler les flics? demanda l'ingénieur du son.

— On verra une fois à l'intérieur! Vous le voulez autant que moi ce putain de scoop, oui ou merde?

— Pas la peine de s'énerver, la porte est déjà ouverte, dit le dénommé Christophe.

— Génial ! Allez, on y va ! dit Guedj.

Le cameraman se colla contre Christophe qui tenait toujours sa perceuse et ils entrèrent dans le local comme un couple d'ours en rut suivis par l'ingénieur du son tendant sa perche au-dessus du tas. Vox les trouva parfaitement ridicules. Guedj resta deux secondes sur le seuil, les mains dans les poches d'un manteau en cachemire de la même couleur tabac que la veste d'Alex Bruce le premier jour où il était passé à la télévision pour son célèbre : « Ce jeune homme n'est pas Vox. » Toute une époque. Vox réfléchit. Comment Guedj s'était-il débrouillé pour localiser la chambre de désintégration symbolique et savoir que Bruce s'y trouvait alors que le capitaine Cheffert ne semblait pas être au courant de son existence et n'avait pas de nouvelles de son commandant ? Vox avait pris soin d'enlever la pile du téléphone de Martine Lewine (celui qu'elle avait coincé dans la poche arrière de son jean). Il avait remis le mobile en place et jeté la pile dans le soupirail d'un égout. Apparemment, Alex Bruce avait utilisé le sien. Mais pourquoi avoir prévenu Guedj plutôt que ses collègues les flics ? Vox admit que la situation était excellente : les flics ne savaient pas ce que savaient Guedj et ses trois guignols.

Vox entendait les quatre hommes discuter dans la pièce. Guedj insistait : l'entrée du passage était sous le carrelage, au fond, à droite. Le type qui s'appelait Christophe répliquait qu'il ne voyait rien de spécial. Vox comprit tout à coup que Bruce n'avait pu passer qu'un seul coup de fil et avait choisi Guedj. Problème de mauvaise réception du mobile ou problème de pile. Ils étaient peut-être bien coupés du monde extérieur. Quelqu'un se mit à taper sur les dalles avec un objet dur. Ça dura un certain temps. Vox en profita pour envisager plusieurs scénarios. Il entrait, abattait les quatre hommes à tour de rôle. Ou bien, il en tuait trois, l'un après l'autre, en exigeant du cameraman qu'il filme la scène. Pour le son, pas besoin de l'ingénieur, son Nagra devait être réglé correctement et tournerait tout seul.

C'était une belle idée. Vox, visage dissimulé, tue trois hommes devant des millions de téléspectateurs. Puis après un temps de suspens, un quatrième. Vox pose ensuite la caméra sur la chaise, la laisse tourner. On le voit se glisser sous le parquet. Il ne se passe rien pendant longtemps. On ne le voit pas pénétrer dans la chambre, abattre Bruce, faire lire la fin du dictionnaire à Martine Lewine avant de la tuer proprement d'une balle dans la nuque. On le voit ressortir du trou et montrer la bande magnétique.

Effet intéressant mais obscur pour des téléspectateurs ne maîtrisant pas toutes les données du dossier Vox. Le problème avec la fin de ce scénario, c'est que la caméra tournerait à vide. On risquait de se retrouver démuni pour la dernière scène. En revanche, en interrompant le film, on ratait la sortie du boyau. À moins de sortir, rebrancher la caméra, rentrer dans le boyau, aller jusqu'à la chambre, y faire demi-tour et revenir. Trop compliqué et pas assez naturel. Et de toute manière, le vrai problème venait du fait que cette dernière scène était trop plate. Il y avait sûrement mieux à faire.

La solution consisterait à laisser l'équipe délivrer Lewine et Bruce. À permettre au cameraman et à l'ingénieur du son de filmer et d'enregistrer l'émotion de la délivrance et des retrouvailles. Cette amitié étrange entre le flic et le journaliste. Il faudrait aussi qu'ils puissent capturer l'intéressant visage de Martine Lewine et ses premiers mots à l'air libre. Et toute cette illusion avant le retournement de situation et le retour du désespoir. Six balles, six morts. Il n'avait jamais été un bon tireur. Cette solution lui permettrait en cas de besoin de recharger le Manurhin de Cheffert avec les balles de Bruce.

Avec un scénario de cet acabit, les chaînes du monde entier se battraient pour acheter le « putain de scoop de Guedj ». Et Vox se gagnerait une célébrité planétaire. De plus, c'était une excellente idée de montrer à Kassidy père la mort de tous les témoins. Vox tirerait sa révérence sous son nom de scène. Et personne ne chercherait plus Julien Kassidy.

Le seul problème, c'est qu'il n'y avait aucun moyen de récupérer vite et bien le dictionnaire. Vox avait une décision à prendre. Il la prit. Il abattrait les cinq hommes et dirait à Martine d'articuler « zymotechnie » avant de lui tirer une balle dans la nuque. Il faudra que mon père se contente de ça, se dit-il en quittant le monte-charge pour se glisser derrière la porte entrouverte.

Tout collait parfaitement. Vox écouta les gars se débrouiller avec le mystère de la pièce vide. C'est bien sûr l'ingénieur du son qui fit observer qu'une zone réagissait différemment aux coups frappés. Ensuite, tout alla plus vite. Les gars dégagèrent le passage avec passion. De temps à autre, Guedj jetait un œil à la caméra pour vérifier qu'on l'immortalisait dans le feu de l'action. Ensuite, Christophe mit un casque de soudeur équipé d'une lampe, prit la scie à métaux et se glissa dans le boyau de linoléum. Il en ressortit après un bon bout de temps. Guedj lui tomba dessus pour lui poser mille questions à la seconde mais le gars lui dit que c'était noir comme dans un four là-dedans et que le commandant Bruce voulait sortir au plus vite avec sa collègue dans le cirage. Guedj insista tout de même pour que le cameraman rampe à son tour mais la caméra et le matériel d'éclairage étaient trop volumineux et on dut renoncer. Guedj dit au cameraman de cadrer la sortie du boyau puis de reculer lentement pour qu'on filme le visage défait de Lewine et les premiers mots d'Alex Bruce en plan américain.

— Même après des heures dans un cul-de-basse-fosse, tu verras, il est très télévisuel, ajouta-t-il en donnant une claque dans le dos à son collègue.

— Je sais, répondit l'autre. On l'a vu suffisamment sur les chaînes pour être au courant. C'est un assez beau mec avec des yeux bleus et un profil d'Indien.

— Assez beau mec ! Beau mec, tu veux dire. Et c'est mon pote, en plus !

— On les appelle, les collègues de ton pote ? demanda l'ingénieur du son.

— Bon, vas-y ! soupira Guedj.

— Tu veux pas les appeler toi-même ?

— Non, j'ai un petit problème d'affinité avec Delmont, le grand patron de la Crime, répondit Guedj en parcourant son agenda. Tiens, voilà son numéro.

L'ingénieur du son sortit son mobile de sa poche. Vox se dit que voir son temps chronométré comme dans un jeu interactif pouvait être une sensation subtile : le joueur dispose maintenant d'un quart d'heure pour tuer six personnes. Il hésita. S'il abattait l'ingénieur du son, Bruce et Lewine feraient marche arrière et il faudrait aller les déloger après avoir dégommé Guedj, Christophe et le cameraman. Impossible avec deux balles restant dans le barillet. Et même avec six d'ailleurs. Vox laissa l'ingénieur s'expliquer avec un interlocuteur qui ne semblait pas croire ce qu'on lui racontait. L'ingénieur ne se démonta pas et eut le patron de la Crime en ligne pour un échange bref mais fructueux.

— Ils arrivent, dit-il en raccrochant.

— Eh oui ! Tout finit par arriver.

La tête de Lewine émergea dans un timing parfait. Guedj la tira par les bras puis l'extirpa du trou.

— Arrêtez la caméra !

— T'avais dit qu'elle était dans le cirage, la dame, Fred ? ricana l'ingénieur du son.

— Capitaine Lewine, vous avez été séquestrée par Vox. Et libérée par le commandant Alex Bruce et notre équipe de télévision. Pouvons-nous avoir vos premières réactions ?

Le regard comateux, Martine Lewine fit quelques pas et alla s'asseoir sur la chaise en enlevant le téléphone pour le poser sur ses cuisses. Bruce émergea à son tour. Guedj le laissa se débrouiller tout seul puis lui demanda :

— Je crois que l'affaire Vox a pris un tournant décisif, commandant ?

Alex Bruce sourit, s'avança vers Guedj et le serra contre lui.

— Tu es un sacré connard mais je t'aime quand même ! Merci de nous avoir tirés de là, Fred.

— Impeccable le plan américain ! gloussa l'ingénieur du son.

Les mots tournoyaient dans sa tête comme des petits météores. Ce n'est pas désagréable mais j'aimerais que ma voix finisse par se taire, pensa Martine Lewine en caressant le téléphone, un très vieux modèle en bakélite doux comme une peau d'enfant. Je ne savais pas qu'on pouvait avoir des hallucinations auditives. *Guide*. La loi seule est mon guide. *Guide*. Lanières de cuir des postillons. *Guide*. Une jeune fille ne peut avoir de meilleur guide que sa mère. Guide, guide, guide. Le dictionnaire se trouvait trop bien dans sa mémoire pour en sortir. Elle trouvait le monde suave et savait donc qu'elle était défoncée à bloc.

Elle se concentra sur Alex, Guedj et le cameraman et sur cet homme qui tenait une perceuse et s'en servait pour des poses à la James Bond. Au nez et à la barbe de Guedj. Ça faisait marrer un autre gars avec un micro et une perche, le preneur de sons.

La détonation creva l'espace. Le type à la perceuse s'effondra. Le cameraman filma son dos en sang et orienta l'œil de sa caméra vers l'homme à la cagoule armé d'un Manurhin. Il le pointa sur Alex et Guedj. Lewine réveilla le tigre de lumière. Balança le téléphone sur le bras armé de Vox qui tira. Et tira encore. Elle vit, crut voir Alex pousser Guedj, dégainer, tirer, tomber. L'instant d'après, plus de tueur. Son revolver sur le carrelage. Alex se tenait le bras gauche en grimaçant. Vivant. Guedj à quatre pattes, cheveux blonds empoissés de sang.

Que les lanières des postillons fouettent mon tigre, pensa Lewine. Elle ramassa le revolver. Elle se mit à courir. Les pas de Vox dans l'escalier. Au-dessus de la rampe, sa tête de laine noire. Elle visait avec ce Manurhin plus lourd que son Ruger. Très lourd pour son corps fatigué. Elle tira. Trop tard. Vox traçait. Lewine sauta les marches, la tête pleine de vertiges. Ils furent dans la rue. Il courait, forme noire. Sur le gris du sol et du ciel. Entre le rouge des entrepôts.

— Arrête !

Le Manurhin tenu à deux mains, elle fit feu. À un mètre de lui. Il pila net, se retourna.

— Ne bouge plus !

Il obéit. Elle le vit monter lentement sa main droite vers sa tête et enlever sa cagoule. Lewine découvrit un beau visage aux yeux de dingue qui allait avec le corps de statue de la chambre au dictionnaire. C'était le gros porc transfiguré. Et il souriait. Il jeta sa cagoule, sortit des clés de sa poche et ouvrit la portière d'une voiture.

— Je t'ai dit : arrête !

— À bientôt, Martine, au-delà de l'humanité.

Elle lui tira une balle dans l'épaule droite. Son corps, parti en arrière, heurta la portière. Il la regarda, effaré. Lewine entendit des pas derrière elle, des chuchotements. Vox se mit à gueuler :

— Ton monde n'est qu'une illusion, Martine ! Toi et moi pour l'éternité, c'est la seule vérité. Et c'est possible. Maintenant.

Il se redressa, avança vers elle, implorant.

— Tu ne bouges plus !

— Ramasse les clés. Tu fais démarrer la voiture et on part à Roissy. Tu ne peux pas imaginer ce que j'ai à t'offrir !

— Tu ne bouges plus, je te dis !

Mouvement à droite, bruit métallique. Elle tourna brièvement la tête. Poussé au derrière par l'ingénieur du son, le cameraman venait de grimper sur un capot. Guedj le regardait, son beau manteau tout taché de sang aux épaules. Vox gueula encore :

— Tu ne vas pas m'abattre devant la caméra ! Viens avec moi. Mets-les tous en joue et viens.

Elle le garda en point de mire sans trembler. Ce monde est suave, ce monde est cruel, pensa-t-elle alors qu'Alex la dépassait. Il s'arrêta. Son bras ensanglanté pendait le long de sa cuisse. De sa main valide, il agita ses menottes et lui fit signe de le suivre. À deux, ils réussirent à menotter Julien Kassidy.

— Je t'aime Martine Lewine, je t'aime, je t'aime ! hurla-t-il en se tordant sur le capot. Tu ne sais pas comme je t'aime !

— C'est nickel. Le putain de scoop de ma vie, dit Fred Guedj avant de tomber dans les pommes.

Deux OPJ regardaient l'équipe de télé avec des mines navrées.

— Virez-moi ces fouille-merde, leur dit Mathieu Delmont à voix basse.

— Je crois qu'ils s'en vont de toute façon, patron, répliqua le plus philosophe des deux gardiens.

— Bon débarras !

Alex Bruce se faisait panser dans la camionnette de l'équipe médicale sous l'œil de Martine Lewine qui buvait son troisième café. Mathieu Delmont attendit que la voiture de France 2 ait tourné dans l'avenue du Président-Wilson et passa la tête.

— Alex ?

— Oui, patron ?

— Victor a eu un accident.

— Il n'est pas mort ? s'entendit articuler Bruce.

— Non. Mais il est mal en point. Kassidy l'a coincé au retour de l'aéroport. Accident de voiture.

— Où est-il maintenant ?

— À Bichat-Claude-Bernard.

— J'y vais !

— Dans votre état, c'est pas la meilleure idée du siècle.

— Je me rattraperai au XXIe, et Victor est mon meilleur pote. Avec Fred Guedj.

— Avec Guedj ? Chacun ses goûts. Oh ! et puis faites ce que vous voulez, Alex. Quand même, j'aurais aimé que vous soyez là quand on fera monter les marches de la PJ à l'autre animal. La presse, les radios, les télés, tout le monde fait déjà le pied de grue et vos gars sont là. Ils l'attendent en rang.

— C'est bien. C'est grâce à eux tous qu'on l'a eu. Mais moi, je vais voir mon pote à Bichat.

— Je viens avec toi, dit Martine Lewine.

— Tu ne veux pas voir l'autre animal monter les marches ?

— Je veux être avec toi.

— Bon ! Eh bien moi je vous laisse, les petits gars, dit Delmont d'un ton agacé en tournant les talons. Vous semblez avoir beaucoup de choses à vous dire.

— Quand on sera à cour, je pourrai toujours te lire le dictionnaire, dit Lewine en s'approchant.

— On s'embrassera après avoir vu Victor, Martine.

— Ce que c'est que l'amitié virile tout de même.

Dans la même collection

Claude Amoz	Le caveau	5741
	Dans la tourbe	5854
Russell Andrews	L'affaire Gideon	7408
Brigitte Aubert	Rapports brefs et étranges avec l'ombre d'un ange	6842
Matthieu Baumier	Les apôtres du néant	6733
William Bayer	Mort d'un magicien	6088
	Pièges de lumière	6492
Stéphanie Benson	Le diable en vert	6952
	La mort en rouge	7776
Laurent Botti	Pleine brume	5579
Nicolas Bouchard	La ville noire	6575
Philippe Bouin	Les croix de paille	6177
	La peste blonde	6360
Serge Brussolo	Le livre du grand secret	5704
Philippe Carrese	Graine de courge	5494
Thomas H. Cook	Les instruments de la nuit	5553
Philippe Cousin	Le pape est dans une pièce noire, et il hurle	5764
Pierre Conesa	Dommages collatéraux	7609
William Diehl	Eurêka	7787
Stephen Dobyns	Persécution	5940
	Sépulture	6359
Thea Dorn	La reine des cerveaux	6705
Stella Duffy	Les effeuilleuses	5797
	Beneath the Blonde	5766
James Elliott	Une femme en danger	4904
	Adieu Eddie !	6682
Linda Fairstein	L'épreuve finale	5785
	Un cas désespéré	6013
	La noyée de l'Hudson	6377
Robert Ferrigno	Frères de sang	7497
Christopher Fowler	Psychoville	5902
Nicci French	Jeux de dupes	5578
	Mémoire piégée	5833
Lisa Gardner	Jusqu'à ce que la mort nous sépare	5742
	La fille cachée	6238
	Tu ne m'échapperas pas	7811
Kathleen George	Voleurs d'enfants	6912

Caroline Graham	Ange de la mort	6511
	Un corbeau au presbytère	7536
Robert Harnum	La dernière sentinelle	6087
	Une ballade américaine	6857
Andrea H. Japp	La voyageuse	5705
	Petits meurtres entre femmes	5986
	Le ventre des lucioles	6361
	Le denier de chair	7406
	La saison barbare	7800
Iris Johansen	Course à mort	7411
	Dernière cible	7642
Brigitte Kernel	Un animal à vif	6608
	Autobiographie d'une tueuse	6871
Yasmina Khadra	Le dingue au bistouri	5985
Andrew Klavan	À la trace	6116
Guillaume Lebeau	L'agonie des sphères	5957
Éric Legastelois	Putain de cargo !	5675
Philip Le Roy	Pour adultes seulement	5771
	Couverture dangereuse	6175
David L. Lindsey	Mercy	3123
Robert Littell	L'amateur	7770
Philippe Lobjois	Putsch rebel club	5998
Colette Lovinger-Richard	Crimes et faux-semblants	6261
	Crimes de sang à Marat-sur-Oise	6510
	Crimes dans la cité impériale	6993
John Lutz	JF partagerait appartement	3335
Bonnie MacDougal	Moralité douteuse	7349
Michael Marshall	Les Hommes de Paille	7407
	Les morts solitaires	7799
Anne Matalon	Petit abécédaire des entreprises malheureuses	6660
Jean-Pierre Maurel	Malaver s'en mêle	5875
Nigel McCrery	L'oiseau de nuit	5914
	Effets secondaires	6012
	La toile d'araignée	6333
Val McDermid	Le tueur des ombres	6778
	Au lieu d'éxécution	6779
Denise Mina	Garnethill	6574
	Exil	6176
	Résolution	7405
Estelle Monbrun	Meurtre chez tante Léonie	5484
	Meurtre à Petite Plaisance	5812
(avec Anaïs Coste)	Meurtre chez Colette	6978
Françoise Monfort	La baie des innocents	6602
Viviane Moore	Tokyo des ténèbres	6437
Béatrice Nicodème	La mort au doux visage	7314
Gemma O'Connor	Adieu à la chair	7777
Robert B. Parker	La femme perdue	7653

T. Jefferson Parker	Pacific Tempo	3261
	L'été de la peur	3712
Michael Prescott	L'arracheur de visages	6237
	Le tueur des bois	6661
Douglas Preston, Lincoln Child	La chambre des curiosités	7619
Danuta Reah	Toujours la nuit	6442
	L'assassin du parc	6609
	Le col du Serpent	6826
Robert Richardson	Victimes	6248
Philip Rosenberg	La lutte des seigneurs	7608
Greg Rucka	Protection rapprochée	7315
	La pire des trahisons	7537
	Ècran de fumée	7823
Jacques Sadoul	Carré de dames	5925
Walter Satterthwait	Miss Lizzie	6115
John Saul	La présence	5961
Laurent Scalese	L'ombre de Janus	6295
Lisa Scottoline	La minute de vérité	6953
Boris Starling	Vendredi saint	6722
	Vipère noire	7652
Whitley Strieber	Billy	3820
Dominique Sylvain	Travestis	5692
	Techno bobo	6114
	Sœurs de sang	6573
Maud Tabachnik	Un été pourri	5483
	La mort quelque part	5691
	L'étoile du Temple	5874
	Le festin de l'araignée	5997
	Gémeaux	6148
	La vie à fleur de terre	6440
	La honte leur appartient	6913
Boston Teran	Méfiez-vous des morts	7410
Carlene Thompson	Tu es si jolie ce soir	5552
	Noir comme le souvenir	3404
	Rhapsodie en noir	5853
	Six de cœur	6732
Charles Todd	Héritage mortel	7340
Fred Vargas	Debout les morts	5482
	Un peu plus loin sur la droite	5690
	Ceux qui vont mourir te saluent	5811
	Sans feu ni lieu	5996
	L'homme à l'envers	6277
	L'homme aux cercles bleus	6201
	Coule la Seine	6994
	Pars vite et reviens tard	7461
Michael White	Rêves de loups	7810

6755

Composition Chesteroc Ltd.
Achevé d'imprimer en France (La Flèche)
par Brodard et Taupin
le 10 avril 2006. 35168
Dépôt légal avril 2006. ISBN 2-290-34934-8
1er dépôt légal dans la même collection : octobre 2003

Éditions J'ai lu
87, quai Panhard - et - Levassor, 75013 Paris
Diffusion France et étranger : Flammarion